河出文庫

シメール

服部まゆみ

JN202276

kawade bunko

河出書房新社

目次

シメール
Chimère

人はみな幻想《シメール》を

C＝P・ボードレール

アムネジア

Amnesia

一

死体という物が、こうも気を滅入らせるものとは思わなかった。

「さようなら」と出ていった妻が、「事故で死んだ」と聞いたのは、見送ってから僅かに三杯目のウィスキーを口に運んだときである。

愛人に会うのに気が急き、車のスピードを上げすぎたのだろうと思いつつ、私は妻だった物に会いに行った。まだ夜も明けてはいない。

二

双子のどちらが兄になり、弟になるのか……あるとき気になって父に聞いてみた。当時は健在だった祖母の言葉で、先に生まれた方が弟、後が兄と決まり、僕は弟になったらしい。普通は先に生まれた方が兄になるのではないかと僕は思うが、祖母はもういないので文句も言えない。

祖母はクリスマスの夕べに起きた火事で、わが家と運命を共にした。僕が八歳のときだ。

狂ったような母の声――聖《せい》！　聖！　聖！　どこ……聖！――兄を呼ぶ声――おかあさん、ここだよ……僕は……ここ――あの恐ろしい炎と煙……思い出すのも嫌だ。だが母は何かというとあの日のことを口にする。逝った者のことではない。火事によって傾いたわが家のことだ。

わが家は全く保険というものに入っていなかった。『保険は賭け事にすぎない』というのが両親の意見だった。それも『負への賭け』と。『病気、怪我、事故、地震、火事……と、なぜ負へお金を賭けなければならないのか』と。呑気で楽天的な若い芸術家の夫婦に災厄など起ころうはずもない。お金は人生を謳歌し、画材を買うためにのみ、使うものだと。そして負の中でも最悪の火事に見舞われたのだ。

僕らは今、六畳と四畳半、それに小さな風呂と台所があるだけのアパートで暮らしている。

渋谷……というより、井の頭線という私鉄の駅で、渋谷の次、『神泉《しんせん》』に近い。迷路のような路地の果てにあるアパートだ。建物は二階建てで、まったく同じ部屋が八戸入っている。建物自体は灰色のコンクリートだけど、全体に亀裂が入り、そこを焦げ茶色の充塡剤で補修していたので、路地から路地裏のアパートを見ると、巨大な樹の根に覆われているように見える。

初めて見たとき、父は「『いばら姫』の城みたいじゃないか」と言った。「いばらで覆われた城みたいだよ、お姫様」――母は最初から不機嫌で「気持ちが悪いわ。今にも崩れそう」と、眉を顰《ひそ》めた。案内した不動産屋は「まだまだ大丈夫ですよ。昔の建物はしっかりしてますから」と言い、中に入ると、父は、ますます上機嫌になった。「二階の角部屋だし、二部屋、両方に陽も入るよ。いいじゃないか」と喜び、母はむっつりと黙り込んだ。

「『神泉』って駅名もいいじゃないか」と、父は朗らかに続けた。「神の泉だよ。素敵な名前じゃないか」――僕も「いいね」と言った。神の泉……ただし、未だに誰もこの駅を利用したことはない。渋谷駅まで、歩いても十五分くらいだったからだ。

ここに来て六年経つというのに、母はこの住まいに対し、一日一回はなんらかの愚痴を吐き続けている。

「低い天井ね。押しつぶされそう……」「小さい部屋、物置だわ」「お風呂で足も伸ばせない……」「ここで料理なんて、神業ね」「汚い柱」「陰気な土壁ね」「古い畳」「あの日で終ったのね。何もかも」……それは誰に話しかけるというのでもない、半ばひとりごとだった。何気ない話をしているときでも、母がふとそれらの言葉をつぶやくと僕らは一様に黙ってしまう。ここに越してきた頃、父は何度か執り成すようなことも言っていたが、最近は黙している。どう言ったところで仕方がない。母の目にはこの中のもの全てが気に入らないのだ。

一度僕は「景色だけはいいよ」と、言ってみた。

奥の四畳半の僕の机は大きな窓に向いていた。

窓を開けると、隣の緑の庭と小さな家が見下ろせる。

このアパートの大家さんの家だ。この辺りで庭のある家はここくらいだ。僕たちがここに来る前、ちょうど空いたこの部屋に住み、戦前からの古い木造家屋を今のような家に建て替えたのだと聞いた。

赤い瓦屋根と白い壁の家は童話の絵本に出てくるような可愛らしさで、庭には一年中、何かしらの花が咲いていた。今は黄色と紫のクロッカスが鮮やかに花開いている。窓のすぐ下には柾《まさき》の樹が三本並び、机から身を乗り出すと世界は艶やかな緑の樹海となる。両手を広げて、この中に飛び下りたいという衝動に、僕はときどき駆られる。緑……緑……緑の世界……じっと見ていると、天空から眺めた奥深い森、ジャングル、大草原にも思われる。遥か彼方の緑……高度三千……八千……一万……僕は両手を広げ、目を瞑《つむ》り、墜落していく。永遠の墜落、どこまでもどこまでも落ちていく、果てしない墜落のイメージは却って僕を高揚させた。そう……柾の緑の葉はすぐ手に触れられる位置にある。秋になるとこの樹は小さな赤い実を付けて、クリスマス・ツリーのようだ。クリスマス・ツリー……クリスマス・ツリーなんて、どうして想ってしまったのだろう……あの火事以来、クリスマスもわが家ではやり過ごすようになった。

「柾」という樹の名前は大家のお爺さんから聞いた。字もアクセントも違うけれど、父の名前と同じだったので忘れない。お爺さんは、そこに一人で住んでいて、しょっちゅう庭を手入れしている。玄関の前は鉢植えで一杯で、小さな緑は今や路地に面した塀の上にまで領域を伸ばしていた。

お爺さんとその家は何となく似合わない。僕はその家に色々な人を住まわせてみる。とりあえず、お爺さんはそのままで、その連れ合いのお婆さん。もしくは平凡な若夫婦と可愛い子供たち。いや、中年の夫婦と僕らのような少年、あるいは青年の兄弟……もしくは姉妹……兄と妹……姉と弟。オールドミスの老姉妹でもいい。連続殺人を遂行中の独身男……マッド・サイエンティスト……密かに地球に潜入した宇宙人……この間まで、この家によって、僕のノートはどんどん膨らんでいた。でも母は「あんなちっぽけな家」と一言で隣の家を潰してしまった。

「覚えてないの？　私たちはもっと立派な家に住んでたのよ。あんな家《うち》……プレハブの平屋だし、せいぜい小さな部屋が二つ、三つってところよ。家《うち》はね、部屋だけでも七つあったのよ。お祖母《ばあ》様の部屋と、子供部屋、私とおとうさんの寝室に応接間やリヴィング、広いアトリエと書斎、お客様用の寝室まであったわ。これ見よがしに小綺麗に建ててるけど、あんな家……せいぜい家《うち》のアトリエ一間分。庭だって、庭と呼べるような代物じゃないわ」

いつにない母の激しい口調に、僕は「そうだね」と合わせて黙った。

部屋の数で言えば、大家さんなんだから、このアパートの部屋を足せば、七つどころじゃない。でも、そんなことを母に言ったたって仕方がないだろう。

母は燃えてしまったあの家を、あの日々を、忘れられないのだ。

僕だって覚えてはいる。

二階の子供部屋を出て祖母の部屋の前を通りすぎると、半円を描いて下りる階段……一階には母の言葉通りの広いアトリエと応接間と書斎があった。北側のアトリエはモデルになるとき以外、僕らは入室禁止だったが、ごちゃごちゃしているだけで面白いものはない。僕のお気に入りは書斎だった。

　庭に面した窓を除けば床から天井まで、三方が本で埋もれていた。部屋は、いつもひっそりと静かで、いつだって寝椅子に寝ころんで好きな本を読むことができた。蔵書の大半は僕が生まれる前に他界した祖父の物だったが、僕でも面白く読める本は沢山あった。

『ガリヴァー旅行記』『ゲド戦記』『ロビンソン・クルーソー』『ピーター・パンとウェンディ』『シートン動物記』『石の花』『金時計』『十五少年漂流記』『シェークスピア名作集』……『石の花』や『金時計』などは『少年少女名作全集』という箱入りの大きな本で読んだ。各国別に組まれた子供向けの全集だ。多分、祖父が子供の頃に読んだ本なのだろう。全ての漢字に振り仮名があり、この全集なら僕にも容易に読むことができた。それに子供部屋にある本より、ずっと面白い。『ゲド戦記』と『ピーター・パンとウェンディ』も、箱入りの、厚く大きな本だった。何度も読んだから、挿絵も全部覚えている。他の本だって、判らない漢字は飛ばしても何となく文章の意味は判る。火事で燃えるまで、そこは僕の天国だった。

　テレヴィを独占しながら、兄はいつもこう言ったものだ。「書斎に行けよ、翔《しょう》。書斎でめそめそ泣いていればいいじゃないか。黴臭くってさ、おまえにぴったりの部屋だよ」

　でも全て燃えてしまった。何もかも。失われたんだ。全てが。

なぜ母は判らないのだろう？　どうして失われた物に固執するのだろう？　言ったところで、どうしようもないじゃないか……それに隣の家が二部屋か三部屋なのに、家《うち》は……だって？　二つ三つの部屋が七つになったからって、なんだと言うのだ……大した違いじゃない……所詮ドングリの背比べだ……そう思い至ったとき、僕も……隣の家の住人を仮想することに飽きた。

僕もちっぽけな家や庭に囚われすぎていたのかもしれない。そう、二つ三つの部屋が七つになったところで大した違いはない……もっと大きな……世界そのものを作るんだ……僕は今までのノートを捨てて、新たにノートを用意した。この部屋や隣の家などという世界ではない……もっと壮大な世界を作るためのノート。

住まいなどどうでもいい。とりあえず、この部屋にはテレヴィとテレヴィゲーム、それに気に入りのソフトもあり、真新しいノートもあるんだ。

三

満開の桜の樹の下に精霊が居た。

墓地という空間が精霊を生みだしたのか？

だが、桜吹雪の中に……桜の精……

精霊はそっぽを向き、桜を見上げ、そのまま目だけを伏せると大人染みた吐息を吐いた。

「ふっ」……吐息は薫りとなり、私の身は震えた。桜の薫り……

四

　桜の時期になると、母はいつも「お花見に行きましょう」と言う。

「家には大きな樹があったでしょう？　あれを見ると、いつも幸せになったわ。ああ、春が来たんだわって、本当に感じるの」

　毎年、同じことを言い、仕方なしに僕らは花見に行く。僕だって桜は好きだ。だが花見に行っても母は幸せになれない。桜を観ながら、その顔は悲しそうだ。ならば行かなければいいのに。いつも楽しそうに出掛け、憂鬱気に帰る。そして今年も同じことを言った。

　今年――父は「僕は無理だよ」と言った。「休日返上の忙しさだし、転職したばかりだ。休みなんてとれないよ」

「次の日曜も休めないの？」と母。「今週も出社したじゃないの」

「無理だよ。週明けまでに五十頁のパンフレットを作らなければならないんだ。来週半ば過ぎなら……まだ、なんとも言えないけれど……休めるかもしれない。でも、入社したばかりだしね」

「半ば過ぎなんて、もう散っているわ。それに聖も学校よ」

僕は「僕は翔だよ」と言う。

「あなたも学校でしょう？　頼みに頼んで、ようやく二年に進級できたのよ」

話が変なふうに逸れてきたので、僕は応えない。

「とにかく、来週はもう散っているわ」と母は拗ねたように言った。拗ねると母は少女のような顔になる。父は困ったように目を伏せた。

父は高校の美術教師をしていたという。でも僕が知っている父は予備校の講師……最初は渋谷だったけど、目黒や高円寺、赤羽にも行った。その後はずっと絵画教室の先生だったが、先月からはデザイン事務所に勤めている。

父が「ああ……」と顔を上げた。笑顔だ。「そうだ、お姫様たちを、僕の昼食の場所にご案内しよう。桜満開の青山墓地！」

「墓地？」と、母は眉を顰《ひそ》めた。

「おとうさん、墓地でお昼を食べているの？」

「ああ、会社で食べると休めないしね。いい気持ちなんだ。お弁当と飲み物を持って……静かだし……このところ花見客も多いけど、あそこは広いから素敵な場所がいくらでもある。会社から近いし……今日も行ったけれど、あそこの桜は凄いよ。昼休みを多めに取るくらいならできる。それなら、明日でも構いませんよ。お姫様？」

★

日曜日、僕らは青山墓地に行った。

父はやはり休日出勤だったけれど、昼休みには出られたし、母の勤めている画廊は休みだったからだ。

父の言った通り、桜は満開で素敵だった。花見客も多い。僕らは通りからちょっと引っ込んだ草地を見つけ、お弁当を広げた。

目の前を花見客がぞろぞろと通り過ぎ、車が通り過ぎていった。風が強く、満開の桜は散り急ぎ、母の作ったおにぎりに張りつき、ジュースの池に浮いた。

「桜にぎりだ」と、父は笑う。

母はちょっと微笑んだだけだ。また昔を想い出しているのだろう。

「桜にぎりに桜ジュース、桜卵だね」と兄が陽気に言い、おにぎりに張りついた桜の花びらをぺろっと嘗《な》める。「結構なお味で」——母のご機嫌を直すには兄が一番だ。ようやく笑い声を上げる。長い髪が風に靡《なび》き、桜の花びらも沢山付いて、本当にお姫様みたいに綺麗だ。

他にも数組、僕らみたいに墓地で宴を張っている酔狂な人たちが居た。でも母みたいに綺麗な人はいない。淡い紫のお気に入りのワンピースは桜にとても似合った。胸元や膝の上に張りついた花びらは動く模様となって母に仕える。少女のように華奢な肩を覆うゆったりとした袖は風にはためき、陽に透けて、薄紫の翼のように見える。数年前の花見のとき、父は『桜の精みたいだ』と言った。それ以来、花見のときにはこのワンピースになった。今年、母は『妖精の衣装もだいぶくたびれてきたわ』と笑いながら着替えた。でも、やはり素敵だ。道行く人だって母に目を止めている。

★

「そろそろ戻らないと……」と立ち上がり、通りに出た父の足が止まった。

通りの向こうにはタクシーが何台か並び、喪服の人たちが乗り込んでいるところだった。その中の一人が父を見ていた。

どこかで見たことがある……でも……まさか……でも……あの髭……コールマン髭とかいうあの……僕の手を繋いでいた母も、樹の手前で立ち止まってしまった。その人は連れに何か囁くと、父に向かって通りを渡ってきた。

「木原君、しばらくですね」と父に言う。

「やあ……」と父はぼんやりと応えた。「何年振りだろう」

「奈津子の納骨でね」

「嘘だろう」

男は無表情に首を振った。「交通事故で。三週間前ですよ」

「奈津子さんが……」と母も言う。男がこちらを見た。やはり片桐哲哉に似ていた。まさか、そんな……僕は顔を逸らす。

「英子だよ」と父の声。「それに息子の聖……」

つかつかと通りを渡ってきた男が「兄さん」と、その男の肩に手を掛けた。「車、出発しますよ」

なんだか、取り残されたような感じで、僕らは通りに突っ立っていた。

母がようやく歩き始めて言う。「奈津子さん亡くなったの。可哀相に」――でも、『可哀相に』という言葉とはまったく反対の言い方だった。そして「片桐さん、この間もテレヴィに出ていたわ」と、いつもの憂鬱そうなつぶやきで続けた。「立派になったものね。同じスタートなのに」

僕はびっくりした。『片桐』……それに『テレヴィ』だって？……では……やはり片桐哲哉だったんだ……片桐哲哉が父を見て『しばらく』と言った……父の知り合いだなんて……僕は父を見た。

「スタートは同じでも後が違うよ」と、父は出口の最後の桜を見上げながら応えた。

「彼は大学院に進み、フランス留学までしてる。それにスタートだって違うさ。教授の覚えも高かったし、在学中からスターだったよ」

「私たちだって、そう変わらなかったわ。学生結婚なんて……」

「よせよ」と父。「聖の前だよ」と、ちらりと僕に目を走らせる。

「僕は翔だよ」と言ってやる。二人とも陰鬱に黙ってしまった。せっかく来たというのに……その後の会話は、もう知っている。襖一枚の仕切りなんだから、なんだって判ってしまう。母の声は高く澄んでいて、寝たふりをして静かにしていれば、ひそひそ話だってよく聞こえるんだ。『学生結婚』の後は『双子だと判って中退したのが間違いだった』って続く。『あなたは逃げてた』『おかあさまの意見で育児に専念』『私の未来は潰れたわ』……そう、せめて双子でなかったら……兄一人だったら……母は幸せになっていただろう……

「聖はこっち。学生結婚がどうしたの？　聞きたいなあ」と、兄が無邪気に声を上げる。そして二人の周りを飛び跳ねてさえみせた。「ねえねえ、聞かせてよ」

　父も母も黙したままだ。

★

　父は事務所に戻り、母は地下鉄に乗ってもずっと黙っていた。片桐哲哉のことを考えているのだと思う。

渋谷に着いて、母はようやく口を開いた。「日曜の渋谷は最悪ね」

不機嫌だ——と、思い、ただうなずいた。眼鏡を掛け、先に立って雑踏を掻き分ける。駅から東急デパートの本店近くまで、まともに歩けないほどの人込みだ。今頃の時間は知っている顔にも会わない。皆、遠くから来た余所者《よそもの》ばかりだ。

神泉の駅に抜ける路地に入ると、人影はぱたりと絶える。家に曲がる角まで来ると、ナイトの職務完了。まだ陽も高い。僕は「バードの所に行ってくる」と言う。母は無関心にうなずいただけ、兄は顔を顰《しか》めた。


スナック『ドラゴン』——。薄汚れた黄色いアクリル製の看板には、ミミズに手足を付けたような黒いドラゴンが飛んでいたが、この間からは後ろ足も外れてしまい、もはやドラゴンには見えない。哀れなドラゴンが泣きだしそうな店だ。

店に入ると、小母さんはカウンターの中で、もう下ごしらえをしていた。古い換気扇がとんでもない音を立てて回っていたが、大根の匂いが鼻をついた。顔を見ると、「上に居るわよ」と笑う。

急な階段を上ると、すぐの六畳にバードは居た。

「よお、来ないかなあと思ってたんだ。以心伝心だな」

「新しいの、出来たの？」と、靴を脱ぎながら聞く。あぐらを組んだバードの周りに散らし広告が散乱していた。

「出来立てのほやほやだよ。こないだの続き、弄《いじ》ってみたんだ。ちょっと弾いてみるから、ま、聴いてくれ」

広告の裏に書かれた、相変わらずのひどい字……出だしから乗れなかった。でも気持ち良さそうに歌っているし、黙って聴く。

バードと知り合ったのは、昨年……中学に入ってまもなくだ。

前から路地でよく行き合い、「やあ」と、声を掛けられるようになっていた。ずんぐりとした巨体の上に丸くのっぺりとした顔、おまけに酷いがに股で、河馬が歩いているみたいだと思った。剃り上げた頭は、頭頂だけ鳥の巣のように髪が残されて金色に染められている。奇抜な金髪頭も、耳や眉に止められたピアスも、まるで似合わなかった。それにいつもぶら下げているスーパーのポリ袋には何か白い物が透けて見える。この辺りのチンピラで、袋の中身は薬かなと、僕は思い、無視していた。

「やあ」も気にならなくなった頃、僕は変な男に絡まれた。

「小遣い、欲しくない？」と、男は通りしなに僕の腕を掴んで言った。左手でポケットをまさぐり、千円札を何枚かちらつかせて「一時間付き合ってくれたら五千円払うよ」と、ぞっとするような笑顔を見せた。

「放せよ！」と、僕は言ったけど、細身のわりに男の力は強くて、僕は壁に押しつけられてしまった。男の顔が迫る。

「たった一時間だよ」と臭い息が吐きかけられ、肩を摑まれた。耳元で「六千円」と凄味のある声。

――ポケットにはナイフがあった。実際に使うなんて思ったこともなかったけど、右手がポケットに伸び、ナイフに触れ、取り出していた。

そのときだ。バードが「よお」と、僕の肩をなれなれしく叩いてきたのは。

男はバードを見上げると、薄ら笑いを浮かべ「じゃ、また」と、そそくさと逃げていった。

「この辺りの奴じゃないな。大丈夫か?」と、バードの声を聞きながら、僕は壁に凭れたまま、崩れそうだった。膝から下が、だらしなくがくがくと震えていた。ナイフがかちゃっと足元に落ち、目で追う。そして彼の下げていたポリ袋の中を見たとたん、笑ってしまった。震えも止んだ。タオルやシャンプーや石鹼……そこの銭湯に通っていたんだ。

バードも笑った。僕は「B級映画の筋書きだね、美女じゃなくて悪いけど」と言い、彼を見た。彼は笑うと目が線になった。おまけに酷い垂れ目だった。ますます可笑しくなって、もっと笑ってしまった。

「美女だったら、気楽に『よお』なんて肩叩けないよ」とバードは言い、もう一度「大丈夫か?」と聞いた。

「ああ、ありがとう」

「俺、バード。おまえは？」

バード？　なんて名前だ。どうみたって、空なんて飛べると思えない。空飛ぶ河馬鳥……そう思いながら「ルシ……」と言ってやる。僕の本名……

「ルシ？　どういう意味だ？」

「言えないよ」

「そうか……まあ、いいや。ルシか」——彼はしゃがんで僕のナイフを拾った。鮮やかに刃が飛び出し、立ったときには納まっていた。「こんなもん、子供が持ち歩くなよ」と、僕のポケットに突っ込む。

「防具だよ」

「防具なもんか。自分が怪我するだけだぞ」

——バードが説教じみたことを言ったのはこのときだけだ。

初めてバードの家に行ったとき、僕はまた微笑んでしまった。路地の先のスナックは『ドラゴン』という名前で、かつて書斎で読んだ『ゲド戦記』を思い出したからだ。——本当の名前は言えない。それは真のドラゴンにしか言えない。それは魂を渡すことだから——

バードは僕を『ルシ』と呼び、それ以上聞かなかった。今、聞かれたら、教えてやってもいいかな、と思う。――そのとき、彼は太い黒縁の眼鏡を僕にくれた。「おもちゃだよ。度も入ってないぜ。やるから……一人で外歩くとき、掛けろよ。少しは目立たなくなる」

「僕……目立つの？」

「ああ……俺の十倍くらいおっきい目だし、女みたいな顔してるからな」――学校でも、そう言われてきた――『女みたいな顔』『人形みたいだ』『澄ましてる』――顔のことを言われるのは嫌いだ。

僕は顔を顰めたが、彼は気にする風でもなく、壁に掛けたギターを手に取った。「俺、歌手なんだ」

バードは当時、高校を中退したばかりだった。普段は母親を手伝って、カウンターの中に居たが、日曜の夜だけはストリート・ミュージシャンに変貌する。繁華街とは遠い路地の店は、客の大半が勤め帰りの男たちで、日曜は暇だったからだ。九時過ぎ、駅近くのシャッターの下りたデパートの前が彼の舞台だ。「近い未来に東京ドームだぜ」と、彼はよく言い、今も言っている。

バードのくれた眼鏡は素晴らしかった。これを掛けると鎧を身に纏《まと》ったような気になる。硝子一枚で世界との間に防波堤が出来たようだ。立派な防具だ。大人になって、お金もあったら、僕は素敵なサングラスを買おうと決めている。テレヴィ・ゲームのロールプレイングの防具だと兜やマスクなどあるけど、僕の世界では防具の最初に眼鏡も入れてみようと思った。縁なし眼鏡、アイアン・フレイムの眼鏡、ブロンズ・フレイムの眼鏡、スティール・フレイム……ステンレス・スティール、プラスティック、シルバー、ゴールド……ありふれてるな……超合金の眼鏡、オリハルコンの眼鏡……

　ナイフは今も身につけている。ナイフと眼鏡は共に防具……必需品だ。

「どうだ？」と、バードの声。

　歌が終っていた。

「出だしの『ラヴ、ラヴ、ラヴ』って、変えられない？　ビートルズじゃないか。それに次の『僕の小鳥は』もなんだか陳腐だ」

「そうか……『ラヴ、ラヴ、ラヴ』たって、ぜんぜん節は違うけどな。じゃ、どうしよう？」

　最初に聴いたときから、僕は彼の詞にけちをつけた。でも、彼は怒るでもなく、僕が思いつきで言った言葉を受け入れ、歌詞を直した。「おまえ、素っ気ないけどいいこと言うよ」と、笑顔で。それから僕らは共同で歌詞を作っている。それは成り行きで始めたことだったけれど、面白かった。二人で思いつくままに言葉を出し合い、つなぎ合わせていく。各々勝手に紙に書き、同時に見せ合ったりもした。既成の歌から間隔を決めて言葉を取り出すなんてこともしてみた。ありふれた言葉が、つなげ具合で、思ってもいなかった詞になることもある。これは、とても楽しい作業だった。

夕方まで歌詞を練り、音も変えた。

僕が「そろそろ」と立ち上がると「なんだよ」と、細い目を見開いた。

「初演だぜ。夜まで付き合えよ」

「ううん、きょうは帰る。夜、用事があるんだ」

「そうか、じゃ、またな。ありがと」

彼が好きなのは、しつこくないからだ。別に用事などなかったが、きょうは家に帰りたかった。ここに来ても、片桐哲哉の姿が、頭の中でちらちらし続けていた。

★

夜、僕がテレヴィ・ゲームをしているので、両親は安心して襖の向こうでまたひそひそと話をしている。声の感じから口論だ。聞こえないと思っているのだ。ゲームの音楽で確かに話の内容は聞こえはしない。でも音の合間に『片桐』と、二度ほど聞こえたから、片桐哲哉の話だ。

墓地で父に近寄ってきた男が片桐哲哉だったというだけで驚いたのに、父母は片桐哲哉と同じ大学で、友だちでもあったらしい。凄く遠い存在だと思っていたのにびっくりだ。それに『奈津子』という死んだ人は片桐哲哉の奥さんだろうか？　その人も両親は知っているようだ。

　僕はダンジョンの地図を描きながら、ゲームを続けている。でも頭の中は墓地で、片桐哲哉が立っていた。

『この間もテレヴィに出ていたわ』だって？　そう、テレヴィを見ていたのは僕だ。上野の美術館でやっているギュスターヴ・モロー展の紹介をしていた。彼はこの美術番組のレギュラーだ。彼はモローの『出現』という水彩画の解説をしていた。サロメの絵で、空中に光り輝くヨハネの首が浮いている。左側に居るサロメは戸惑っているみたいに見えた。そのとき母が部屋に入ってきて「うるさくてたまらないわ。消していい？」と聞いた。僕はうなずき、母はテレヴィを消して出ていった。スウィッチを押すとき、画面では片桐哲哉がその絵について話し始めたところだったから、母の目にも入ったはずだ。でも知り合いだなんてことは一言も言わなかったし、今までだって、片桐哲哉の名前なんて両親の口から聞いたことはない。テレヴィだってうるさくはなかった。ボリュームも下げていたし、エリック・サティの静かな曲が微かに聞こえるだけで、片桐哲哉の声も低く落ちついた声だった。あのときは母のいつもの偏頭痛かと思った。でも判らない。母は片桐哲哉を知っていて……そして嫌いなのだろうか？

「どうだっていいじゃないか。あんな男」と兄が言う。「学生時代一緒だったからって、今は付き合ってもいないんだし、別世界の男だよ」

「うるさいなあ。地図が描けないよ」と僕は苛立った声をあげていた。とたんに襖の向こうの声もやんだ。僕はコントローラーを操作し、ダンジョン内の宝を一つ手に入れる。

「おい、そろそろ野球が始まる。やめろよ」と兄が言う。

隣の部屋から野球番組の音が聞こえてきた。二部屋しかない家に、テレヴィだけは二台ある。このテレヴィは僕専用だ。小さいけれど、ゲームさえできればいい。

「あっちに行って、見ればいいじゃないか」と兄に言う。


火事で燃えた家にもテレヴィは二台あった。

祖母の部屋とリヴィングルームで、ゲーム機はリヴィングルームの方のテレヴィに接続されていた。そして僕がゲームをしていると、サッカーだ、野球だと言って、兄は断りもしないでチャンネルを変えてしまった。あの頃、僕はどうしても兄に勝てなかった。優等生でスポーツも万能。腕力も強かった。明るく、はきはきとしていて、僕以外の誰にも愛想が良く、僕以外の誰からも愛されていたからだ。『聖』と『翔』……少女趣味の母が考えそうな名前だ。ただ兄にはぴったりの名前だった。

昔から誰もが兄に会うと『天使のよう』と言ったものだ。兄は物心ついた頃から既に外向けの『無邪気な笑顔』を浮かべるのが得意だった。いや、赤ん坊の頃から、もう、会得していたのかもしれない。『聖ちゃん？　神聖の聖……本当に聖なる天使って感じね』と、よく言われた。後で兄からどのような酷評を受けることになるかなど夢想もせず……それこそ無邪気に、気軽に、『天使のよう』と……長めの癖毛は捲き毛となって天使の仮面を縁取り、母の手製の服は『天使らしさ』に拍車をかけた。いつも揃いの女の子のような服……ハンカチーフからソックスまで、何もかも同じだった……そして兄の後ろから僕が顔を出すと、『まあ、天使が二人』と笑いが起きる……天使が二人……合わせ鏡に映ったように僕たちはそっくりだと誰もが言った。でも『笑わせるよ』と兄は後で言う。『僕が天使なら、おまえはどう見たって悪魔だ。いいかい、僕らはちっとも似ちゃいない。間違える方が可笑しいよ。おまえのその仏頂面、みっともない泣き顔、ぽかんとした間抜け面、真似しようったって、僕にはできないね』……そう……兄は天使……そして僕は堕天使だ。よく知らない人に愛らしい笑顔を浮かべるなんて芸当は、真似しようったって、僕にはできない。

『翔』は反語。もしくは地に向かって翔んでいる……そこで僕は書斎にもぐり込む。あそこには誰も来なかった。

ダンジョンから無事脱出し、地図も描きあげたので、セーヴしてテレヴィを消す。隣の部屋からは野球の歓声の合間に、まだひそひそと声がしていた。僕は手元の地図を見る。思ったより単純だった。僕だったらもっと複雑にする。ダンジョンというのは迷宮でなければ意味がない。

蜜柑の入っていたダンボール箱から、僕が持っている唯一の片桐哲哉の本、『迷宮世界』を取り出す。

去年買ったこの本で片桐哲哉を知った。

珍しく僕が本を買ったのは、『迷宮世界』という題に惹かれたのと、凄く不思議な表紙の絵でだった。中を読んで知ったけれど、エッシャーという画家の『相対性』という絵だ。階段と壁が妙な形で構成され、一つの階段を上がる人と下る人が居たりする。立ち読みのつもりで入った本屋で、「欲しい」と素直に思った。それは片桐哲哉の言葉に拠《よ》れば『出会い』というらしい。『本との出会い』……そう、隣の家にいろいろな人を住まわせる……なんて、子供染みた想いから離れられたのもこの本からだ。

僕は本を持って押入れに入った。ここが僕のベッド。僕の本当の個室。締め切ると凄く落ちつく。野球が終れば、どうせ母がこちらを見にくる。今日は機嫌が悪そうだから顔を合わせたくない。枕元に置いた電気スタンドを点け、ぴったりと襖を閉じた。

文庫本に押し込められた絵は小さくて見づらい。一度、図書館でこれの原本を取り寄せてもらい圧倒された。でも、あれは高くて買えないし、これだって充分に世界は広がる。

部屋の襖が開き「寝たの?」と母の声。僕は明かりを消し、息を潜める。襖はすぐに閉じられた。

明かりを点け、初めて作者紹介の文を読んだ。

片桐哲哉……G大学院油画科卒業。大学院在学中にフランス国立美術大学留学。現在

G大学油画科教授……本当だ……生年も、大学も父と同じだ。驚いた。

黒いスーツなのに、華やかな雰囲気だった。いや、ああいうのを粋と言うのかな？　父よりずっと背が高く、父よりずっと若く見え……僕を見つめた……いや、僕じゃない……兄を見ていたんだ……父ほどハンサムじゃないけど髭の似合う立派な顔だ……父より恰好いい……著名人に会ったのは初めてだ。花見なんて行きたくないと渋ったけれど、こんなことってあるんだ……でも……だからどうだっていうんだ……兄の言うとおり……別世界の人じゃないか……

五

しっとりとした雨に包まれて、部屋は静かだった。

キマも眠っている。「雨の日は、猫はよく寝るね」と誰かが言っていた。

ゆく春や逡巡として遅ざくら——蕪村の句でエッセイを締め、一息つく。

雨が青木の葉を艶やかに洗い、その雫が根元の著莪《しゃが》の花を揺らしている。

木《こ》の下の雫に濡れて青白い花弁を震わせる著莪は、いとも優雅で幽玄そのもの。この世の花とは思われない。

著莪は、またしてもあの少年を想わせた。

あのとき、確かに桜の薫りを感じた。満開の桜の下で、在りえない薫りを……『源氏物語』の薫は、その身から芳香を放ったというが、あの少年にも確かに薫りを感じた。

あの吐息……身が震えた。実際の薫りではない。桜や著莪と同じ、目には見えぬ薫りである。

「せい」と聞いたが、どういう字なのだろう。
英子が中退し、双子を生んだとは聞いていた。あの少年は双子の一人だろうか？
兄弟で歩いていたら、さぞや目立つことだろう。

六

五月の連休に入り、両親とも家に居る。

「このところ仕事が少ないんだ」と、父は寂しそうに笑った。小さなデザイン事務所は仕事に波があるのだそうだ。「休日出勤も辛いけど、仕事が少ないほうが、なお辛いよ」とも言う。僕は仕事なんて少ない方がいいじゃないかと思う。だがそれは子供の考えなのだろう。父はまた失業することを恐れているのだ。

普段から散歩の好きな父は、やたらと僕を誘った。

「兄さんといけば?」と言って、僕はテレヴィのスウィッチを押す。昨日から、僕はずっと不機嫌だ。

昨日、今月分の小遣いを貰うとすぐにゲーム・ソフトの店に走った。去年の十二月に発売されたシリーズ三作目を手に入れるためだ。十二月には貯めていた小遣いが足りなかった。先月初めに中古ソフトを見つけたけれど、人の使い古したソフトを触りたくない。それに中古のソフトはときどきホッチキスで止めたコピーのガイド・ブックが入っていたりする。今月、ようやく目標額に達して、店に走った。ところがソフトはなかった。一昨日まで確かにあったのに、しょっちゅう売れていないか心配で見に行っていたのに……最悪だ。渋谷から駒場東大前、大橋まで……一日中知っているソフト屋を探し歩いた。でも、ない。まったく最悪だ。

ずっとやっている一昨年発売の二作目をまた始める。

夕方、父母は「宮田さんの家に行ってくるから」と二人で家を空けた。「宮田」って誰だったろうと思い、隣家の表札が「宮田」だったことを思い出した。大家さんだ。二人とも、昼間から廊下でここの人たちと何やら話していたが、皆で家賃値下げの陳情にでも行ったのだろうか？　前から母は「こんな古いアパートで六万なんて高すぎるわ」とこぼしていた。

ゲーム音楽に混じって、ドアを叩く音が聞こえた。僕は今、一人なんだと気付き、聞こえない振りをする。だが、「あら！」と言う母の高い声が聞こえてきた。戻ってきた母と、外に居た誰かが会ってしまったらしい。僕はボリュームを上げて、ゲームを続ける。

ドアが開き、母の「ゲームをやめなさい」と言う声。僕はボリュームだけ下げてゲームを続けた。ところが「こんにちは」と言う声を聞いたとたんびっくりしてボタンを押し間違え、敵に負けてしまった。

母が襖を開け「ゲームをやめなさい」と、また言う。

「かまいませんよ。突然来た私の方が悪いのだから」と声。「これ、つまらない物ですが……」間違いない。別世界の男だ。

やかんに水を入れ、ガス台に乗せる音……父の「狭い所だけれど、ま、入って……」という声。僕はゲームをやめて振り向いた。

目の前に片桐哲哉が立っていた。

彼は僕を見つめ、大人に対するように軽く頭を下げ、父の勧める座布団に座った。

父が「おまえもおいで」と言う。でも、僕は椅子に坐ったまま、四畳半の方に居る。

彼は今、父の方を見ていた。貧民窟を視察に来た外国大使みたいだ。

父は困ったときによく浮かべる薄笑いの顔で「ひどい所で、驚いただろう?」と彼に言った。

「とんでもない」と彼は静かに応え、「こちらこそ、つまらぬことを言い、心配をかけてしまって……」と、父に向かって呆れるくらい丁寧に頭を下げた。

母が紅茶をお膳に並べながら「よく、ここが判りましたわね」と言う。

「いや、僕がね」と慌てたように父。「奈津子さんのことを聞い……伺って、何しろ同級生だったし……いや、恥ずかしいほどの微々たるものだけど……送ってね」

「住所を拝見しましたら、家から歩いていける所なので驚きましたよ」

「松濤の高台だものな。君の家は」

松濤……僕の中学のある所じゃないか……高台には大きな屋敷ばかりある……本当に近くだ。

「交通事故って」と父。「いったい、どうして……」

「追突事故だと聞きました。殆ど即死で……いや、苦しまないだけ良かったと思います」

「信じられないわ、とても」

「子供は？」と父。

彼は首を振った。「突然独りになって」と短く笑う。「まあ気楽でいいかもしれません」

「お独りなの」と母。「それでは身の回りのことも大変でしょう」

「通いですが、昔から来ている家政婦が居ますし、日常は別に……」

「そうですか」と、母はなぜか吐息をついた。「立派なお仕事なされてるし」

「そうそう」と父。「僕らの中で、一番の出世頭だ」

片桐哲哉は煽《おだ》てるような父母の言葉にも、別段表情を変えるでもなく、「いただきます」と紅茶のカップを手にした。慇懃な言葉遣いと、澄ました横顔は、少し冷やかに見えたが、優雅だった。

母はいつもより固くなり、父はそわそわしていた。ぎくしゃくとした雰囲気……外国大使の出現に戸惑っているのだ。僕もどうしたらいいのか判らない。『迷宮世界』は素晴らしい本ですね」と言いたかったけれど、後がうまく続けられそうもなかったのでやめた。兄はどこに行ったのだろう。兄だったら……いつだって、どんな相手だって、実に見事に対応した。模範的な挨拶……最上級の天使の笑顔……明朗闊達な会話……僕は机の引き出しから外出用の眼鏡を取り出し、椅子の背に掛けていたジャケットを手に立ち上がる。

「聖」と、驚いたように父が僕を見上げた。

「ちょっと散歩してきます」と、僕は素早く父の背後を擦り抜けつつ言う。「僕は翔だよ」

ドアを閉める前に、母の「もうすぐお夕食よ」と言う声がした。

「すぐ帰る」——普段行かないから忘れていたけれど、渋谷駅のデパートにも玩具売り場があった。あそこにゲーム・ソフトがあるかもしれない……

来て良かった！　踊りだしたい気分だ！　すぐにでも帰ってやりたかったけれど、まだ彼が居るだろう。僕はデパートの屋上に行って包みを開けた。

ぴかぴかのガイド・ブックを開く。巻頭に地図。胸がわくわくする。ハルーシア大陸、ヴァルーン島、ネプレシア大陸、ゾーリア山……ここが敵の本拠地だろうか？　鋸状の凄い岩山が幾重にも連なっている。

薄暗くなってきて、ガイド・ブックが読めなくなる。売店から焼きそばを炒める香ばしい匂いがしてきた。ポケットの残高は三百二十八円……これで今月過ごさなければならない。新しいノートも必要だ。

駅に出て時計を見る。七時過ぎだった。家を出てから一時間以上は経っていると思う。それでも、ゆっくり、ゆっくり道玄坂を上り家に帰る。こんな小さな円盤に、どれほどの世界が詰められていることか……しかも今度のは円盤二枚だ！　ぞくぞくしてきた。

ドアを開けたとたん、がっかりした。彼がまだ居たからだ。ゲームは出来ないだろう。

母が「遅かったわね。待っていたのよ」とにこやかに言う。出勤用の白いスーツ姿で、化粧までしていた。「お夕食、外で食べることにしたの、片桐さんと。あなたが帰るのを皆で待ってたのよ」

父が「じゃ、行きましょうか」と立ち上がった。

僕はうろたえて廊下に立ったままだ。

父はもう靴を履き始めていた。父の方は、いつものTシャツとジーンズの上に、スエードのジャケットを羽織っただけだ。僕はスエードのジャケットはもう暑いのではないかと思ったけど、先週から着ているナイロンのジャケットよりは立派に見えるかな、と思いなおす。

兄が「行こうよ。腹ぺこだ」と僕に囁いた。「家に残ったって何もないぜ。今夜から好きなだけ冒険できるじゃないか」

そうだ……冒険前の腹ごしらえをしなくちゃ。腹が減っては戦はできない。猛烈にお腹が空いていることにも気付いた。それに父母との外食なんて何ヵ月ぶりだろう。

僕は眼鏡を掛けなおし、先に立ってアパートの外階段を下りた。


道々、父は楽しそうに片桐氏と話していた。僕の居ない間に、旧交をあたためたのか……とても和やかに話が弾んでいるようだ。

僕はただ大人の後に付いて歩いた。とにかく新作ソフトは手に入れた。最高の気分だ。

「あのとき、副手の坂口がさ……」「いや、画策したのは私ですよ……」遅れて歩く母もついに口を出した。「提案したのは私だったような気がするわ……」……父母たちの美大時代……父母たちにとっては過去の、僕にとっては未来の歳……大学……やはり、ちゃんと高校、大学と進学しなければ、駄目なのだろうか？　でも凄く嫌だ。一日行くのだって嫌なのに、この先、高校、大学なんて……気が遠くなる……エリート・コースを進むのは兄一人に任せておけばいい。


東急本店の裏に出、なおも裏道をうねうねと進んで公園通りをＮＨＫの方に上る。ガリバーとミドラに会った。ガリバーはバードの元同級生、ミドラはガリバーの彼女だ。ガリバーは一九〇近いノッポで、いつもしわくちゃの綿の帽子を被っているので、すぐに目につく。ミドラは僕と同じくらいの背丈だけど、色白で顔が小さく、首が長くて華奢な体型なので、壊れやすい人形のような印象を受ける。僕が親たちと一緒なので、互いに微笑んだだけで擦れ違った。そして僕たちは、入ったことのないホテルに入る。

薄暗い店の奥から店長なのか、タキシード姿の男が出てきて片桐氏を迎えた。彼が「いつものを」とだけ言って、コートを脱ぎはじめたとき、僕は不安になって父を見上げ、父と視線が合った。

「お前も脱ぎなさい」と父は柔らかな笑みを浮かべて、ジャケットを脱ぐ。墓地でお弁当を食べている父に、こんな所の支払いができるのだろうかと思いながら、僕も脱ぐ。

案内されたのは、一方が広い窓、後は鏡のようなぴかぴかの黒い壁に囲まれた一番奥のコーナーだった。

テーブルに着いて、母を見、ようやく安心した。母は気持ちをすぐに顔に出すけれど、とても晴れやかな笑顔だったからだ。白いスーツに、真珠のネックレスまでして、素晴らしく綺麗だった。ストライプのスーツ姿の片桐氏の横に坐ると、まるで氏の奥さんみたいに見えた。そして普段着の父は、場違いの所に招待された貧乏絵描き……でも父は屈託なく「こんな所に来たのは何年振りだろう」と、笑った。
食事の間中、片桐氏と両親たちの間では、なおも学生時代の話が楽しげに続いた。もっとも、片桐氏はあまり話さず、父母が交互に話していたのだが——「あのときさあ……」「ね、覚えてる……」——僕は黙々と料理を食べる。何が楽しいのか、よく判らない。

バードもガリバーと、よく高校の時の話をする。そういう時、僕とミドラはただの聞き役だ。ミドラはこの春、大学でガリバーと知り合ったばかりだから、僕同様、聞いているしかない。でもミドラは僕に『ガリバーのことなら、なんでも知りたいの』と言った。『だから、聞いていて楽しいわ』と。僕はちっとも楽しくない。だいたい学生時代なんか、どこが面白いんだ。それとも、高校や大学に行くと、幾らかは面白いのだろうか？　でもバードは中退しているじゃないか……ガリバーみたいな友だちが居たって、中退している……

父が「しかし、油だけじゃなく、本も書き、最近は文学評論までしているそうじゃないか」と、一段と声を上げた。「美術から文学までとは、すごい活躍だね」
「なに、本の方は翻訳と評論、創作ではないし……」と片桐氏は微笑み、ちょっと間を置いて「とても『文学まで』と、言われるほどのものではありません」と言った。——

声が沈み、テレヴィで話すときの張りはなかった。

父は「いやいや、大したものだ。テレヴィにも出ているし」と頓着なく、陽気に言う。

「なに、本当に才能があったら、黙々と絵だけを描いているでしょう」

「冗談だろう。ニューヨーク近代美術館所蔵って作家が。いや、パリのポンピドーとか、ロンドンのテートとか、何だかあちこち所蔵されてるって聞いたよ。君が『才能』などと言いだしたら、今の画壇の連中はどうしたらいいんだい」

「いや、留学して才能がないとやっと自覚しましてね。遅い自覚で恥ずかしいが……」

僕は片桐氏の絵は知らない。でも、目を伏せた片桐氏の顔は謙遜というより、何かに耐えていた。そして片桐氏は苦笑いを浮かべたまま俯き、応えなかった。

束の間、静寂が支配し、他のテーブルの声と音楽が流れ込んできた。

母が陽気に「でも、若手の画家としても、美術評論家としても一番よ」と声を上げる。

「それに、三十半ばでG大の教授になるなんて、前代未聞だわ。あり得ないことよ」

父が「本当に驚いたよな。昨年の春、新聞で見たときは『嘘だろう』って言ってしまった。いや、君の実力を疑った訳じゃないよ。だけど、僕たちまだ三十七だろう」と言う。「三十六でG大教授。正に前代未聞だよ」

「厭味ね」と母。「私が一浪したことをお忘れなく」

「まあまあ」と父。「とにかく古色蒼然のG大も、やっと時代に合わせて若返りを考えたんだ」と笑う。

「私たちの時なんか、右を向いても左を見ても、おじいさんの教授ばかり」と母。「今の生徒は幸せね。ねえ、S教授覚えてる？　月に二度くらいしか来なくて、来れば万年同じことしか言わなかった……」

父が「明暗だよ、君、明暗」と、嗄れた声を上げる。

座は再び和やかな雰囲気になった。良い香り、素敵な食事、静かなピアノ演奏、穏やかに柔らかに交される思い出話……片桐氏と向き合って坐り、固くなっていた気持ちがほぐれてくる。氏は、不自然に話しかけてくることもなく、ただときどき目が合うと、軽く微笑んだり、「嫌いな物はありませんか？」と、大人に向かって話すように丁寧に、食事のことを話すだけだった。食事はとても美味しく、僕はさっき読んだガイド・ブックを思い出しながら食べ、とても満ち足りた気分だった。

兄が「来て良かっただろう？」と言う。僕がうなずいたとき、母が僕に向かって話しかけてきた。

「ね、聖。この間あなた、片桐さんの出ていたテレヴィを見ていたでしょう？」

「僕は翔です」と言いながら、アイスクリームを食べていたスプーンを皿に置き、母を見た。せっかくいい気分だったのに……

「そう」と、母は慌てたように笑い、それでも「片桐さんが出ていたわよね？」と、話を続けた。

つい、片桐氏を見てしまう。「ええ」と、僕は言った。彼はちょっと微笑んだが、何も言わなかった。そこで仕方なしに「絵の……ギュスターヴ・モローの紹介番組でした」と続けた。

「モローは好きですか?」と、氏は穏やかな低い声で尋ねてきた。

「いえ……まだ……あのテレヴィで初めて観たので、まだ、よく判りません。片桐さんの訳された『さかしま』に頻繁に出ていたので……観てみたのです」

「翔」と、父の驚いたような声。「片桐君の本を読んでいたのかい?」

「いや」と片桐氏が微笑む。「単に翻訳ですよ。留学中になんとか覚えた拙いフランス語の」

「いや、在学中から、君は仏語でもトップだったじゃないか。講師が詩人の……なんと言ったっけ……最初から『出席しなくてもテストさえ受ければ単位はあげよう』と言ってくれた寛大な講師で……もっとも美大生なんかに仏語を教えたって真面目に勉強する奴なんかいやしないと投げてたんだろうけど……それで皆、外国語はこぞって仏語を取ったんだ。ところが、君だけは真面目に勉強していた」

「いや、私だって、随分とさぼっていた。『さかしま』はかなり変わった本ですが……」

と、氏の視線は再び僕に向けられた。「どうでした?」

「面白いと思いました。でも……」――皆の視線が僕に集まっていた。なぜ『でも』なんて、言ってしまったのだろう。『面白いと思いました』だけで口を閉ざせば、それで済んだのに……と思いつつ、また仕方なしに続けた。「『さかしま』を読んだのは、片桐さんのエッセイ集の中で、『頽廃文学の最高峰』とか、『贅を凝らした美学の極致』とか……とにかく、凄く祭り上げられていたからです」

母が「エッセイ集も読んでるの?」と、にこやかに聞いた。極上の笑顔だ。いつも兄にだけ向けられる極上の笑顔。僕は嬉しくなる。

「それで?」と片桐氏。

「でも……何だか滑稽でした。『頽廃文学の最高峰』なんて、凄い感じじゃなくて……何だか滑稽な病気文学……モローやルドン……絵や音楽、色彩についてとか、いろいろ書かれているけど、それと同じくらい、執拗に病気のことが書かれていて……」——兄の呆れた顔が見えた。いつもと逆じゃないか。兄のお株を奪っている。兄より饒舌な僕……でも、兄は本なんか読まない。読んでないから、何も言えやしない。昔から……子供部屋にあった本すら読まなかった。読むようなことを言い、祖母にねだって『少年文庫』なんてシリーズを書棚一杯に揃えながら、手にしたこともない。兄の居ない間に、真新しい頁を開け、本に呼吸させるのは僕だった。(きょうは兄さんの出番じゃないみたいだね)僕は兄を見、次いで無視して続けた。「谷崎潤一郎の『瘋癲老人日記』のフランス版じゃないかって……思いました」——母はずっと笑顔のままだ。普段は本の話は嫌うのに……良かった……

でも……片桐氏があまりまじまじと僕を見つめるので、僕は目を伏せようとした。変なことを言ってしまったのだ。変な……失礼なことを……いつだってそうだ、僕が話すと……ところが、溶けたアイスクリームに目を落とした瞬間、氏の声が聞こえてきた。

「素晴らしい感性ですね。翔君は」

父の「小さいときから、本の虫でしたから」という声。

「だが、中学の二年生でしたか？　その歳で『さかしま』を読み、『瘋癲老人日記』を読み、しかも両者を繋ぎ合わせるという感性は素晴らしい」

「僕……でも、本当は中学三年の歳です」――言ったとたんに母の顔が強張った。また座が白けるのを感じる。兄の笑い声……そう、調子に乗りすぎたんだ。僕が話すと、いつもこうなるんだ。アイスクリームもすっかり溶けて、もう食べられやしない。

父の「僕は『さかしま』も、その……『なんとか老人日記』も読んでない」と、笑い声。「家《うち》で本を読むのは翔くらいですからね」

片桐氏の「さっき、あなたが出掛けられた後で伺いましたよ」と言う声。「火事の後、ずっと入院されて一年遅れたそうですね」

「私も両方読んでないわ」と投げやりな母の声。

父の「すっかり、御馳走になってしまって」と改まった声。

「いや、とんでもない。久しぶりに会えて、実に楽しい夕食でした」

椅子を引き、皆、立ち上がった。僕も立つ。

通りに出ると、片桐氏が「私の本を読んでくれていたなんて思いもしませんでしたよ。

ありがとう」と言った。気が付くと、僕は氏と並んで歩いていた。片桐さんの胸ポケットで白いハンカチーフが揺れている。僕の頭は彼の肩くらいだ。

「持っているのは『迷宮世界』だけです」と僕は言い、後ろから聞こえてくる両親の会話を耳にした。片桐氏と二人で歩いているんだ。なぜ、僕と……何か続けなければ……と、思う。「文庫の……片桐さんの本で文庫になっているのはあれだけでしょう？　他のは……翻訳やエッセイ集など……とても素敵だけど高くて……図書館で借りて読んだんです」

「読んでもらえるだけで嬉しいことですよ」

僕は片桐さんを見上げた。真面目な顔で僕を見ていたが、目が合うと街の雑踏に目を逸らした。

「『さかしま』と『瘋癲老人日記』を結びつけたあなたの感想ですが、大人でも、こんな感想はなかなか言えませんよ」

褒められたのだろうか？　そう思っている間に、片桐さんは両親に挨拶をし、松濤への道に入っていった。

僕は父に「片桐さんの絵って、どんな絵？」と、聞いてみる。

「抽象だよ。最近は知らないけど、『フライ』とか『ジャンピング』とか、訳の判らない題で、訳の判らない絵を描いてたね」

母が「今だってそうでしょう」と言う。「今は、そういうのが受けるのよ」

抽象……『フライ』って『飛ぶ』だろうか？　まさか『蝿』じゃないだろう。父母は疲れたみたいで、急にしょげたように黙りこくって歩いている。僕もそれ以上、質問しなかった。暗い路地の先に『ドラゴン』の看板が見えてきた。足の欠け落ちた黒いドラゴンのシルエットは、飛翔のイメージとは遠く、蝿に近かった。

七

薫りは身にまとい付き、離れなかった。混乱と戸惑い。

錯覚だ……奈津子の死と桜が見せた幻にすぎぬ。

そう思うそばから、「ふっ」と、あの吐息が耳をくすぐる。

錯覚であることは判っていた。だが、そう確信するために木原を訪ねなければならなかった。

だが、幻は実在した。私のシメール。

双面の神、ヤヌスは物事の始まりの神だ……

「聖」と「翔」……惑いは深まり、慣れぬ惑いに、私は戸惑う。

八

新作ソフトは少し期待外れだった。

世界はいいけど、前作より易しくなっている。手応えがない。これはロールプレイングの中でもハードなところが気に入っていたのに、一般受けを狙ったのだろうか、簡単にどんどん進んでしまう。物足りない。お子様向けのソフトなど、巷に溢れているんだから、いまさら迎合することないじゃないか。そう思いつつ、寝る間も惜しんでやる。

きょう、日曜日だというのに、とうとう教師から電話が入ってしまった。

「あなた、また学校休んでるんですって」と母が部屋に入ってきた。昼食を済ませ、僕がテレヴィのスウィッチを押したばかりのときだ。

「行ってるよ」と言って、コントローラーを手に取る。

「嘘、先生がおっしゃってたわ」と、母はテレヴィを消してしまった。「『この三週間、週に二回くらいしか来ていない』って」

「兄さんが行っているからいいじゃないか」と、僕はスウィッチを押し直す。

「僕は毎日行ってるよ」と兄が朗らかに言う。「翔と違って、いい子だもの」

「翔、あなたにも行ってほしいのよ」と、母は兄の声など無視して続けた。「毎日ね」

「行かなくても勉強はしてる。どこで勉強しようと同じだよ」

「同じじゃないよね」と兄が勝ち誇ったように言う。「翔は昔から駄目な奴なんだ」

母は吐息をついた。「学校に行くことが大切なのよ。ね、おかあさんが何度も何度も先生にお願いして、やっと二年になれたんじゃない。進級できなかったらどうするの」

——母の顔が泣き顔になってきた。母の泣き顔は見たくない。僕は顔を逸らしてテレヴィ画面に現れたゲームのタイトルを見る。「再来年は受験なのよ。『成績はいいんだから、高校も大丈夫』って、先生もおっしゃってくださったでしょう？　でも、学校に行かなければ進級も卒業もできないのよ。卒業できなければ、高校も受験できないわ」

僕は黙ってコントローラーのボタンを押した。『続き』と現れた文字に合わせて、また押す。画面にいつもの部屋が現れる。

「ねえ」と母の声。胸が痛くなる。

「本当に困ったことばかり」と、母はまた吐息をついた。

僕も吐息をつく。「どこに越すかも決まってないし」と、僕は二次元の街を歩きながら言う。店に行って買い物をしなければならない。「学校も変わるんでしょう。変わるのなら、行く必要もないじゃない」

「そうならないように、この辺りを捜しているんじゃない」

母は三度目の吐息をついた。

この間、隣に行ったのは父母だけではなく、ここの住人全部だったらしい。あの素晴らしい食事の後、あれほど楽しげに話していた父母は、家に帰るとたちまち意気消沈して、夜中まで二人で話していた。

大家さんの話は、ここの建て直し計画で、僕たちは七月末までには、ここから出ていかなければならないらしい。

『高い』と母が言っていた、ここの家賃は、その夜から『こんな安い所はないわ』と代わり、その夜の結論では、僕たちの住まいは今より質が落ちるだろうということだった。

母は新しい住まいを捜す気力もないようで、父が勤め帰りに、不動産屋を巡っていた。毎日、父は意気揚々と「掘出し物」を捜してくるが、母から相手にもされない。

僕は銭湯になろうが、手洗いが共同になろうが構わない。とりあえず、今以上に小遣いが少なくならないこと、押入れを一つ確保できること、そしてこのテレヴィを持っていくことができれば、後はどこだっていい。

なんとかやりくりして、ゴールド・フレイムの鎧を買ったとき、散歩から父が帰ってきた。驚いたことに片桐さんが一緒だった。『気まぐれにすぎない』『もう二度と来ない』と父母たちが言っていたのに……茶色の……見たこともない不思議な色の薔薇の花束……顔が埋まりそうな大きな花束を抱え、大きな紙袋を下げ、何か、とてもおずおずと入ってきた。

横に座っていた母がバネで弾かれたように立ち上がる。

「通りで出会ってね」と、父がジャケットを脱ぎながら言った。「紙袋だけ僕に押しつけて帰ろうとするから、無理やり連れてきたんだ。そうしたら、途中で花まで買って……こんなあばら家に招待しただけなのにね」

母が「なんて素敵な薔薇」と、うっとりと言う。「でも、こんな立派なお花を活ける花瓶がないわ」

皆、笑った。父に勧められるまま、座布団に座った片桐さんが「バケツにでも何にでも」と言う。「庭に著莪《しゃが》が咲いていましてね。本当は著莪を持ってきたかったのです。だが、あれは一日で萎んでしまうし……」——僕と目が合った。「そうそう、これは翔君に」

「えっ」と兄の声。

「翔、あなたにですってよ」と、母が差し出された紙袋を、僕の方に押した。「重いわ、すごく」と、嬉々とした声。「お礼は?」

仕方なく椅子から立って、傍に行く。紙袋を覗いて驚いた。『迷宮世界』の原本、『迷宮への誘い』『象徴派の魂』という氏のエッセイ集、それに翻訳されたユイスマンスの

『さかしま』……どれも箱入りの、すごく立派な本だ。

「自分の本を押しつけるのもどうかと……迷いましたが、読んでくださっていると聞きましたので……」

僕は片桐さんを見たが、彼は父に向かって話していた。本の横にはケーキらしき真四角の箱も入っていた。

母がうきうきと大きな広口の硝子瓶に盛られた花を運んできて、お膳に置く。「本当に素敵！」――硝子瓶は、昔、燃え残った物置にあった物で、今は米入れに使われていた。（お米はどこに移したのだろう）と、僕は思い、母の機転に驚いた。

「おい、礼も言えないのか」と、兄が囁く。「いい歳をして」

「ありがとうございます」と、言ってから吐息が漏れてしまった。会ったばかりの人から、こんな高価なものを貰ってよいのだろうか。そして、吐息など漏らして、きっと気を悪くしただろうとも思った。「これは？」と、四角い箱を紙袋から取り出す。

「ああ、菓子を少々」

「まあ、嬉しい」と母。「そうそう、お花に気を取られて、お茶も淹れないで」

「いや、本を届けようと伺っただけですから。もう失礼しますよ」

「だめだめ。お茶も差し上げないでお帰しするなんてできないわ」

母は僕が持っていた箱を実に自然に取り上げると、うきうきと鼻唄まで歌いながら、玄関脇の台所へと消えた。鼻唄は、母の大好きな『眠れる森の美女』……母ははしゃいでいた。拗ねても、はしゃいでも、母は少女に返る。揺れる髪、軽やかな身振り、弾む声……貧相なお膳から浮いていた薔薇が、母の背景として、しっくりと合う。

父が「まるで、サンタクロースだね。君は」と、言う。

鼻唄が途絶えた。馬鹿だなあ、あんなことを言って……と思いながら、僕は『象徴派の魂』というエッセイ集を袋から出し、椅子に戻る。『シュルレアリズムへ』という副題がついていた。

これだけは図書館にもなかったので、初めて手にする本だ。外箱の金を基調にした絢爛たるクリムトの絵が目に眩しい。ゆらゆらと揺れる髪、人魚のような女性のほっそりとしなやかな腕は母の腕、繊細な指先も母のもの、閉じられた眸《ひとみ》の線や薄く開いた唇の顔は恍惚として、僕の知らない母の顔だ。僕は目を閉じ……うっすらと唇を開いてみる。水底の柔らかな揺らぎ、揺れる海草、ゆらゆらと足に絡み……魚たちの口から漏れる泡の響き……つんと額を突かれて目を開けた。

母が笑っていた。

「本は後でね。こっちに来て、お茶をいただきましょ」

片桐さんが呆れた顔で、僕を見ている。父が「三回、名前を呼んだんだぞ」と笑う。

片桐さんは、今度はユイスマンスの『腐爛の華』を訳すそうだ。絵や本の話になると、片桐さんは少し饒舌になった。でも、話し方は常に控えめだ。

「これはね、『さかしま』以上に病気のことばかりの本ですよ」と、僕に言った。「ただ、その前に、少し蔵書の整理をしなければと思っています。とっくに書斎には入りきらなくなって、あちこちの部屋に無造作に積んであるから、調べ物より、まず、目当ての本を捜し出す時間の方が多いという有り様でね……そのうちにと思いながら、ますます本だけが増えていって、もはや収拾のつかない状況になっています」

大人に話すように丁寧な口調で言うと、彼はついと目を逸らして、紅茶を受け皿ごと手にした。

僕は「どの本は何処の部屋って、パソコンに入れておけばいいのに」と、言ってみた。「パソコン?」と片桐さんが、また僕を見る。「コンピューターですね。大学でも皆使っていて、便利だと聞いてはいますけどね。私はまだ触ったこともないので……」

父が「デザイン事務所でも使ってるよ。弄れないのは僕くらいだ。どうも油彩出身者というのは機械に弱いようだね」と、笑った。「おまえは学校でやっているんだろう?」と、僕を見る。

「『情報処理』って時間で習ってる」

「本や資料の整理に便利ですか?」

「ええ……」

兄が「もっときちんと話せよ」と言った。「聞かれているんだぞ」

母が「先生が『情報処理のある日だけは、必ず出席しています』って、おっしゃってたわ」と、睨んだ。でも、口許は笑っていた。「私たちの頃には、『美術』や『音楽』の授業が必ずあったのに、今は『情報処理』も含めて、選択授業なんですって。受験用の勉強ばかり重要視されて、文化や教養は、どんどん蔑ろにされていくのね」

父が「今に、ダ・ヴィンチも知らない大人が巷に溢れるよ」と、煙草を取り出す。

「そして」と、片桐さんも煙草を取り出した。「私たちはコンピューター一つ触れないと、馬鹿にされますよ」

僕は「基礎さえ覚えれば、簡単です」と言った。「それに……入力次第では、本や資料が何処にあるというばかりではなくて……もっと細かく……捜したい文献が、本の何処にあるということまで……例えば『ギュスターヴ・モロー』って入れたら、それが出ている本は、どれとどれというふうに一覧になって出て、それぞれの本の何頁にというのまで可能です。でも、そこまでするには、まず本の整理をして、それから入力にも、とても時間が掛かるけど」

僕は自分自身に驚いた。よく知らない人相手に、こんなにすら話せるのはバード以来だ。バードにだって、こんなに長くは話さない。

片桐さんは感嘆したみたいに僕を見ていた。「ほお、そこまでいけば、正に理想の機械ですね。『まず、本の整理』ね……いや、今、書斎をもう少し広げようかと考えていたところで。ふむ、そう、まず本を一箇所に集めて……それからコンピューターを買い、翔君に習いましょうか」

「改装なら西沢がやっているよ」と父。

「西沢って、西沢明？」

「ああ、油じゃ食えないからと、リフォームの会社を始めたんだ。もう四、五年になるかな。同窓だし、格安でやってくれるだろう」

「片桐さんなら、なにもわざわざ西沢さんに頼むこともないじゃないの」と母。「ゆとりもおありなんだし、大手のメーカーできちんとなさった方がいいわ」

この冬、絵画教室が閉鎖されて、父は職探しに奔走し、西沢さんの会社にも訪ねていった。前から人手のないときなど、よく手伝ってもいたからだ。それが簡単に断られたのを、母はまだ根に持っているようだ。僕も西沢さんは好きじゃない。一度ここに来たことがあるけど、珍獣でも眺めるように僕を見た。僕は口を利かなかったけれど、父母との会話を聞いていてもなんだか狡い感じがした。

「いや、ゆとりなど別にありませんよ」と片桐さんは苦笑した。「大学の給料など大したことはないし、絵も本もそうそう売れないし」

「いやご謙遜を」と父は言った。「『リフォームを』と考えられるだけでもうらやましいよ。家《うち》なんか、もっと狭くなりそうなんだから」

「ほんとうにね」と、母が深いため息をつく。

「追い立てをくらってね」と、父もため息とともに煙草の煙を吐き出した。

テレヴィ・ゲームはできそうになかったし、貰った本を読めそうもない。それに話も暗くなりそうなので、僕は腰を浮かせた。「僕、ちょっとバードと約束があるんだ」

――兄が嫌な顔をする。兄はバードを嫌っていた。僕は構わず立ち上がり、ジャケットと眼鏡を手に取る。

★

約束などなかったが、バードは家に居た。

奥の四畳半の自分の部屋で、ベッドに片足を乗せてギターを抱え、歌を歌っていた。

この頃、バードはよく僕に『歌う気はないか』と聞く。『おまえの顔で歌えば、即、メジャーだぜ』と。そして、きょうも言った。

「俺、バックになってもいいぜ。二人で組んで『ドラゴンズ』とかさ」

「だってきみ、『人とは組まない、独りでやる』って、言ってたじゃないか」

「ああ……そう思ってたけど……おまえとならうまくいきそうだしさ。ルシが歌って……ちょこちょことリードくらい弾けば、俺ががっちりカバーするよ」

「僕、嫌だよ。歌えないよ。ギターだって弾けないし」

「教えてやるよ、全部。ルシの歌詞、最高だぜ。歌詞作れるんだから、歌だって歌えるさ。ハスキーないい声してるし」

普段は『嫌だ』と言えば、あっさり引っ込むのに、きょうは違っていた。「でも、僕、嫌だよ」と、もう一度言う。

「ふーん。絶対、スターになれるのになあ」

「でも、人前で何かするのって、だめなんだ」

「おまえ、気は強いくせに、とてつもなく引っ込み思案だからなあ。信じられないよ、その顔で。俺がそんな顔してたら、ばりばりやっちゃうけど……お、そうだ……ちょっと待ってろ」——にこっと笑って、ギターを僕に渡すと、六畳に行って襖を閉めてしまった。


僕はギターを持ち直し、ちょっと爪弾いて、ベッドの上に置く。ギターは、バードに少しずつ習っている。少しは弾けるようにもなった。でもプロには程遠い。それに人前で弾くのは、やはり嫌だ。音楽は聴いている方が楽しい。僕は今創っている世界の先を考えることにする。双子の兄弟の話……王と王女の物語だ。最高のロールプレイング・ゲーム。


襖を開けて、入ってきたバードを見て、僕はびっくりし、次いで笑ってしまった。鼻から右半分が真っ白、左半分が青く塗られた顔だった。それにぽってりした頬には星が描かれ、目の周りはきらきら光っている。「どうしたの、いったい」

「今夜から、これで行くんだ。いいだろう」

「ハード・ロックみたいだね。顔が大きいから迫力あるけど」

「そう、迫力なんだよ。歌も演奏も迫力あるんだからさ、顔にも迫力つけないとな。ほら、ルシにもやるよ」

手渡されたのは、口紅のようなものと青い粉末の入った小瓶だった。粉末はきらきらと光っていた。親指の先くらいの小さな小瓶……「妖精の粉」……そう『ピーター・パンとウェンディ』に出てくる妖精の粉だ。これを着けたら僕も飛べるだろうか……でも、化粧品だろう。「僕はいいよ。歌わないもの」と、また笑ってしまう。

「いや、別にこうしろとは言わないよ……ちょっと遊んでみろよ。女の子がしてるみたいな普通の化粧でもさ、意外と楽しいぜ」

「嫌だよ」

「まあ、まあ、まあ。ほんとに素っ気ないんだから。いいか、これが口紅。俺が使ったのじゃ嫌だろうから、ちゃんと新品だ。青い粉はアイシャドー。ちょっと指に着けてさ、瞼に塗るだけで、ずいぶん変わるぞ」

「嫌だよ」――今までだって、バードは、いろいろと僕に言った。『ピアス着けてみろよ』とか、『俺のように金髪にしろ』とか……『おまえの捲き毛で金髪にしたら、最高だぜ』とか――今度は化粧だ。「嫌だよ」と、僕は繰り返す。

「ルシ、たまには俺の言うこと、聞いてくれたっていいだろう」と、バードは極彩色の顔を歪めて、ベッドに坐った僕の前に跪き、膝に手を置いた。ふざけているのは判ったけれど、それはとても悲しそうな顔に見えた。道化の哀れな表情だ。「おまえって、なに言っても悉《ことごと》く拒否するんだから」

　それは、なにか胸に応えた。――嫌だよ、嫌だよ、嫌だよ――そう、僕はいつもこう言っている気がする。バードにも、父にも、母にも……「僕、そろそろ帰るよ」と立ち上がる。

「おい、怒ったのか?」

「ううん。これ、貰うね」――化粧品をポケットにしまい、笑うと、バードもほっとしたように笑った。痛ましい道化の笑顔だ。

★

　そして夜――片桐さんから貰った本を開く。

　夜中――母がうるさいので、『象徴派の魂』というエッセイ集を押入れの中に持ち込んだ。そして『シュルレアリズム運動』という今世紀初頭の芸術運動を知る。それは古い芸術を打破しようという運動で、驚いたことに、僕とバードがしていた歌詞作りとそっくりのやり方もあった。『自動記述』と名付けられた方法で、それぞれ言葉を書いた紙を出し合い、繋げて、詩にしたという。バードの歪んだ笑顔が蘇った。明日、バードのところにこれを持っていき、「僕たちは芸術的な歌詞の作り方をしていたんだよ」と言ったら、彼は喜ぶだろうか? ところが、そろそろ寝ようとぱらぱらと捲った後の頁で、僕はまた目が醒めてしまった。

素晴らしい絵だった。カルロス・シュヴァーベの『詩人とミューズの結婚』という絵だ。

最初、僕は、天使に抱《いだ》かれて詩人が空を飛んでいるのだと思った。誘《いざな》うように裸身の男を抱く者の背に、白鳥のような純白の羽があったからだ。でも、すぐに豊かな胸に気付いた。女性なんだ……と、思う。透けるベールを被り、よく見れば、身にも同じようなドレスを着ていた。女性の天使……いや、天使は両性具有なんだ。でも、こんなに豊かな胸の天使は見たことがない。『ミューズ』……？

こっそり押入れから出て、辞書を持ってくると、僕の疑問は解けた。ギリシア神話で、ゼウスの娘……詩や音楽、美術などをつかさどる九人の女神のことだとあった。詩の女神だったんだ。

天使のような羽を着けたミューズが裸の詩人を抱いて空を飛んでいる。背景は雲のたなびく氷河の峰々。雄大で幻想的な構図……そしてミューズと詩人は恋人同士のように手を絡ませ、抱き合い、ポーズも……ミューズの衣装も……二人とも……素晴らしく甘美だった。

絵を一五〇度くらい傾けると詩人は地に向かって墜落していくようにも見える。墜落……この方がずっといい。墜落……墜落……墜落……天空に伸ばされ、絡み合った二人の手は、そのまま地へと向かい、僕の胸は震えた。

九

書斎に置いた自然の賜物。

壁に掛けた花蟷螂《はなかまきり》、机上に置いた鸚鵡《おうむ》貝《がい》、箱の中の琉球葵《りゅうきゅうあおい》。

蟷螂の蘭の花とも見紛う薔薇色に輝く肢体、鸚鵡貝の螺旋の小部屋を描く断面、琉球葵のハートの形状……自然の奇跡、美の極致と思われた。

これらはいつから死臭を放つただの残骸と成り果てたのだろう。

君が凡庸な、美しいだけの少年であったなら……これらの虫や貝と同様、私はただ、その美に酔いしれて、満足できたろう。

花の薫りが私を捕らえて放さない。

干からびた死骸ではない、柔らかなエロス……私のシメール……

十

僕は父に頼んで、『詩人とミューズの結婚』を、拡大カラーコピーにしてもらった。絵を逆さにして押入れの天井に貼ると、押入れの中はいっぺんに氷河の峰と化した。ミューズに抱かれて詩人は果てしない墜落の時を繰り返す。それは永劫の墜落だ。

「おまえ、何を考えてるんだ」と、兄は酷く馬鹿にした声を上げた。

「何も……」と、僕は応え、ただ寝ころんで絵に見入る。

「絵を逆さにするなんて可笑しいよ」と、兄はしつこく言う。「画家を冒瀆してる。おまえだって画家の息子だろう?」

「そうだね」と、受け流して、兄を無視した。画家だって? 父も母も家が燃えてから絵などまるで描いてないじゃないか。母など絵の話をしただけで嫌な顔をするし、詩人とミューズ……こんな絵を描いたこともない。

ミューズに抱かれた自分を想像する。ミューズの腰を抱き、手と手を合わせ、墜落していく僕……ミューズは透けるベールの下で、柔らかな微笑を浮かべていた。この微笑は永遠への誘い、彼方への飛翔だ。

「馬鹿みたいだ」と、兄は愛想をつかして離れていく。

画家の想像は奔放だ。僕もミューズに抱かれたい。そうしたら飛べるだろう。


電話が鳴り……止まった。しばらくして、また、鳴りだす。

押入れから出ると、空が赤く染まっていた。電話に出ると、バードだった。夕食に誘われる。日曜日だ。このところ、バードの演奏を聴きに行っていない。

「両親とも、片桐さんの家に行ってるんだ」と僕は言った。「『夕食までには帰る』って言ってたから、もうすぐ帰ると思う。そうしたら行くよ」

「そうか」とバードは機嫌良く言った。「ルシが来ないとさ、どうも調子出ないんだよな」

五時を過ぎていた。家並みの向こうに林立するビルディングがグレーのシルエットとなり、赤い空に浮かんでいる。来週から梅雨に入るという。夕暮れなのに真夏のように暑い。Tシャツを着替えて、ノートに向かう。

僕のRPG……ロールプレイング・ゲーム……ずっと決まらなかった惑星の名前は

Amnesia――『アムネジア』に決定した。これも片桐さんのエッセイ集、『象徴派の魂』にあった言葉だ――記憶喪失症――医学用語らしいけど、惑星の名前にぴったりだ。双子の名前は決まっている。ムーンとスター。これはプレイヤーの意思で自由に変えられるようにするから適当な名前でいい。物語は二人の誕生から始まる。王子の誕生だ。『双子は不吉だ。国を滅ぼす』という迷信が国を支配している。王と王妃は反対するが、大臣の進言で、弟は誕生祝いに招かれた魔法使いのマーリンに預けられる。さて、それからだ。主人公を兄か弟の片方に決めて、どちらかの視点で話を進めるか、もしくは二人、それぞれに進めた方がいいだろうか……この間から迷っていた。王国のある大陸と、ムーンが預けられた魔法の国は別にしたほうがいい。魔法使いの国は太平洋のような広い海洋にぽつんと浮かぶ小島がいい。それにドラゴンの住む大陸と、魔王の居城がある大陸。これは決定だ。『ガリバー旅行記』のように『馬の国』や『天空の国』なんかがあってもいいけど、そっくり真似するのは嫌だ。何かないだろうか。ノートの表紙に『アムネジアの物語』と色鉛筆で丁寧に書きながら考える。

兄が「下らない話だ」と言った。

「覗くなよ」

「双子の王子に魔法使いにドラゴン……おっそろしく幼稚だな。おまえって……」

「うるさいな」

また電話が鳴り、僕は苛々しながら鉛筆を置いた。出ると母だった。

片桐さんの家の近くのレストランに招かれたので、僕にも来いと言う。

「兄さんは行くかもしれないけど、僕は行かない。バードにも夕食を誘われたんだ」

「まあ、でも……」と、母はちょっと困ったように言ったが「片桐さんが『あなたも呼んで』って、おっしゃってるのよ」と、晴れやかな声だ。

「同窓会でしょ。部外者は遠慮しますよ」とわざとかしこまって応えた。「それに日曜だし、バードに付き合う」

「どうしても？」

「うん」

「そう……じゃ、あまり遅くならないようにね」

受話器を置くと、もうビルディングの影は空に溶けはじめている。

「片桐さんと、レストランでお夕食だって」

「豪華なディナーを断って、『ドラゴン』のくたくたのスパゲティを選ぶのか」と兄が笑う。

「スパゲティは好きだよ。兄さんは行けばいいじゃないか。フランス料理だそうだ」

「勿論行くよ。僕に合ってるもの」

睥睨する兄の眸《ひとみ》。「バーイ」と言いながら、僕は四畳半に戻った。

箪笥からシャツを出す。片桐さんから貰ったものだ。

片桐さんは頻繁に家に来るようになった。たいてい夜、僕らが夕食を終えた頃に来る。来るたびに、凄い土産を持ってくる。父の言うようにサンタクロースだ。花束、菓子、果物……そしてハムや肉の塊といった食材まで、持ってくるようになった。ロースト用のチキンを始め、鴨や鳩、兎、鹿、七面鳥と珍しいものまで……そして先週は、僕にシャツを。

追い立てを食らい、家を捜しているというのに、わが家の食事は突然豊かになった。母は手放しで大喜びだ。前は勤めから帰ると、すぐに着替え、化粧を落としていたのに、この頃はサンタクロースの来訪に備えて、常に綺麗にしている。『足ながおじさん』『小公子』『小公女』……突然、裕福な伯父さんでも出来たようだ。父は困惑しながら……でも、にこやかだ。彼が来るようになってから、家は華やかになった。

母は「奈津子さんが亡くなられて、突然独りになってしまったんですもの。寂しいのよ、きっと」と言う。父も「そうだろうなあ」と言った。そう言われてみると、片桐さんは寂しそうにも見えた。でも話しに来るという感じでもない。たわいもない父母の話に相槌を打ちながら、紅茶を一杯か二杯……長居もしない。一時間か、せいぜい二時間……まるで土産を持ってくる為の、来訪のように思えてしまう。

彼の態度は常に控えめで、まるで献上品を差し出すように土産を差し出していたが、僕は施しを受けているような気分になる。卒業以来、付き合いも絶えていた同級生の土産としては……いや、どんな付き合いの土産としても……それらはあまりに過剰に思われたからだ。

兄は「持ってきたいのだろうから、素直に受け取ればいいのさ」と母のように笑っていた。「贈り物というのは力の誇示だからね。彼だって気持ちがいいのさ。ポトラッチだよ。富の顕示、力の顕示……元同級生の哀れな夫婦に向けて、己が力を誇示できるんだ。おかあさんみたいに素直に喜べば、双方満たされて幸せじゃないか。彼は精神の満足を得、おかあさんは実質的な満足を得られるもの」

施しを受けていると感じる僕は……卑屈なのだろうか……こんなことにこだわるのは、逆に物質を意識しすぎた卑しい精神なのだろうか……いずれにしろ、片桐さんは父母の同級生、父母の……大人の付き合いだ。僕の関与できることではない。


また、電話。バードからだった。「これから行く」と言って切る。

黒い半袖のシャツ……僕にまで回ってきた施し物。

身に纏うと、冷たく、それでいてしんなりと柔らかな絹の感触が気持ち良かった。普段着ているポリエステルや綿の肌合いとはまるで違う。そう……兄もいない。独りきりだ。母の鏡台の前に立ってみた。

丈は長めで細身。身体の線に付かず離れず、しっとりとした光沢ある黒……素敵なシャツだった。シャツ一枚で、生まれ変わったみたいだ。ジーンズも穿き替える。

ジャケットを手にすると、化粧品の膨らみに触れた。バードに貰ってから、ポケットに入れっぱなし。ただ、ポケットの中で、弄《もてあそ》んでいた。

もう一度鏡を見る。鏡台の上にも母の化粧品が沢山並んでいた。

ポケットから一つ、取り出してみる。口紅だ。キャップを外し捻ると、艶のある紅茶色のスティックが出てきた。母は、もっと赤い色を着けている。これは最初に片桐さんが持ってきた薔薇の色だ。薔薇の口紅……ちょっと唇に着けてみた。スティックが唇に触れたとたん、ぞくっとした。唇の上に紅茶の色が移る。不思議な感触。スツールに坐り、唇に沿って、母がしているように丁寧に着けてみる。女の子に変身したみたいだ。薔薇の花びらがぱくぱくと動く。もう一つ……アイシャドーだと言っていたっけ？　小瓶の蓋を外し、人指し指を当てて引っ繰り返す。指先に乗った紫がかった青い粉末。ラメがきらきらと輝いている。瞼に塗る。これは誰だ……眼鏡以上じゃないか。驚いた……仮面だ……女はみんな仮面を着けていたんだ。女の子も、母も、祖母も。

自分に似た見知らぬ他人……笑う……睨む……澄ましてみる……誰だい？　おまえ……素敵じゃないか……世界征服だって、出来そうな気分だ。

★

『ドラゴン』の扉を開けると、まだ客は一人も居なかった。カウンターの中から、小母さんが顔を上げる。笑って「いらっしゃい。上よ」と言いながら再び下を向いた小母さんが、すぐにまた顔を上げた。僕はどきっとする。

「綺麗よ、とっても。でも、眼鏡は外した方がいいわね。どうせ素通しでしょ」

小母さんも眼鏡を掛けていた。ただし、下ごしらえのときだけだ。バードそっくりの顔だけど、バードより太っていて、バードよりはまともな化粧をしている。笑顔の小母さんに安心し、階段を上った。

バードは僕を見るなり「最高だぜ！」と叫んで、飛んできた。「眼鏡、外してみろよ」

「嫌だよ」と、僕は笑う。「『これを掛けろ』って言ったのはバードじゃないか」

「そりゃそうだけど……」と、バードはにやにや笑い、「でも、ちゃんと顔見せろよ」と言うや、素早く手を伸ばして、眼鏡を取ってしまった。眼鏡が空中で停止する。「ルシ……最高だぜ。人形みたいだ。口紅とアイシャドーだけでさ……参ったな」

僕はすぐに眼鏡を奪い返す。「ちょっと、着けてみただけだよ」

「おい、褒めたんだぜ。いや、おまえって……いや、いいや」

訳の判らないことを言いながら、バードは四畳半に取って返し、ベッドの下からクッキーの缶を出して開けた。僕が近寄ると、くるっと振り向き、手を差し出す。ふっくらとした掌に乗っているのは、またもや化粧品みたいだ。「ほら、これもやるよ。いいか、これがアイライナー、こっちがマスカラだ。両方とも新品だぜ」

「僕、判らないよ」

「いいか、これを……ま、いいや、後で俺がやってやる。とりあえずスパゲティ作って来るよ」

手渡された口紅に似た容器を眺めながら僕は言った。「なんで、こんなに持ってるの」

「なに、シャンプーや整髪料買うときに、貰ってくるのさ」

「盗んだの⁉」

「おっきい声、出すなよ。下まで聞こえちゃうじゃないか」

「ごめん。でも……」

「こんなもん、まともに買えるかよ。とにかくさ、スパゲティ、作ってくるから。十分で出来るぜ……スパゲティでいいか?」

うなずくと、バードは鼻唄を歌いながら下りていった。盗品なんだ……と、化粧品を見る。ポケットの口紅とアイシャドー……これも盗品だろう。僕も使ってしまった。僕も加担したんだ。こういう落ち方もあるのだ、と知る。

「薄汚い盗人!」と、兄の声が聞こえてきた。「バードとなんか付き合うからだ」

こういう場合、兄だったらどうするだろう? 良い子の優等生……化粧品を返し、憤然と出ていくのだろうか? いや、そもそもバードのような奴とは付き合わない。

僕はバードのベッドに坐り、バードのギターを爪弾いた。バードが好きだ。僕と兄とは違う。双子だって、瓜二つだって、中身はまったく違うんだ。母は「同じように育てたのに、どうしてこんなに違うのかしら」と、よく言った。そう……同じ日に生まれ、同じように育てられ……同じ髪形、同じ服、与えられる物まで、常に同じだった。外見はそっくり。でも母は、二人の人間が同じ位置には立てないということを忘れている。並んで庭に立ったって、一方は綺麗な花を見、一方はその陰に死んでいる虫を見ているかもしれないじゃないか。同じものを見たって、同じように見るわけじゃない。

大きな盆に、ミートソースのスパゲティと、コーラ、サラダまで乗せて、バードが戻ってきた。

「こっちに来いよ」と、六畳に小さな膳を出し、皿を並べる。「小父さんと小母さん、ルシの顔見て、なんて言った？」

「まだ、帰らないんだ。片桐さんに夕食を誘われたって」

「へえ……おまえ、こっちに来てよかったの？　あれ、なんか凄いシャツを着てるじゃないか」と、バードは目を見張り、生地に触りながらブランド名だろうか、知らない名前をつぶやいた。「おいおい、本物か？」

「知らないよ。片桐さんに貰ったんだ」

「じゃあ、本物だろうな。凄いな、おまえんちのパトロン。ルシにまで、こんな凄いシャツをプレゼントするなんて。それで、きょうも夕食にご招待か？」

「きょうは家《うち》だけじゃないよ。片桐さんが家をリフォームするんだ。それで同級生だった西沢さんって人がね、リフォームの会社をしてるんで、おとうさんが連れていったんだ。おかあさんも、みんな同級生だったから『ちょっとした同窓会みたいなものだ』って言ってた」

「リフォームか。豪勢だなあ。ま、食べろよ。こんなスパゲティで悪いけどな」と、バードはフォークを手にした。「でもさあ、この間ルシが持ってきた鴨肉も、その前のローストビーフも、みんなその片桐さんとやらの土産だろう？　それで、そんなシャツまでって……四月に偶然出会ったからって、今まで付き合ってもいなかったのに、なんか凄いじゃないか。おかしいぜ。ちょっと」

「うん。でも、親の付き合いだからね」と、僕も食べはじめる。

「小母さんに気があるんじゃないか？　そいつ」

フォークを持つ手が止まってしまった。それでもスパゲティを呑み込み、コーラを飲む。ものを食べていなかったら、どんな顔をして、バードを見ていたか知れない。

バードは屈託なく続けた。「同級生だったんだろう？　ひょっとして小母さんが、初恋の相手だったとか。小母さん、綺麗だし色っぽいからな。小父さんもハンサムだけど。ああ、それでさ、小父さんに小母さんを奪われた。それで別の女と結婚したけど、そのひとが死んだ直後に小母さんと出会う。焼け棒杭《ぼっくい》に火だよ」

「そんな感じじゃないよ。凄い紳士だもの」

「小父さんはどんな風に接してるんだ？　そいつと」

「にこにこしてるよ。楽しそうに」

「そうか……考えすぎかな。おい、八時過ぎてる。俺、支度しなきゃならないから、先に食べちゃうぞ」

バードは凄い勢いで食べ終ると、小母さんの三面鏡の前に飛んでいき、顔にいろいろ塗りはじめた。「いいなあ、家《うち》にもそういうパトロン出来ないかな。まあ、俺とお袋じゃ無理だな。そんな大層な知人もいないし」

僕は辛うじてバードに微笑むと、黙々と食べる。バードも真面目に化粧と取り組みはじめた。

片桐さんの初恋が母？……そうだ、考えられるじゃないか。同級生だったんだし。この異様なプレゼント攻勢だって、納得できる。きょう、二年振りに家《うち》に来た西沢さんは、片桐さんはプレイボーイだと、ずっと言っていた。

――奈津子さん、死んだの？　驚いたなあ。でも、あいつなら後釜は選《よ》り取り見取りだろう。何しろ在学中だって、美大、音大と合わせて十人以上は噂がたったしな。奈津子さんだって、教授の孫だったから結婚しただけで、結婚後だって随分あちこちとご発展だったたと聞いてるよ。水木陽子のときなんか週刊誌にまで出てたしな。絵描きで女優と噂になるなんて、あいつが初めてじゃないか？　ま、とにかく、俺たちの中じゃ一番の出世頭、有名人だものな。リフォームも、どこかの美女のためなんじゃないか？――

水木陽子というのは、よく母が似ていると言われる女優だ――西沢さんは、その他にも散々片桐さんのことをしゃべり散らして、父母と片桐さんの家に出掛けて行った。

気障なプレイボーイ、要領のいい奴、利に聡い奴、仲間を踏み台にする奴——すべて、僕の知る片桐さんとは遠い虚像——だが、どうせ片桐さんの家に着けば、西沢さんは家《うち》で話していたことなど、おくびにも出さず、にこにこするんだろうと思い、僕は西沢さんの話も信じなかった。今までだって、同級生の話となると悪口しか言わない人だったから。でも、バードの話を聞いてから、また西沢さんの言ったことを思い出してしまった。

水木陽子なんかより、母の方が綺麗だと思うけど、でも少し似ているとは、僕も思う。片桐さんが水木陽子と付き合っていたのなら、それは少なくとも、片桐さん好みの顔なんだ。いや、母が初恋だったから、水木陽子と付き合ったのかもしれないじゃないか。でも、もしも、片桐さんが、西沢さんの言うような人であれば、父だって同級だったのだから、判るはずだ。少しはバードの言うようなことも考え、少しは嫌な顔をしたっておかしくない。でも、父が嫌な顔をしたことってあるだろうか？　いや、父はいつだってにこにこしている。どんなときだって、どんなことがあったって、笑顔だ。あの火事のとき以外……あのときだけは、さすがの父も泣いていた。でも、後は……いつまでも泣いていた母の前で、微笑を絶やしたことがない。職を失ったとき西沢さんに侮蔑的なことを言われ、母が怒り、僕だって怒ったのに、そのときですら柔らかな微笑を浮かべていた。そう、いつだって笑顔だ。片桐さんが、どんなに頻繁に訪れようと、どれだけ過大な土産を持って来ようと、僕が学校に行かなくても、片桐さんが母を好きでも……。

「どうだ？」と、バードが聞く。きょうのバードは『怪傑ゾロ』のマスクのように目の周りを黒くしていた。後は額も鼻も頬も真っ赤だ。

「いいよ」と言うと、にっと笑った。唇は青だ。

「来いよ。ルシの化粧してやるから」

「僕はもういいよ」

「来いよ。スパゲティ食べたから、口紅も落ちてるぞ」

「自分で塗るよ。着替えたら？　八時半だよ」

「お、そうだな。まずい、まずい」――バードは四畳半に飛んでいくと、「ルシ！」と、口紅を僕に放った。「それも新品だからな。着けろよ」

「この間貰ったの、持ってる」と、お膳に置き、鏡の前に行った。

母の鏡台と違って、ここのは三面鏡だ。顔を近づけて口紅を塗りなおす。前と左右に僕の顔。左右の口紅を塗った顔は、以前にもまして、見知らぬ顔に見えた。

「ティッシュで唇を押さえるんだぞ」と、バードが言う。

母がしている仕種……ティッシュを唇から放すと、渋い紅茶色の唇が現れた。僕の唇……ドラキュラみたいだ。

★

外に出ると「なんだ、せっかく化粧したのに、眼鏡を掛けるのか？」と、言われる。

「完全防備だよ」と、僕は言った。蒸し暑い夜だった。

路地から出ると、道行く人々の視線がバードに集まる。彼は意気揚々と歩いていた。

そして、またも『一緒にやろう』と、何度も繰り返した。

「しつこいのは嫌いだ」と言うと、ようやく黙る。西武デパートの角に来ていた。僕はちらっと……でも本気で、もう付き合うのはよそうかと思う。腹が立っていた。

「怒ったのか？」

「うん」

「言わないよ。もう言わない」——バードはへらへらと卑屈な笑みを浮かべ、僕の肩に腕を掛けた。「機嫌なおせよ、な。ルシが怒ると、本気みたいで怖いよ」

「本気で怒ったよ」

「嘘だろう。俺たち、仲良しじゃないか。最高のコンビだぜ」

『仲良し』なのだろうか……『最高のコンビ』なのだろうか……悦びと憤懣に包まれて、僕はただ前を向いて歩く。そして、こんな奴に『コンビ』などと言われたくない、と思っている自分に気付いた。卑屈な奴は嫌いだ。

シャッターの下りたショーウィンドーの前に着くと、既に常連が待っていた。「お待たせ」と、愛想よく手を振ったバードが、ギターを置くと、信じられない素早さで僕の眼鏡を外した。

「おいおい、本当にルシ？」とガリバーが奇声を上げる。

「綺麗だわ、ルシ」とミドラもすぐに言った。

「びっくりだぜ。ルシ」とガリバーが近づいてきた。

バードが「おい、気安くルシに触るなよ」と、僕の前に立った。皆、まだ僕を見たまま、口の中で何かつぶやいていた。僕は軒下の明かりの輪から抜け、バードの手から眼鏡を奪い返す。「はじめてよ」と、僕は言い、僕の特等席……バードの真後ろ、冷たい大理石の縁に腰掛け、シャッターに寄り掛かる。そして眼鏡を掛けた。

すぐにミドラが横に坐り、その向こうにガリバーも坐る。常連は多かったけど、ここに坐れるのは僕たち三人だけだ。

ガリバーはバードと中学、高校と一緒で、今春N大の映画学科に入った。ミドラとは、そこで知り合ったのだと言う。ガリバーは映画評論家、ミドラは映画監督志望だそうだ。今、二人は一緒に暮らしている。ガリバーの家は神泉の駅の向こう側だそうだけど、こちら側のミドラのアパートに、ガリバーが居ついてしまったそうだ。ガリバーはレンタルビデオ店でアルバイトをしていたが、日曜のバードの演奏には欠かさず来た。『親衛隊だよ。俺たち』と、よく言う。『俺たち』には、僕も入っているらしい。アパートには一度、店には何度か行った。メモを取りながら、いつも八インチの小さなテレヴィで映画を観ている。『勉強しながらお金を貰える最高のアルバイト』だそうだ。

ミドラが「眼鏡外したルシって凄いのね」と、囁いてきた。「私が監督になったら主演しない？」——息が耳をくすぐり、僕は顔を逸らす。ミドラは「ふっ」と笑って拍手をした。バードの歌が始まったのだ。

左側にミドラの体温を感じる。ガリバーの彼女じゃなかったら、とても横になんか坐れない。でも、いつの間にかガリバー、ミドラ、僕、という席順が定着していた。傍から見たら、僕はミドラの弟にでも見られているのだろうか？

閉店後のデパートの軒下の明かりは僕を通り越し、歌うバードを照らしている。バードがギターを掻き鳴らしはじめた。『はじめてよ』なんて言ったのは誰だ……薄闇の中で僕は思う。以前の僕だったら、逃げてしまったかもしれない。唇を嘗めると甘い香りがした。化粧した僕……仮面の僕……眼鏡以上に強力な防具……バードの大きな背を見ながら、僕は思いもしなかった力に満たされている自分を感じた。「妖精の粉」は実在した。ガリバーやミドラは、まだ呆れ顔で、ちらちらと僕を見ていた。いや、僕じゃない。僕の仮面をだ。仮面を着け、道端に坐り込み、僕は何をしているのだろう？

ネオンの明かりに夜空は白く濁り、月だけが辛うじて見えた。僕の『アムネジア』……『アムネジア』に飛び立とう。ムーンとスターが動きだす。

十一

君を生きたまま、この壁に飾ることが出来たなら……

私はどうしたのだろう？

我と我が感情をこれほどまでに持て余すことになろうとは思ってもみなかった。

実に馬鹿げている……そう思いつつ、花の幻しか見えない。

君を目にするだけで、悦びに満たされる。キマ以外に……しかも人間で……これが『理論派』と言われ、自負もしていた私だろうか？

だが、いくら友を装ったところで、そうそう訪ねることも出来はしない。

喫茶店から路地を眺める日々……いつ現れるとも知れない君を待ち、君を追い、君に酔う。これが私とは……

君の存在が、他の全てを無と化してしまった。

私の理性はどこに行ったのか。時も、地位も、現実も、感情に追いやられている。

実に馬鹿げている。だが、この悦び……いや、もう……二度と会うまい。
キマ、あれはシメール……幻だ。

十二

七月に入ると梅雨明けも間近というのに、鬱陶しさは家の中にまで浸食してきた。今月中に、僕らはここを出なければならない。アパートの三分の二は既に空いていた。一軒、越していく度に、父母の顔は暗くなり、口数も少なくなった。部屋に漂うのはじとじとと重苦しい大気……肌にまとわりつく湿気……そして意味もなく点けられているテレヴィの音……

毎週末、来るのが当たり前のようになっていた片桐さんもぱたりと来なくなった。「リフォームで大変なのよ」と、母は憂鬱気につぶやく。「越せば、どうせお付き合いも途絶えるわ。世界が違うもの」——そう、こんな所に来るのが不思議だった——そう思いつつ、僕は見捨てられたような奇妙な寂しさを覚えた。「施し物」と反発を感じたことも確かだが、貰った本の感想すら言わなかった。何を貰っても、それほど礼も言わなかった。(父母の友だ)という甘えもあった。片桐さんの来訪したときは、四畳半の机の前に坐ったまま、六畳で膳を囲んで座っている大人たちの話をぼんやりと聞いていたにすぎない。ときどき片桐さんを見ると、目が合った。その眸《ひとみ》は何気なく泳がしていた視線の途中で、僕と出会ったという風で、そのますぐに逸らされたが、多分、無愛想な子供と、見ていたのだろう。たまに話しかけられても、大した返事もできなかった。こうして片桐さんが来なくなると、僕は戸惑っていたんだ……と、言い訳が浮かんでくる。まるで立派な大人を相手にしたように、彼は丁寧に僕に話しかけた。大人から、あのように丁重に、しかも僕個人の意見など、求められたことは未だかつて無かった。彼は僕を「友だちの子供」としてではなく、同席している一人の個人として見ていたように思う。彼の帰宅後、僕は慣れない自負と喜びを覚えたものだ。だが、彼が居るときには、戸惑いだけに包まれていた。そしてその後はいつも兄に嘲られる。——なんだい、おまえの態度は……なぜ、もっときちんと応えられなかったんだ……情けない返答だな——束の間見た知性と優雅……見捨てられて当然だ。そして僕はこの部屋を出、知らない町へと移り、彼は僕など忘れるだろう。

寝苦しい夜、父の取りなすような声と、母の苛立った声がいつまでも続く。父の持ってくる移転先は、だんだんと僕の知らない地名が多くなってきた。でも、母はどれも受け付けようとしない。まるで拒否することで奇跡でも起きるかのように、秒読みの毎日、拒否し続けていた。

★

だが、奇跡は起こった。それも大いなるサンタクロースに拠って……母は歓び、父は戸惑い、兄と僕は……ただ驚いている。こんなことってあるんだ。

来週から夏休みという日だった。

「もう来ない」と母が言い、その言葉に誰もが何となく納得していた片桐さんが現れた。

（三週間ぶりだ）と、僕は思い、無意識に日を数え、心待ちにしていた自分を知る。

狭い玄関で、そう……いつものように沢山の土産を抱えて会釈をした片桐さんと目が合うと、僕は知らず知らずに笑っていた。片桐さんの顔も笑顔になる。目が合って、お互いにこんな晴れやかな笑顔を浮かべ合ったのは、初めてのような気がする。そう、僕は嬉しかった。それでも「いらっしゃい！」と、弾んだ歓声を上げたのはまず母で、父も「やあ！」と朗らかに続いた。

母の言葉通り、単に『リフォームで大変』だったのか、片桐さんは微笑みを残したまま部屋に入ってきたが、なんだか随分と窶《やつ》れたようにも見えた。それでも定席となった箪笥の前の座布団に座るや、いつものように献上品のごとく母に土産を差し出した。

子供たちにプレゼントを配るサンタクロース……与えられることに慣れてしまった子供たち……贈り物の復活……サンタクロースを囲んで、ここに居るのはすべて子供……真っ白く絢爛と開いた鉄砲百合の花束、僕には銀のブレスレット……それに焼き菓子と瓶詰めの果物、チョコレート・ボックス、お酒まで。

狭い部屋は、忽ち百合の香りに満たされた。なんという香りだろう。花の香りをこんなにも感じたのは初めてだ。触れることができそうなほどの濃厚な香り。甘美な香り。

母はシャンパンのラベルを見て「ドン・ペリニヨンよ！」と目を丸くして父を見た。

片桐さんは微笑んだだけで「ところで……君は翔君？」と、僕を見る。

僕はうなずいた。さっきはあんな風に笑うことができたのに、目が合ったとたんに顔が強張ってしまった。

母が「あなたもお礼をおっしゃい」と言う。

「いやいや」と、片桐さんはすぐに手を上げて制した。「お礼を言われるほどのものじゃない。おもちゃですよ。いや、ようやくリフォームが終りそうなので、以前伺った翔君の提言通り、本の整理をし、コンピューターなるものを買おうと思うのですが、そろそろ夏休みでしょう？　手伝って貰えないかと思って……いや、気の向いたときで結構ですが」

僕が片桐さんを手伝う？　そんなことが出来るのだろうか？　こんな立派な人の手伝いをするなんてことが……僕がいつにも増して戸惑っていると、片桐さんは僕から目を逸らして「アルバイトという形で、きちんとお礼もします」と早口で言った。

「翔が手伝えることなら、喜んで」と、父が言う。「……と、言いたいところだけどね。今月中にここを出なければならないし……」

「今月中⁉」と、片桐さんは驚いたように父を見た。「越すとは伺っていましたが、そんな急なことだったのですか？　でも……この近辺でしょう？　確か、そのようなことを以前……」

「そのつもりだったのですけどね」と、母がお茶を出す。

「半月の内に」と父。「とにかく越さなきゃならないんだが、なかなか無くてね。英子の勤め先は六本木、僕は青山だから、渋谷だと一番いいんだが、東横線か井の頭線の沿線……それも、かなり遠くになるかもしれないね」

「うんざりするわ」と母。

「それは大変ですね」と、片桐さんは顔を曇らせ「今月中とは」とつぶやいた。

父が「まあ、なんとかなるよ」と空元気で言う。「決まりさえすれば、大した家財もないし、引っ越しは楽だよ」と、笑いだす。「自慢できることじゃないな」

「今月中……」と、片桐さんはぼんやりと繰り返した。

「とにかく『来月に入ったら、解体に入る』って大家のお達しでね」

それから父母は競うように、いかに大家さんが強欲か――ということ、そして矛盾していることにも気付かず、いかにここの家賃が安いか――ということなど話しはじめた。

「小綺麗なマンションに建て替えるそうですわ」と、母はシャンパンに着いていたリボンを弄びながら、いつものうんざりした調子で言う。「残っているのは、家《うち》と、あと一軒だけ」


その夜、片桐さんは「いろいろと大変でしょうから」と、早々と帰っていった。だが、翌日、会社から夜遅く帰宅した父の言葉に、皆が驚いた。

「片桐から電話が入ってね。『家に来ないか』って言うんだよ」

「なんですって？」と母。

「今のままの家賃で、片桐の家の一階を提供するって」

母は「嘘でしょう」と言ったきり、お膳の前に座った父の横に、やはり座ってしまった。

「あの家に？」

「そうなんだ」と困惑したように父が応える。「奈津子さんが逝って、あの広い家に片桐だけだし、『私は二階だけで充分だ』って言うんだよ」

「凄いわ……一階全部、私たちが使ってもいいのね」

「ただ、猫が居ただろう。『猫が嫌いだと困るが……』とも言ってた」

「ああ、あの猫。どうだっていいじゃない。そんなの」

「でも、君……いくら友だちだっていっても……甘えすぎだよ。西沢を連れていったとき、君も見ただろう。あの玄関ホールだけだって、ここより広かったよ。それを六万だなんて……」

「まさか断ったんじゃないんでしょうね」

「いや、『家族と相談してみるから』と言ったけど……でも……」

「あなたが頼んだ訳じゃないんでしょ？　片桐さんから言ってきたのでしょ？」

「それはそうだけど」

「じゃあ、いいじゃありませんか。一階と二階って、分けて暮らすのなら、お互い、そんなに気を遣わなくて済むし。ここにもよく見えるし、きっと独りで寂しいのよ。行ったとき、案内して貰えば良かったわ。一階って、幾つお部屋があるのかしら。明日、伺って見せていただこうかしら。そう……二階の、リフォームすると言ってた書斎だけでも、結構広かったでしょ。あのとき『この真下がアトリエです』とも言ってたじゃありませんか。アトリエもあるのよ、一階に。最高だわ！」

「アトリエは……片桐だって使うと思うよ」

「あら、『絵はもっぱら大学の研究室で描いてます』って言ってたじゃない。『もう物置ですよ』って！　ね、整理すれば、また絵も描けるわ。私たち！」

「そんな……見てもいないのに。それに勝手に整理なんて出来ないよ。『二階だけでいい』って言ったって、もともと一戸建てなんだから。台所や浴室、手洗いが幾つもあるわけじゃないだろう？　それに今まで片桐と奈津子さんが暮らしてたんだ。家具だって勝手に動かせやしないし……」

「片桐さんが言ってきたんだし」と、母は父の言葉を遮った。「細かいことは話し合えばいいじゃありませんか。こんな素敵なお話を断って、ここより狭い所、ここより不便な所に行く気なの？　あそこの玄関ホールより狭い所で親子で暮らすの？」

父は黙って俯いてしまった。どんなときでも笑顔の父……俯いても、すぐに顔を上げて笑顔になる父が、今夜は俯いたきりだ。

「あそこなら聖だって学校を変わらなくて済むわ」と、母は語気を強めた。「学校のすぐ側なのよ。ね、聖だって、その方がいいでしょ？」

「そうだね」と、兄が澄まして応える。

僕は驚いた。どうしてすぐに『そうだね』などと応えたのだろう？　片桐さんの家……片桐さんと一緒に住む……同じ家に……一緒に……僕は襖に手を掛けた。「僕、宿題があるから」と母を見る。母は俯いている父を見たままうなずいた。

襖を閉める。胸が動悸を打っていた。「別に居候になるわけじゃないわ」と、母の声が聞こえた。「とにかくお家賃は払うんですもの」

父の声は聞こえない。僕はテレヴィのスウィッチを押す。『宿題』と言って、ゲームを始めたところで、今夜は何も言われないだろう。どうなるにせよ、父母の会話をこれ以上聞いていたくなかったし、混乱もしていた。独りになりたかった。

ロールプレイングなど出来やしない。ただサイコロを振るだけのボード・ゲーム『モノポリー』を始める。

猫……ずっと犬か猫と暮らしたいと思っていた。猫と……片桐さんと暮らす……思ってもいなかったことだ……でも、今の感じでは、母はすっかりその気になっている。僕は昨日貰ったブレスレットを引き出しから出した。鎖のブレスレット……鎖の三つ置きに小さな象や馬、犬などの下げ飾りが付いている。猫はいない。下げ飾りはゆらゆらと揺れた。それらは母ご自慢の銀のペンダント・ヘッドにそっくりだった。精巧な細工、眩い輝き……決しておもちゃなんかじゃない。銀の、かなり高価な物だ。突然、裕福な伯父が現れ……そう、『小公子』じゃないか。あれは祖父だった……裕福な祖父が現れ、下町から貴族の城へと住まいが変わる……片桐さんの家は知らないけれど、今の話だと、大きくて立派な家みたいだ。でも、なんだか、僕らは……家族ごと買収されているみたいじゃないか……いつのまにか……父母も片桐さんも、同期のはずなのに、片桐さんが豪華な土産を持参する度に、まるで裕福な伯父からプレゼントを貰う子供たちのように、皆がなっていた。もともと父や母は子供っぽいところがある。いつまでも学生のような雰囲気で、呑気で頼り無く……親をこんな風に思うようになったのはいつからだろう？小さいときは絶対の存在だった。父は神で、母は女神だった。僕もいつかは大人になるなどということは考えられないくらい、僕は小さな子供で……ずっと子供のままで……

そして父と母は最初から大人で、僕とはまったく違う存在……隔絶した別の存在……神と女神なのだと思っていた。親の言うことは常に正しく、立派なことであり、あらゆるものを支配している。怯えたり、うろたえたり、泣いたり、騒いだりなど決してしない。でも……そう、火事からだ。父も母も怯え、うろたえ、泣き、騒いだ……僕と同じように……それから神像は徐々に崩れ、今では大人も僕と大して違わないものだと知っている。単に少し大きく、そして少し経験が増えるだけで、中身は子供とそう変わらないものだと……いや、それは、僕の身近に居る大人だけだったのだろうか？　片桐さんは、本当の大人……僕が小さいときに感じていた大人そのものだ。片桐さんが怯えたり、うろたえたり、泣いたり、騒いだりする姿なんて想像もできない。だから、なおのこと……片桐さんの前では父母も子供のようになってしまう。

ぼんやりサイコロを振っている間に、僕は最下位になっていた。

ゲームにプログラミングされている四人の対戦者たちは、どんどん資産を増やし、家を建て、皆が皆、僕の財産を奪い取っていく。

「甘えてどこが悪いの！」と、母の声が耳を射した。「友だちなんだから、少しは甘えたっていいじゃないの」

父が制したのだろう。声はまた聞こえなくなる。そう、子供なんだから、大人に甘えていいんだ。父も、母も、僕も。

「そうかな?」と兄の声。兄がにやにや笑っていた。「彼はおかあさんが好きなんだよ。だから一緒に住みたいんだ。お金に困っているようにはとうてい見えないし、六万ぽっちのお金で、家の半分を他人に貸すなんて可笑しいじゃないか」

「そんなことないよ。彼はおとうさんの友だちでもあるんだ。彼は紳士だし……おとうさんにも、おかあさんにも、同じように接してるよ。僕たちにもだ。友だちとして、純粋に好意からだよ。僕たち家族全部への好意だ」

「好意としたって行き過ぎだよ。親戚でもなんでもないんだぜ。そりゃ、今は親しくしてるけど、それだって高々四ヵ月の付き合いじゃないか」

「大学のとき一緒だったんだ。兄さんは皆ににこにこしているけど、本当の友だちなんかいないんだろう。だから、そんな風に邪推するんだよ。本当の友だちは、家族や親戚以上に助けてくれたり、力になってくれることもあるんだ」

「おまえの『本当の友だち』って、あのバードだろう?　『本当』もなにも、おまえ、あいつ以外に友だちもいないしな。おまえに盗品を使わせ、おまえの書いた歌詞を自分で作ったみたいに歌っている……大した友だちだな」

「僕は盗品だと承知で貰ってる。それに歌詞も好きで書いてるんだ」

――不吉な音楽がテレヴィから流れ、ゲーム内で、僕は破産していた。

「資本主義社会では」と、兄が得々と言う。「お金のある奴が大将なんだ。家《うち》は片桐さんの子分だよ。従うしかないだろう?　はは、サンタクロースはついに家までプレゼントしてくれたんだ」

　スウィッチを切り替える。「マハラジャ！」と、声が聞こえ、テレヴィ画面に飾りたてられた象が映った。象……僕は象や犬の付いたブレスレットを引き出しにしまう。テレヴィの象の上には大きな宝石を付けたターバンを被り、豪華な衣裳に身を包んだ男が乗っていた。男の周りに粗末な身なりの男女が群がる。インドが舞台の映画みたいだ。

「富は権力だ。力だよ」と兄がしつこく言う。僕はチャンネルを変えた。天気予報だ。

　明日は雨……パジャマに着替えると、洗面する為に、六畳間への襖を開けた。兄の相手などしていられない。

　一瞬、口を閉ざした母が「聖、もう真夜中よ。早く寝なさい」と言う。髪がほつれていた。

「僕は翔だよ」と言いながら、脇を通り抜ける。

　どこに行くにしろ、僕は親に付いていくしかないじゃないか。

★

　引っ越し前日の土曜日、大した荷物でもないのに、結構慌ただしかった。

「これだけは持っていく」と主張した僕のテレヴィ以外……冷蔵庫や洗濯機、箪笥や机も……家具は全て道玄坂の古道具屋に引き取ってもらうことになった。

持っていくのは身の回りの小物と衣類だけ……食器すら母は喜々として捨ててしまった。

「何もかも片桐さんの家にあるのよ」と言う。

古道具屋が来て、どんどん家具を運び出していく。あちこち電話を掛け、そして電話も掛かってきた。バードからも電話が入る。

母の取り次ぎで僕が出るなり、バードは「今、ガリバーのとこに居るんだ」と言った。

「ビッグニュースだぜ。ガリバーに代わるよ」

そして、ガリバーは挨拶も抜きで「上の部屋が空くんだよ」と意気揚々と言った。

「六畳と四畳半の二間。家賃は六万八千円だよ。ルシ、そんなに変わらないだろう? 今、大家から聞いて『まだ不動産屋に言ってない』って言うから『ちょっと待って』って電話したんだ」

「あっ」と言ったまま僕は黙ってしまった。『越さなければならない』とバードに言ったまま、なぜか片桐さんの家に越すことになったことは言わないまま……日が過ぎていた。でも、僕が黙ってしまったことで、ガリバーは察したようだった。

「決まったの? どっか」と、打って変わったおずおずとした調子で言う。

「うん」と、言ったまま、僕は声が出なかった。

「そうか」と明るい声。「良かった」

「これから行く」と、僕は返事も聞かずに電話を切った。荷造りをしていた母が驚いたような顔をして見ている。

「『これから』って……どこに行くの?」と睨む。「聖。明日引っ越すのよ」

——母はさっき、美容院から電話が入って以来、急に機嫌が悪くなった。「どうせ捨てるんだから」と、食器まで故意に割り始め、父が驚いて聞くと、「一日早く越しちゃえば良かったわ、ツケがあるのよ」と不機嫌に言った。

父は「取り次がなければよかったね」と、気弱に言い、後は黙々と片づけている。

「すぐに帰るよ」と、僕はジャケットを手にする。

「夕食は?」

「すぐ帰る」


まだ夕方だったけど、降り始めた雨のせいで路地は暗かった。

すぐに行かないと……そろそろ開店時間だし、バードは『ドラゴン』に帰ってしまうだろう。三人に言わなければ……『明日、越すんだ』って……僕が黙っていた間も、三人は捜していてくれてたんだ……

戸を開けてくれたのはミドラだった。

「ルシ!　良かった。『これから行く』って言うから、ここに来るのか、引っ越しちゃうのか、どっちだろうって言ってたのよ」

バードが「だいたい、おまえの言い方っていつも言葉が足りないんだよ」と、ミドラの後ろから顔を出す。「まあ、いいや。上がれよ」

「俺の家だぞ」と、ガリバーが笑いながら、飲み物を出してくれた。「でも、良かったよ。引っ越し先決まってさ」

「『俺の』じゃなくて」とミドラ。「私たちの、でしょう」と、言いながら、ビデオの山を押して、席を作ってくれた。

六畳一間の部屋は、前にも増して雑誌とビデオで埋もれている。

「どこだ？」とバード。「まさか遠くじゃないだろうな」

「松濤……片桐さんの家に行くんだ」

「ほんとかよ！」とバードは目を見張った。

「片桐哲哉の！　すっごおい」とミドラ。

「きっと、豪邸なんだろうな」とガリバー。

「僕、知らないよ。行ったことないもの」

「それで、いつ？」とバード。「越すの、今月一杯だろう？　もう五日しかないぞ」

「明日」

「滑り込みセーフ！」と、ミドラが歓声を上げる。

「もう……おまえってよお」と、バードが僕を小突き、笑いだした。「良かったなあ」

「うん」——皆、笑顔だ。謝りそこねたまま、僕も笑ってしまう。でも、後ろめたかった。

「ありがとう。捜してくれて。僕、荷造りしなきゃならないから……帰るよ」

「俺も帰る」とバードが立ち上がる。「おふくろ、きりきりしてるぜ。きっと」

「荷造り、手伝うわ」とミドラが言った。「私、暇だもの」

「俺も」と、ガリバー。「まだバイトまで時間あるから、手伝えるよ」

「いいよ、いいい」と、僕は慌てて言う。「大した荷物じゃないんだ。いいよ」

★

梅雨明けの猛暑の日曜日、僕らは片桐さんの家に越した。

引っ越しは父が会社から借りてきたワゴン車を二度往復させただけで済んでしまった。二度目のときには身の回りの物を乗せ、最後に僕も乗る。これでアパートとお別れだ。家族でちょっと別荘へ、という程度の荷物だ。

高台への坂道を父の運転する車に乗って登っていく。

片桐さんの家は知らないけれど、通学路だから見慣れた道だ。

父が「たぶんおまえは学校から一番近い家の子になるよ」と言った。

登校のとき、もうこの道を上ることはない。今日からこの道を上るのは帰宅するときだけだ。渋谷の街から……バードの家から……帰宅するとき……とても変な気分だ。

学校が見えるくらいに近くまで来て、車は右に曲がった。父が「ここだよ」と言う。曲がってすぐの家……登校しながら目にしていた家じゃないか。立派な石の門を抜け、照りつける陽に輝く洋館へと近づき、大きな玄関の前で車は止まった。

夢みたいだ。本当に『小公子』じゃないか……きょうからここに住む……

十三

街角で君を目にし、付いていく。

この激しい悦び……薫りを拒むことなどできはしない。

この歓喜……この胸の震え……『美は痙攣的なものだ。さもなくば存在しないだろう』と、詩人は言った。私は目だ。——震える目、震える胸、震える脚、震える身体。

酷い音楽と、獣の中にあっても、花の薫りは失せはしない。薄闇に沈み、汚れたシャッターに寄り掛かり、君は婉然たる笑みを浮かべて遥か群衆から離れていた。

化粧した君は、さながら白百合……闇にあっても白く輝き、清楚にして豪奢。無垢にして絢爛。傲然と胸を張り、濃厚な薫りを放つ君に、もう桜や著莪《しゃが》の面影はない。

君の変貌……私は百合を胸に、再び君を訪ねる。

そこに在ったのは再び著莪、素顔の君……雨の雫に震える夢幻の花……我がシメールよ。

『サモトラケのニケ』の失われた頭部に、君の頭部を重ね合わせる。
飛翔する君は女神であり天使……そして私の前に舞い降りた。
君は百合であり、桜であり、著莪である。魅せられたる花そのもの……
そしてきょう、私は花を迎え入れる。

十四

彼は本当にサンタクロースだ。最高のサンタクロース！

見たこともない猫がここには居た。雄で名前は「キマ」だと言う。褐色の地に豹みたいな黒い斑点がある短毛のワイルドな猫だ。ベンガル山猫と純粋種の猫を掛け合わせて作られたものだそうだ。日本ではエキゾチック何とか……と、長い名前が付けられているそうだけど、海外では、ただ『ベンガル』と呼ばれているらしい。大きさはそこいらの猫と変わらないし、顔もキジ猫みたいだけど、眸《ひとみ》は真っ黒で、白目の部分は金色だ。ライオンの仔みたいに手足が太く、身体もむっちりとしている。尻尾だけは黒と褐色の縞だけど、その毛並みときたら……絹みたいな光沢があって、最高級のペルシア絨毯みたいに密度があってなめらかだった。顔を寄せるとすごくいい香りがする。麝香《じゃこう》猫ってこういうのかな、と僕は思う。

キマは一階と二階を我が物顔に行き来していて、ドアを開けておくと、僕の部屋にも入ってくる。太くて長い立派な尻尾をぴんと立て、実に堂々と威張って入ってくる。凄く可笑しい奴だ。二日目には、僕はもうキマを抱いていた。片桐さんが抱き方を教えてくれた。ずっしりと重くてあたたかい。片桐さんは「普通の猫より重いでしょう」と言った。でも動物を抱いたのは初めてなので、判らない。

そう、部屋……僕は玄関ホールの左側、階段裏の部屋を貰った。

前は片桐さんの寝室だったという。

八畳くらいの大きさで、南と西に窓がある。外国映画でしか見たことのないような洋間だ。

窓はフランス窓という細長い観音開きの窓で、南側の窓は広い庭に面していた。母は『前の家の庭と同じくらいの広さ』だと言ったが、こんなに大きな樹はなかったと思う。顔を出すと、青々とした芝が広がり、すぐ左側に玄関のポーチが見えた。でも門は、鬱蒼とした樹に隠れて見えない。『椎《しい》、犬黄楊《いぬつげ》、小楢《こなら》、合歓《ねむ》……』と、片桐さんは指さして教えてくれたが、どれがどれだか判らなかった。どれも大家さんの家にあった柾《まさき》の樹より大きく立派だ。西側の窓の外は家の裏へと抜ける細い通りで、塀沿いに青木や椿などの低木があり、その根元には艶やかな緑の葉が群生していた。『著莪《しゃが》ですよ』と片桐さんは教えてくれた。『四月頃、素晴らしい花を咲かせます。ここは夢の小道になりますよ』と。青白い、鳥の羽を合わせたような花だと言う。ベッドに坐るとどこまでも著莪の葉が見えた。僕はその上に青白い幻の花を咲かせてみる。ベッドは、片桐さんの使っていたベッドだそうで、がっしりとした木製だ。坐ると爪先を伸ばさないと床に付かない。部屋には大きな机もあって、僕のテレヴィを置いても、本を並べても、まだ机上はゆったりとしていた。ホール側の壁には、作り付けのクローゼットがあって、僕の服だけを納められる。そして、服を全部納めても、まだ箪笥一つ入るくらい空いていた。クローゼットの横には、同じくらいの広さの棚があり、僕の私物は真ん中の二段で全て納まってしまった。そして広い床……木目の奇麗な寄木の床は、あちらこちらに様々な動植物を秘め、見飽きることがない。実際の節目は幽霊の目のように見えて少し気持ちが悪かったけど、ベッドの方の木目は恐竜に見え、机の方には鷲も居た。鳩、亀、馬、猫、鶩《あひる》、海豹《あざらし》それに三色菫に百合の花、薔薇は到る所にある。そう、足元の木目はドラゴンに見える。バードの家の看板より、立派で勇壮なドラゴンだ。壁紙は枯れ葉色の地に少し濃いめの茶とモス・グリーンの縦縞があり、縞の間を渋いオレンジとクリーム色の葉が絡むように踊っていた。アカンサスの葉だと言う。『もっとも古典的な装飾模様ですよ』と片桐さんは言っていた。色褪せてはいたけれど、葉の形はとても奇麗で、これも見飽きない。天井は高く、ベッドの上に乗っても手が届かなかった。貝殻を模した硝子の照明が二基、下がっている。二枚貝が四方に広がったシャンデリアだ。ベッドの足元の方に下がっているシャンデリアの元の所には、直径二センチほどの真鍮で囲まれた硝子のようなものが嵌まっていたが、これは不明。

まったく僕だけの部屋……僕独りで使える部屋……僕の個室なんだ。ドアを開ければ玄関ホール、隣接している部屋はアトリエだけだったから、今までのように音を気にしなくてもいい。夜でも、夜中でも、普通の音量にしてテレヴィ・ゲームをやることができた。

たった一つ、困惑したことは、『詩人とミューズの結婚』の絵を、押入れの天井に貼っていたように、逆さに貼れなくなったことだ。片桐さんが部屋に入ってくることはなかったけれど、父母はしょっちゅう顔を出す。絵を逆さに貼っていたら変に思われるだろう。それでも僕は、父に頼んで、その絵を再び天井に貼って欲しいと言った。僕自身が枕の方に足を向けて寝ればいいと思ったからだ。

「天井に?」と、父は笑った。「壁に貼ればいいじゃないか。幾らでもスペースはあるんだから。そんなに気に入っているのなら額装してあげるよ。会社で頼んでいる所に言えば、安いし、すぐ作ってくれる。額に入れて、机の前にでも飾ったらどうだい?」

——確かに、この高い天井では遠すぎる——と、僕も思った。父は「絵も、少し傷んできたね。もう一度コピーしてあげよう」と、絵が載っている『象徴派の魂』を持っていったが、翌日には、もう、額装した絵を持ってきてくれて驚いた。前より一回り大きく拡大されていて、額に入っただけで、とても立派に見える。それに額の裏には吊り紐を通す所も何箇所かあって、掛け替えるだけで絵は簡単に逆さになった。僕は南側の窓の横にその絵を飾った。ベッドに横たわり視線を落とせば、絵は正面に見える。

夜、「おやすみ」と部屋に入ると僕は絵を掛けなおし、ベッドに入る。最高だ。ここは僕の部屋。僕だけの部屋。墜落する詩人とミューズと僕だけだ。

僕の僅かな荷物など、瞬く間に片づいてしまい、僕はさっそくバードを招待した。父母が出勤し、片桐さんも出掛けた日なので、バードも気楽に来れるだろうと思ったからだ。

★

ところが、門を潜《くぐ》った時点で、バードは既に逃げ腰だった。「いいのか、本当に入っていいのか?」

「一階は借りているんだからいいんだよ」と、僕は少し苛立ちを覚えながら言う。中に案内しても、バードは落ちつかなかった。「嘘みたいだな」と言いながら、きょろきょろと眺め回すばかりだ。そしてついに「おまえ、やっぱりおかしいぞ」と言いだした。「いくらなんでも、こんな凄い所が六万だなんて、変だよ」

「変じゃないよ。友だちなんだから」

「友だちって言ったって……やっぱりさあ……小母さんに惚れてるんじゃないか?」

「そんなんじゃないよ。父と母と両方の友だちなんだから」

「ふうん」

結局、バードは僕の出した飲み物を一口飲んだだけで、早々に帰ってしまった。

「俺、こういうとこって慣れてないからさあ、どうも落ちつかないんだ」

——手つかずのストローを仕舞い、コップを洗った。

バードのことなんか気にならない。何もかも快適だ。

自室に戻って、ゲームを始める。一緒にやろうと思っていた対戦ゲーム。

ひんやりと心地好い部屋。貧乏人は勝手に炎天下に出ていくがいい……

★

僕は、ここに来て良かったと思ったけれど、でも、誰よりも、新しい住まいに欣喜雀躍していたのは母だった。

母はすっかり変わってしまった。いや、本来の母に戻ったと言うべきか……活き活きとし、輝いて見えた。憂鬱気なつぶやきも、物憂げな表情も、前のアパートに置いてきてしまった。前は勤めから帰ると、ため息ばかりついて一時間はぼんやりと座っていたのに、今は帰るやいなや、楽しげに部屋〳〵を整えている。

「可愛いでしょう？」と、花柄のテーブルクロス……「奇麗でしょう？」と、カラフルなスリッパ……「素敵でしょう？」と、フリルの付いた枕カバー……それらはどれも些細な小物だったが、前には一つ買うにも長々と迷っていた品々だった。そうした小物を毎日のように買ってきて、母はこの住まいを自分のカラーに染めていった。家具は立派なものが完備されていたし、母の入り込む余地はなかった。そして毎日のように「昔に戻ったようよ！」と、うっとりと目を泳がせる。広々としたリヴィングキッチン、洒落た客間、どっしりとした玄関ホール……僕らは笑顔で同調し、母はますますにこやかになる。それは素晴らしい時間だった。

僕らが生まれた家……火事で燃えた家も、結構大きな家だったけど、こんなに立派ではなかったと僕は思う。だから『昔に戻ったよう』と言う母の言葉は当たっていない。でも、誰も異論は唱えない。母自身が昔に戻ったのだから。

「甘えすぎだよ」と、越すのを渋っていた父も、今では母のささやかな散財をにこやかに見ていた。

父が危惧していた「一軒の家に二世帯の同居」という問題も、支障なく片づいたからだ。

この家は二階にも台所や浴室、手洗いがあり、まったく別個に暮らすことができた。浴室や手洗いは、二階の客室に元からあったそうだし、台所は片桐さんが結婚したときに、健在だった片桐さんのお祖母さんが、「一階と二階で棲み分けましょう」と提案して作られたそうだ。だから共有するのは玄関ホールと玄関だけ、それに光熱費くらいだった。

母は「お食事くらい、ご一緒に」と言ったそうだが、二階には今も家政婦さんが通ってきて、片桐さんの食事を作っている。

　ここに来て、母が気に入らないのはキマと、この家政婦さんだけだ。「キマが入るから」と言って、部屋のドアは決して開けっ放しにしない。「家具に傷を付けるわ」と言うけど、キマが家具で爪を研いでいるところなど見たことはない。ただ玄関ホールの絨毯では、ときどき研いでいた。でも家具も絨毯も片桐さんの物だし、当の片桐さんはキマが何をしたって怒らない。目の前で絨毯をばりばりやっていても、笑顔のままだ。そして母も、片桐さんの前では「可愛い猫」などと言っている。まあ、家政婦さんに比べたら、キマはずっとましなのだろう。

　家政婦さんは「渡辺さん」という五十くらいの大柄な小母さんで、玄関ホールなどで会い、挨拶をしても頭を下げるだけで、黙って行き過ぎてしまう。

　来て五日目の夕食時、毎日はしゃいでいた母が、初めて不満げに「渡辺さんって、私たちが居候だと思っているのかしら」と父に言った。「なあに、あの態度」

　父は「居候と大して変わらないよ」と笑った。「『六万円も払っています』って言うつもりかい？」

「でも、お家賃はお家賃よ。光熱費だって折半で、と決めたし」

「こっちは親子で、片桐は独身だよ」

「折半って主張したのは片桐さんだし、お家賃だって片桐さんの言うままじゃありませんか。絶対居候なんかじゃないわ」

「君が『家政婦さんは、もうお断りしてもいいんじゃありませんか？　二階のお掃除くらい、ついでにできますし、お食事だって一緒になされば……』なんて言いだしたからだよ。渡辺さんは片桐が中学生の頃からここに通っているひとだそうだ。その頃、彼の母親が亡くなってね……だから単に家政婦と言うより、母親代わりみたいなものだよ」

　僕は口を挟む気なんてなかったけれど、驚いて聞いてしまった。「中学生のときにおかあさんが死んだの！」

「癌だったそうだ」と父。「渡辺さんは付き添い婦で付いていたひとだったらしいよ。それを断るなんて……渡辺さんにも聞こえたんじゃないのかな」

「あら、ちゃんと渡辺さんが帰った後で言ったわよ。私は単にそれくらいはしてもいいんじゃないかと思ったから」

「いや、片桐の好意は好意として受けても、生活までないまぜにしてはいけないよ。一つ家に住む以上、なおさらのこと、きちんと分かれていた方がいい」

「でも、馬鹿〳〵しいじゃありませんか。一人分余計に食事を作るくらい、どうということもないし、二階のお掃除だって、渡辺さんが毎日通うほどのもんじゃないわ」

「そういうことじゃないよ」と、父は珍しく母に反論し続けた。「お互いにプライバシーをよりよく保つということだよ。それに食事の好みだって、時間だって、家《うち》と片桐とでは違うだろう。食費の問題も出てくる。それに片桐は毎日大学に行っている訳じゃないし、家に居るときは昼食だって摂るんだよ。君、勤めを休んで昼食を作るつもりかい?……せっかくこんな素敵な住まいを提供されたんだ。ここに住むつもりなら、きちんと分かれていた方がいい。片桐だって、そう思ったから、君の申し出を辞退したんじゃないか?」

「でも……馬鹿〳〵しいわ。それくらいで家政婦に来てもらうなんて」――母はつぶやくと、食器を片付け始めた。「あのひと、行き合っても会釈すらしないのよ。それに、すごく冷たい目で私を見るのよ。睨んでるみたいに」

父は「君の美貌に嫉妬しているんだよ。お姫様」と言い、「なあ?」と、僕に相槌を求めた。

「そうだね、絶対」と、兄が素早く言う。

「まだ来たばかりだしね」と、母の顔にも笑みが蘇った。「そのうち、渡辺さんとも仲良くなれるわ」

「とにかく、一軒の家だろうと、二階は別の家なんだよ」と父。「家の住まいは階段から下だ。階段にはドアがあると思った方がいいね。階段の一段目からは余所の家だ。登ってはいけないよ。余所の家に無断で入ったりしないだろう」

「判った」と僕は言い、母はまたちょっと不満気な顔になったが、それでもうなずいた。

「そんなにきちきち分けすぎるのも変よ」

「けじめはつけないといけないよ」

父のこんなに威厳ある話し方を聞いたのは初めてだ。僕はまた「判った」と言う。

中学の時って……僕は母が死んでしまったりしたら耐えられない。

★

ところが、早くも翌日には僕は二階に上がることになった。だが、勝手に上がった訳ではない。片桐さんから蔵書の整理を頼まれたのだ。

朝、父母が出勤するときだった。玄関ホールに居た僕たちの所に、片桐さんは「お早うございます」と、サマーセーターにコットンパンツというラフな服装で下りてきた。

「コンピューターを買いましてね」と嬉しそうに言う。「でも、説明書が判読不可能でしてね、翔君に助けていただきたい」

「翔、出来るな?」と、父が聞き、僕はうなずいた。

「部屋の整理が済んで、落ちついてからでいいのですが……」と片桐さんは言い、母がすぐに「越してきた日に済みましたわ」と笑う。

それでも片桐さんは「夏休みといっても、宿題もあるでしょうし……」と、相変わらず、とても気を遣った。

僕は「コンピューターを見せてください」と言った。この調子では、両親とも遅刻してしまうからだ。

「ああ、そうですね」と、片桐さんは慌てたように言い、ようやく父母に「引き止めてしまって……」と会釈をした。

書斎は二階に上がって左側、一階のアトリエと僕の寝室の真上に跨がるL字型の部屋だった。キマも当然のように付いてくる。

入ったとたん、僕は見とれて声も出なかった。

壁一面、本だった。

「リフォームする前はここまでしかなくてね」と、片桐さんは部屋の角に立って手を仕切りのように横に振った。「書棚も小さくて、空き部屋に本を積み上げていたんですよ」

僕は片桐さんのそばに行き、僕の寝室の上にまで広がった書斎を見回した。本……本……本……西沢さんがリフォームする前は、どんな部屋だったのか知らないけれど、入ってすぐ、戸棚や時計のある右側の壁と、窓以外の……部屋の全ての壁は床から天井まで書棚になっていて、部屋の中央にも低い書棚がある。図書館みたいだ。僕の天国だった祖父の書斎の三倍位の広さが本で埋まっていた。壁側の書棚の前にはレールがあり、天井近くの本まで取り出せるよう、移動式の梯子が付いていた。机は南側の窓の前と、入ってすぐの北側の窓の前に一つずつ、コンピューターは北側の机に置かれていた。窓からは樹々の向こうに中学の校舎の一部が見えた。夏休みが終ったら、行かなくても、ここに坐って学校を見ることになるのだろうか……滅入ってきたので、机上に目を移す。

コンピューターはノート型パソコンで、学校にある機種とは違うものだったが、使い方はほどなく判った。

僕は片桐さんに使い方を説明する。片桐さんは、何となく上の空で、僕は何度も同じ言葉を繰り返した。

そのうちに、渡辺さんがやってきて、昼食の用意ができたと言う。僕のまで用意されているそうだ。躊躇したけれど、片桐さんが当然のように勧めるので、付いていった。

書斎と反対側……ちょうど一階の両親の寝室と客間の上が、一続きの大きな部屋になっていた。

渡辺さんがバケツを持って出ていってくれたので、僕はゆっくりと部屋を見ることが出来た。

北側には台所と大きなテーブルがあって、造りは下のリヴィングキッチンと似ていたけれど、とても落ちついている。台所の横には、狭い間隔でドアが二つ並んでいたから、浴室と手洗いだろうか。冷蔵庫の横の床には、銀のトレーに、キマの食卓が出来ていた。南側の窓に面した方は、花柄の美しい椅子と繊細な彫刻を施された卓子が置かれ、明るく、ゆったりとした雰囲気の客間になっていた。薔薇色の大理石の素晴らしい彫像がある！　飾られた絵画、象眼を施された小卓、大きな蛇が絡んだ電気スタンド……家具調度の一つ一つが優美で品格があった。僕は母が次々と買ってくる安物のテーブルクロスや花瓶敷、枕カバーなどを思い浮かべて恥ずかしくなった。一階だって、家具調度は素敵なのに雰囲気はまるで違う。ここでは花瓶に挿された花までが洗練されて見えた。

キマをからかったり、操作の説明を続けながら、大きなテーブルで昼食を摂ると、僕は気になっていた彫像の方に行ってみた。頭の欠けた天使……絵や、いい加減な小物では、いくらでも見ているけれど、こんな立派な彫像を見たのは初めてだった。僕は翼のあるものが好きだ。墜落のイメージに惹かれるように、翼にも惹かれる。飛翔と墜落……それは反転すれば同じことだ。

彫像の傍らに来たけれど、まず、「あれは片桐さんの作品ですか？」と、唯一、壁に飾られた大きな正方形の絵を指して聞いてみた。画家だから、それが礼儀かな、と思ったのだ。豹みたいな獣に裸身の男が横坐りになって、右手を豹の首にあてがい、左手は杖のようなものを持っていた。

「いや、昔の絵の摸写ですよ。私の描いたものでもない。自分の絵は飾りません。気になるのでね」と、片桐さんは笑い、「『豹に乗るディオニソス』と呼ばれています。本物はモザイクですよ――紀元前のもので、マケドニアのペラというところから出土された床面に描かれたモザイクです」と言った。

絵もとても素敵だったけれど、僕はただうなずき、「この像、とても素敵ですね」と、ようやく、三十センチほどの薔薇色の彫像に触れた。翼を一杯に広げた天使……でも、頭部は欠けている。豊かな胸をしているから、やはりミューズだろうか？　顔もなく、両腕もない。

「ミューズですか?」

「いや」と、片桐さんの顔が輝いた。「『ニケ』という勝利の女神です。レプリカ……これも複製ですよ。はは、この部屋は複製ばかりですね。本物は二メートル五十近い大きな大理石で、ルーブル美術館にあります。サモトラケ島から出土した物なので『サモトラケのニケ』と呼ばれているギリシア彫刻ですよ。紀元前二世紀初めの作品と言われていますが、これを見ると美は衰退の一途を辿っているとしか思えなくなりますね。ニケの像は、他にも沢山ありますが、頭部や両腕が欠落しているにも拘わらず、私はこれが一番好きですね。軍船の舳先に舞い降りた瞬間ですが、その一瞬のポーズに、女神の威厳、優雅さ、躍動感……すべてが見事に表れている。学生の頃はね、この石膏像ばかり描いていたものですよ」

「ニケ……顔や手がない方が素敵に見えますね」——言ってしまってから、馬鹿なことを言っただろうかと不安になった。

でも片桐さんは「今度大学にいらっしゃい」と、にこやかに言った。「やはりレプリカの石膏像ですが、等身大のものがあります。本物には及ばないけれど、大きいから迫力はありますよ」

ニケ……勝利の女神……僕のロールプレイングにも登場させようと思いながら、部屋を出る。

書斎までの間には、ドアが一つきりだった。片桐さんの寝室なのだろう。リヴィングルームに行くときは気がつかなかったけど、ドアの中程に拳大の蝸牛《かたつむり》が一匹、張りついているのに気がついた。近寄って見るとドアの把手のようで、蝸牛ではなく巻き貝だ。

「変わったノブでしょう？　パリで買ったものですよ」と片桐さん。「留学中に見つけて、部屋のドアに付けていました。記念に持ちかえって、今はここ。一昨年、パリに行ったときにね、他の部屋のノブもこれに変えようと、買った店に行きました。ところが、確かにここと思っていた場所に店はない。よく知っている通りで、店の場所も確信していたのに……ないのです。改装した様子もない古い建物ばかりでね。今、考えても不思議です」

聞きながら、触れてみる。白い巻き貝の把手は、撫でると肌合いが柔らかく、塗装した木製のようだった。

行き過ぎて、書斎に入る。――二階は寝室を挟んで、L字型の大きな部屋が向き合っていることになる。ゲームにもよく相対的な間取りの城や教会、塔などが出てくる。相対的な間取りって好きだ。


午後からは僕はアルバイトに入った。

片桐さんと取り決めたアルバイト……それは書斎にある本の内容を片っ端からパソコンに入力することだ。人名、地名、動植物、それに片桐さんが紙に書いてくれた美術と文学の諸派や運動、それらを項目別に入力し、出典を入れる。

「書き入れ方の見本に」と、片桐さんは一枚のカードを貸してくれた。葉書より一回り大きなカードだ。項目とその出典が読みやすい手書きの文字でびっしりと記載されていた。

「私が大学院生の頃から作っていた文献目録カードです。このように入れることは可能ですか?」

僕はうなずいた。書き方はどうにでもなる。でも書棚には英語とフランス語の本もあり、それはパスするとしても、日本の本や翻訳本だけでも気が遠くなるほどあった。

「一年以上かかると思います」と、僕は言い、片桐さんは「かまいませんよ」と応えた。窓際の一番端から始めて、厚い薄いに拘わらず一冊千円。時間は関係なく、僕の気が向いたときでいいと言う。三冊で一ヵ月分の小遣いだ。


午後の早い時間に、僕は最初に取り出した本の四分の一は片づけてしまった。片桐さんの本に書かれていた美術運動の一つ、『シュルレアリズム』——超現実主義についての本で、翻訳本だった。この書斎にある本の中では薄い方だ。

とても奇妙な本で、ふざけているのか、真面目なのか、ときどき判らなくなる。まったく意味が判らないところもあった。人名なのか、地名なのか、動植物の名前なのか、判断できない箇所もあり、そういうところは付箋を貼って飛ばす。片桐さんは奥の南側の机で書きものをしているようだったが、部屋が曲がっているので、振り向いても見えない。ただ、ときどき足音や、梯子を動かして本を取り出しているような音が背後で聞こえた。一々仕事の腰を折っても悪いし、後で纏めて聞けばいいと、僕は作業を進める。開け放った窓から風が入り、蟬の声が耳を聾《ろう》した。前のアパートでは、こんなに蟬の声も聞こえなかったし、窓を開けても風は抜けなかった。キーを打っていると、なんだか避暑に来た作家のような気分になる。片桐さんは、これも『文献』と言った。学校でのその場限りのキー操作ではなく、書き入れるごとに、これは『文献』となり、片桐さんの役にたつのだと思うと気分が良かった。本の全てを理解することが出来れば、もっと気分が良いのだろうけど。

「そう根を詰めないで」と、声がして、振り向くと片桐さんはすぐ後ろに立っていた。

「休み休み、ゆっくりやってください。飽きたらやめてもいいんだし」と笑う。

陽射しが変わり、猛々しかった蟬の声も和らいでいた。

「ほお、もう、こんな所まで……」と片桐さんは開かれた頁に目を落とした。「ブルトンの『ナジャ』ですね」

僕には『ブルトン』も『ナジャ』も判らなかったので、そこにも付箋を貼ったところだった。そこにはただ──ブルトンの魅惑に満ちた詩的言語──とあるだけで、『ナジャ。なぜって、これがロシア語で希望という言葉のはじまりなの、はじまりだけだからいいのよ』と、鉤括弧で括られた文が続き、そこで唐突に終っていたからだ。言葉のはじまり……はじまりだけだからいい……という部分に、僕はとても惹かれた。新しい歌が出来そうだ。

「『ブルトン』と『ナジャ』は人名ですか？」

「そうですよ。『ブルトン』はアンドレ・ブルトン。シュルレアリズムの詩人です。『ナジャ』はブルトンの書いた小説で、その小説のヒロインの名前です。ここは『ナジャ』の中でも素晴らしいところでね、『彼女はぼくに自分の名前を言う、彼女が選んだ名前だそうだ』と、あり、そして『ナジャ。なぜって……』と続くのですよ。正に魅惑的な箇所です」

片桐さんはこの箇所を諳《そら》んじていた！　その記憶力にも、その言葉自体にも、僕は驚いた。——彼女はぼくに自分の名前を言う、彼女が選んだ名前——言葉のはじまり……はじまりだけだからいい——こんな風に書かれた小説があるんだ……

「素晴らしい小説ですよ」と片桐さんは言った。

「僕が読んでも判りますか？」

「そう思います。十歳過ぎれば、もう小説を読むのに、歳は関係ありませんよ」

『ブルトン』の『ナジャ』……僕は頁の活字に目を止めると、栞を挟んで、頁を最初に戻した。付箋を貼った箇所を開いて、聞いてみる。片桐さんはすらすらと付箋の上に『人名』とか『植物』とか書いていった。僕は恥ずかしくなる。改めて見ると、付箋は多いところでは一頁に五箇所もあった。

「僕はとても無知ですね」と、言ってから、吐息が出た。

片桐さんの手が止まってしまった。やっぱり僕は無知なんだと思い知る。

「とんでもない」と、片桐さんは、また付箋に書き込みはじめた。「私が君の年頃のときには、もっと知らなかったと思いますよ。驚いていますよ。この画面」と、僕が入力した箇所を示した。

「『オーディン』『トール』『ベルセルク』と、きちんと『神話』の項目に入れている。北欧神話が好きなの?」

「ゲームです」

「え?」

「テレヴィ・ゲームに出てくるんです。神々や悪魔が」

片桐さんは笑い出した。「なるほどね。ゲームですか」——瞬く間に付箋の分類は終っていた。身を起こし「お茶にしましょうか」と言う。

片桐さんが、お茶を頼みに出ていったので、僕はくつろぎ、足元に居たキマを抱き、書斎の中を改めて見て歩いた。

日本語の背文字を見ると、やはり学術書が多かったけれど、部屋の中央の書棚は小説や詩集のようだ。捜せばブルトンの『ナジャ』もありそうだった。祖父の書斎で読んだように、気儘《きまま》に取り出して読めたら素敵だな、と思う。

書棚を辿って片桐さんの机の前に来てしまった。

机の手前には、書見台が向かい合わせにあり、どちらの上にも分厚い洋書が開かれていた。フランス語みたいで、まるで読めない。台は斜めになっていて、製図台のようだ。

机の横の壁に目を奪われる。信じられないような昆虫の標本が飾ってあった。蟷螂《かまきり》みたいだけど、普段見かける蟷螂より四、五倍は大きい。褪せた薔薇色で、頭上に鎌を翳《かざ》し、透き通った羽を後ろ脚の上に広げていた。淡いピンク色の羽は、母のアンティークの絹のドレスみたいで、褐色の刺を持った薔薇色の脚が透けて見える。『巨大昆虫の恐怖』――SFの映画や小説に出てくるみたいなやつだ。どう見ても本物みたいだけど、こんな凄いのがどこかに居るんだろうか？　この真下の壁には僕の『詩人とミューズの結婚』を飾ってある。奇妙な気分だった。

机の上には伏せた原稿用紙の向こうに、これもまた、とても大きな鸚鵡《おうむ》貝《がい》があった。断面に切られていて、中の渦巻き状態が奇麗に見える。螺旋状に渦を巻いていく形は、じっと見ていると引き込まれそうになる。昆虫の標本はグロテスクだったけど、これはとても美しかった。

気配に振り向くと、盆を抱えた片桐さんがすぐ後ろに居た。ドアはキマが居るのできちんと閉められてはいなかったけど、足音にも気付かなかった。

「すみません、つい見とれてしまって」

「ああ、鸚鵡貝」と片桐さんは微笑み、机の上に盆を置いた。「渡辺さん、買い物に出てしまったようで。私が淹れたので、あまり美味しくないかもしれませんよ」

澄んだワイン色の茶の中で薔薇の絵柄がゆらゆらと揺れ、紅茶の良い香りが漂う。僕は片桐さんに雇われているのに、まるでお客のように接待を受けている感じがした。

「僕、こんなに大きな鸚鵡貝を見たのは初めてです」――そう言ってから、隣の部屋のドアの把手は鸚鵡貝だったんだと気付いた。

「そう……『これくらいのはなかなかありませんね』――などと言われて、私も飛びついて買ってしまった。初任給がこれで無くなりましたよ」――嬉しそうな声だった。

「実物の断面を見たのも初めてです。すごく奇麗ですね」

「自然は凄いですね。人のへたな創作物など、軽く越えている」

片桐さんは紅茶茶碗を机の上に並べて、窓際にあった椅子を持ってきてくれた。昼食の時は、リヴィングルームに呼ばれて、渡辺さんも居たし、パソコンの説明をしている間に過ぎてしまったけれど、こうして二人きりで改めて向き合うと、何を話していいのか判らなくなった。

「いただきます」と言って、茶碗を手にする。

「もう何年もここに置いていますが」と、片桐さんは鸚鵡貝に目を向けた。「見飽きるということがないですね」

「見てると、引き込まれそうな気がする」と、僕は言っていた。
「ああ、君も……私もですよ。螺旋が無限に続いているような錯覚を覚えます」

紅茶はとても美味しかった。そして僕らは鸚鵡貝の断面に目を向け、その無限に舞い降りていくような美しい規律に満ちた形状と、真珠色に輝く柔らかな光沢を共に堪能し……そう……共に堪能し……ちっとも気詰まりでないことに気付いた。僕らは美的感覚を共有しているんだ、と僕は思い、安らぎと悦びを覚えていることに戸惑った。両親やバード以外の人と一緒に居て、話も交わさず、ただ快い……なんて、初めてだ。

窓から外を見る。僕の寝室の上だから、景色はそう変わらない。ただ梢越しに町並みが見え、見慣れた看板から、僕が住んでいた方角だと判る。バードの顔が浮かんできた。
「これは？」と、飾られた標本に顔を向けた。
「花蟷螂……これは褪色しているから、そっくりとも言えないけれど、生きているときはもっと鮮やかなピンクで、蘭の花とそっくりなんですよ。擬態ですね」と、片桐さんは立ち上がり、すぐに大きな図鑑を持ってきて、頁を開いて机上に置いた。

見開きの頁一杯に、色鮮やかな蘭が花開いていた。真っ黒の背景に目の醒めるようなピンクの蘭だ。

僕は片桐さんに指摘されるまで、花と蟷螂を見分けることが出来なかった。色といい、形といい、蟷螂は花の一部に同化していたからだ。

「木の葉に似た木の葉《こは》蝶とか、葦《よし》に似た葦五位《よしごい》や大葦五位《おおよしごい》とかは知っているでしょう？自然の驚異ですね」と、片桐さんは他の頁もゆっくりと開いて見せてくれた。どれも他のものと見分けがたいものたちの写真……『擬態』の写真集だという。「もっとも『擬態』という言葉は、十九世紀になって動物学者のベイツが言いだしたのですけどね、それはあくまでも人間の目から見た『擬態』であって、他の生物から見るとどうなのでしょうね。この花蟷螂などは確かに昆虫が花と間違えて安心して飛んできて捕まえられてしまう訳ですから、確かに擬態だけれど、虫の頭部が鰐に似ているなどとなると……」

開かれた頁には、片桐さんの言う虫の頭部の絵があった。漫画のような鰐……僕は目眩がしてくる。薔薇の刺に似た薔薇の刺角蟬《とげつのぜみ》、砂に隠れた砂鰈《すながれい》、木の皮のような七節、雪原の雪兎……

ぱたんと本が閉じられた。

「つい講義口調になって」と、片桐さんは短く笑って本を床に置いた。

僕は額に当てた手を離して、鸚鵡貝の美しい断面に視線を移した。無限に続く櫛形の小部屋。迷宮……ダンジョンのようだ……小部屋の中に、虫粒のようなムーンとスターの姿が浮かんできた。『アムネジア』に鸚鵡貝の形の建物を作ろう。中に入ると螺旋階段のように下降していく部屋が連なっているダンジョンだ。

「ゲームには迷宮が沢山出てきます」と、言ってしまい、唐突で……馬鹿げて聞こえただろうか、と口を閉ざす。

「神々や悪魔は」と、片桐さんが聞いてきた。笑顔なのでほっとする。「他にどんなのを知っていますか？　例えばアジアだと……」

「インドだったら魔神『ヴィシュヌ』」と、僕はすぐに応えた。「破壊神『シヴァ』、知識と創造の神『ブラフマン』、軍神『カルティケーヤ』、女神は『ラクシュミ』、『ハリティー』、『ダーキニー』……『パールヴァティ』と『ドルガー』と『カーリー』は同じ女神の別称です。動物系だと『ハヌマーン』、『ガネーシャ』、『ギリメカテ』、『プルシキ』、『アナンタ』、『アイラーヴァタ』、『ナーガ』、『ガルーダ』、『ガンダルバ』……」

「凄いですね」と片桐さんは笑いだしてしまった。「それは全部ゲームから？」

「ええ」

「驚いたな。その調子で北欧神話でもギリシア神話でもすらすらと出てくるのでしょうね」

僕は浮かぶままに、国別に挙げていった。中国、ギリシア、イスラエル……「天使『ミカエル』、『ガブリエル』、『ラファエル』、『ウリエル』、そして『ルシファー』……」

話しすぎたと、声を呑んだのと、片桐さんが僕を見たのは同時だった。

「ごちそうさま」と、僕は立ち上がった。「いい気になって、お喋りしてしまって。仕事します」

その時母の「聖」と呼ぶ声が聞こえてきた。何度も呼んだ後なのか、声は高く、はっきりと聞こえた。「いないの？」

机上の時計を見ると、もう六時を過ぎていた。

「きょうはもう終りにしましょう」と片桐さんが茶碗を盆に戻す。

「僕が下げます」と、盆を手にした。――また、母の声。

返事をし、ドアの把手に手を掛けたときだった。

「君は翔君でしょう?」と言われる。

「ええ」と応え、ドアを開いた。そして――「ルシ」と言われて、立ち止まってしまう。

「街で君を見かけたことがありますよ。お友だちと一緒で、お友だちは君を『ルシ』と呼んでいました。君が選んだ名前ですか?」――そして片桐さんは母がつぶやくような口調で「君は僕に自分の名前を言う。君が選んだ名前だそうだ」と、言った。

「僕が選んだ名前です」と言って部屋を出た。盆の上で茶器がかたかたと鳴っている。

リヴィングルームなんて、すぐ目の前だ。『ルシ』……片桐さんが僕を見た。街で……バードと一緒のところ……いつ?……化粧していたときだろうか? 『君が選んだ名前ですか? 君は僕に自分の名前を言う』……言葉のはじまりなの……そして擬態……僕など、何もかも見透かされているんだろうか? 僕自身にすら判らない僕のことまで……

「聖」と声。「二階に居たの」と、階段の下から母が僕を見上げていた。「片桐さんもいらっしゃるの?」

シメール
Chimère

十五

鸚鵡貝《おうむがい》のダンジョンを考える。
これは最後の決戦場、魔王の本拠地にしよう。
螺旋状にどこまでも下降する櫛形の小部屋……その一つ一つに仕掛けを作る。
無限に続くかと思われるダンジョンは、最終決戦場の場として相応しいではないか！
ノートの最後の方に書いておこう。
鸚鵡貝のダンジョン——ノーチラス・ダンジョン——

十六

嬉しさのあまり、早急に踏み込みすぎたようだ。

きょう、彼はこない。

ここに来た英子のはしゃぎように呆れながら、いや、それ以上に我を忘れていたのは私のようだ。

ここに君がいる。君と暮らしている。君を目にし、君の声を聴き、君の足音を聞く。

君はここの住人だ。我が家の……木原と英子がここにいる限り、君も私の側に居る。

優雅でシャイな囚われ人。

私の中で、美への畏れと、傲慢な現実が同居している。

自重しなければ。

渡辺さんが郵便物を持ってきた。

中に寺田敦子からの葉書があった。グアムのありふれた空と海の絵はがき……『いかがお過ごしですか？　空も海も、透明です』と、ただ二行、通信欄の中央に小さな字で書かれていた。空白に敦子が思いとどめた文がひしめいて見える。彼女のプライドが、今は私の救いだ。

夏休みに入る直前、研究室で二人きりになったとき、敦子は思い詰めた顔で「私、この夏はグアムに行きます」と言った。「先生は喪中ですから、無理ですよね？」と。「そうですね」と、私は応え、敦子もそれ以上触れなかった。

敦子の期待と焦燥……最後に敦子を抱いたのはいつだったろう。奈津子の逝く一週間前……そう、もう五ヵ月も経っている。葬式や納骨で敦子は大活躍だった。公私に亘り、有能な副手……『ここだけの関係』と最初から釘を打った交際だったが、奈津子の急逝で変わったと……報われると考えていた……いや、いるのだろうか？　障害は取り除かれたはずと……私が避けているのは、殊勝に喪に服しているからだとでも、自分に言い聞かせているのだろうか……彼女は決してあからさまには口にしなかった。だが、春が過ぎ、夏が来る頃には、何度か「今日はお忙しいですか？」などと、言いだしたものだ。夏休みが近づくにつれ、態度も硬くなっていった。「良い夏を……」と、私は葉書を屑籠に捨てる。夏が終り、大学でまた顔を合わせることを思うと気が滅入る。

後はどうでもよい私信とダイレクト・メールの類だった。彼は来ない。この下に居るのだろうか？　朝の七時から、私はずっとここに居た。木原と英子が出勤していくのも見た。朝食も昼食もここに運ばせ、ただ君を待っていた。ドアの開く音に耳を澄ませ、ひょっとして出掛けてしまうのだろうかと庭を見たまま……

庭は夏の強い陽射しと蟬の声に蹂躙《じゅうりん》され、喘いでいた。キマは眠り、家内は、私一人であるかのように、ひっそりと静まり返っている。「少年の居る家ではないね」と、私はつぶやき、一人で笑った。ため息が出る。翔《しょう》のような吐息……君のような美しい少年が、なぜ大人のようなやるせない吐息をつくのだろう。英子もアパートに居た頃は、わざとらしい吐息をよくついた。母親の真似だろうか？　だが君は、吐息すら優美だ。また、吐息……君は母親を真似、私は君を真似る。君はこの下に居るのか……真夏の昼下がり、少年らしく戸外にも出掛けず、ひっそりと音も立てずに……寝室を覗きたいという衝動に駆られ、腰を浮かせたときだった。木原がゆっくりと庭を横切り、帰ってきた。

ドアを開けたとたん、廊下を拭いていた渡辺さんを、危うく蹴飛ばしそうになったが、構わず「おや、どうしたのですか？」と、荒い息を隠しながら木原に言った。

「やあ」と彼は玄関ホールで突っ立ったまま、私を見上げ、ぼんやりと笑った。

「お茶にしようと思ったところですが、良かったら一緒に」と、リヴィングルームを指す。

「そうですか」と、彼は額の汗を拭い「じゃ、お邪魔します」と、頭を下げ、階段に足を掛けた。

「翔君は？　居るのかな」と努めて何気なく聞いてみる。

「え？　今日はバイトはしてないんですか。始めたばかりなのに、困った奴だな。気まぐれで」と、一瞬、木原は翔の部屋のドアに目をやったが「いや、きのうも昼食を御馳走になったそうだし、バイト以外で、あまり二階にお邪魔する癖をつけてもいけないから」と、そのまま上がってきてしまった。

　仕方なしに立ちかけた渡辺さんを制し、リヴィングルームへと行った。

「ああ、ほっとする」と、椅子に腰を下ろした木原は、色の変わったポロシャツの下に手を入れ、胸の汗を拭きながら言った。「ここは天国だね。会社のクーラーときたら壊れかけてて……いや、それでも前のアパートと比べたら、会社すら天国と感じたけど」

「どうしたんです。こんなに早く」と、呼んだことを早くも後悔しながら、冷蔵庫からレモネードを出して聞く。

「いや、居ても仕事がなくてね。『帰れ』と言われたものだから」

　差し出したレモネードを、木原は一気に飲み干した。「ああ、旨い！」と言う。木原の肩ごしに毅然と立つ『サモトラケのニケ』の像が在った。失われた首の上に翔の顔が浮かぶ。そのイメージが当然のごとく落ちついてしまったのはいつからだろう？　私はまた注ぎ足した。

「忙しいときは」と、木原は二杯目もすぐに一口飲み、ほっとしたように話しだした。

「休日も返上で残業に次ぐ残業。ところが暇となると、見事に暇。下請けの、そのまた下のデザイン事務所だからね。波が激しくて。それでもデザイン出身の奴なら、まだ何とかなるんだけど、油画科出身となると出来る仕事も限られて来るだろう？　ま、油画科出身でデザイン事務所に就職するという方が、強引と言えば強引なんだけどね」

デザイン事務所で、木原が何をしているのか、咄嗟に私には判らなかった。「それでも写実なら、デザインの連中にも負けないでしょう」と言ってみる。

「そういう絵の需要があるときならね」と木原は自嘲的な笑みを浮かべ、「追い出し作戦かもしれないね。いや……実は……この三日、ずっと午前中で『帰れ』と言われてたんだ。聖《せい》も居ることだし、公園で夕方まで時間潰してたんだが、今日はさすがに暑くて……ね」

木原の暗い顔を見たのは初めてだった。「盆に入るし、どこの会社もそろそろ仕事休みなのでしょう」と、言いながら『追い出し作戦』というのは当たっているのかもしれないな、と思ってしまった。

「残念ながら僕だけが仕事休みだよ」と、憂鬱気につぶやいた木原が、突然顔を上げた。「そういえば、奈津子さんの初盆だね。君も触れないし、家《うち》のことばかりにかまけてうっかりしていたけど、君もいろいろ大変だろう。この家にも親類とか集まるんじゃないか？　僕たちが居ていいのかな？」

「いや、家《うち》は神道でね。盆は関係ないんです。もっとも奈津子の実家では、それなりにやるそうで……」と、私は奈津子の実家との苦々しいやりとりを思い返しながら言った。

「私も一日、出掛けなければならないが」

「英子も盆に実家に行くんだ」

「どちらです?」

「長野……小諸の近くの農家なんだ。義兄が居てね。今年は母親の七回忌だそうで……でも、実家があり、兄弟が居るってだけでもいいよ。僕なんか家も燃えちゃったし、家族といえば英子と聖だけだ。君は……確か、弟さんが居たよね?」

私は笑いで受け流し、「では、君と聖君も長野に?」と聞いてみた。

「いや、英子だけ」と、木原は薄笑いを浮かべた。「賀状のやりとりくらいの付き合いしかないしね。貧乏になると、親戚すら疎遠になるものだね」

「煩わしくなくて、いいではありませんか」と、私も笑った。

「新井教授は元気ですか?」と、改まって木原が聞く。奈津子の祖父、私のG大時代のとりあえず恩師だ。

「いや、もう瘋癲老人……惚けてますよ、相当」

「そうか。でも、そんな歳でもないだろう?」

「七十三かな。なに、現役で居たころから惚けてはいたけど」

「そんな。だが、君は一番のお気に入りで、見事孫娘も射止めた」

「そして、見事に後も継いだ。若造のくせに……一昨年の騒ぎときたらありませんでしたね。孫娘と瘋癲老人の後押しで助手からあっという間にG大教授……惚けてるなどと言ったら罰があたるかな?」

「いや、教授になったのは君の実力だよ。なにしろパリから帰国後、矢継ぎ早にY賞、W賞と受賞したし、G大大学院も優秀な成績で卒業。その後だって、ずっと凄い活躍だ。教授になって当然だよ」

「周囲はそうは見なかったと思いますけどね。私自身、新井教授を陥落させたと思ったし」

「まさか。そりゃ、奈津子さんを射止めたと聞いたときは、多少、君にやっかみ半分の中傷はあったけど……その後の活躍で実力は証明済みだよ。それに結婚相手だ。損得ずくで奈津子さんと結婚した訳じゃないだろう?」

「どうかな?」と、言うと木原は素直に目を丸くした。そんな風だから、君は生きるのが大変なんだよ、と思う。面倒になって「奈津子は私には過ぎた妻でしたよ」と言っておく。

「新井教室の中では、羨望の的だったそうだしな」と、木原はつぶやいた。

限界だ。「そろそろ仕事に戻らないと」と言う。

「すっかりお邪魔して」と木原は、すぐに立った。「いや、首になっても、英子が勤めているし、ここの家賃はきちんと払うよ。いや、家賃なんて威張って言える額じゃないのは判ってるが……ほんとに、僕は、君と比べると、情けないね」

ふいに木原を好きになっていた。昔から苛立ちしか感じなかった男……お人好しと善人の看板を高々と掲げ、アカデミックな概念に埋没し、杓子定規な話しか出来ない男……今もうんざりしていた男……それが突然……その眼差しに翔の頼り無げな眼差しが重なり、その唇は翔の気品に満ちた唇を想わせ……この男が翔の父親だと、私に知らしめた。母親似だとばかり思っていた翔……だが、英子にはない繊細な顔の稜線、柔らかさ、気品……それらは木原のものだった。整った顔をしている以外、無能だと思っていた男……私が馬鹿にしていた朴訥な優しさ、不器用な処し方……だが、翔の美しさ、翔の魅力の多くは、この男から最大限に受け継がれた美点なのだ。いとも見事な整合。

『ニケ』が微笑む。

「つまらないことに気を回さないでください。友だちなんだから」と私は言った。

「ありがとう」

書斎に入った後も、木原の「ありがとう」と言った声の響きが耳から離れなかった。そのように言われる男でも、友でもない。

十七

惑星の名前はアムネジア。
クリスタル大陸、エメラルド国に双子の王子が生まれる。
王子の名前はムーンとスター。
「双子は不吉だ。国を滅ぼす」という迷信が国を支配している。

ここまではいい。決定だ。
でも、大臣の進言で、片方が魔法使いマーリンに預けられる。
そして、ムーンとスターのそれぞれの話。
この二つはやめよう。マーリンも考え直す。
だいたい「マーリン」って名前自体、安直だもの。
ロールプレイングの出だしは概ね退屈だ。

力もなく、お金もなく、戦う相手は雑魚ばかり。
二人の視点で、二度も出だしを繰り返すのはよくない。
やはり主人公は一人だ。
ムーンとスターで書き分けていたノートを見返す。
どちらにするか？

十八

翌日、書斎に入ると、彼がパソコンに向かっていた。

ドアを開けると、キマが鳴き声を上げながら寄ってきて、脚に身体を擦り付けたが、彼は前をむいたまま、その後ろ姿は硬かった。

一瞬止まったキーを打つ音が再開したとき、「やあ」と、声をかける。――「お早う」――何気なく聞こえただろうか？　そのまま背後を通り抜け、私の机に向かった。喜びが胸を突き上げる。とにかく来た！　この部屋に居るのだ！

蟬の声と、冷房の低く単調な機械音に、彼の打つキーの音が、あるときはリズミカルに、あるときは間をおいて聞こえてくる。

一日、顔を見なかっただけで、どれほど鬱屈していたか、今になって判った。この喜び、この充足感、この歓喜……知らず知らずのうちに笑みが浮かび、本を広げ、原稿を広げながらも、楽しさに、ただキーの音に耳を傾ける。ときおり立って、本を捜すふりをしながら、その姿を見る。そして、ごく自然に部屋を出てみたりもした。彼だって、たまには独りになってくつろぎたいだろう。打ち解けて、ここに来るのが習慣になるまで……調子に乗って、彼の内部に踏み込むのはよそう。

昼食時、一昨日のように誘ってみると、彼ははにかみながら、それでも「母が作り置いてくれていますから」と、用意した言葉のように、すらすらと言った。母……英子は頻繁に二階に来た。『応接間のカーテン、変えてもかまいません?』『ドライフラワーを飾りたいんですけど、壁に釘を打ってもいいでしょうか?』『お庭……素敵ですけど、ちょっと寂しい気がして……お花を植えてもいいですか?』『アトリエの物、壁に寄せてもいいでしょうか?』……どうぞ、どうぞ、どうぞ、どうぞ……黙っていても、彼が英子ほどにも来てくれるようになったら……

「そう」と笑顔で、私は部屋を出る。(では、午後に)という言葉をあやうく呑み込んだ。強制してはいけない。無関心を装うことだ。彼は奈津子も抱けなかったキマをいとも簡単に抱いた。切れ長の眸《ひとみ》は猫の眸、しなやかな身体と優雅な美も猫族と同じ……いや、キマをも征した……豹に乗るディオニソスだ。ディオニソスに強制は禁物だ。

午後、はやる思いを抑え、寝室で耳を澄ませる。

『好きな時間、気の向いたときに』と、私は言っておいた。きょうはもう来ないだろうか？　一時過ぎ……階段を上がる微かな音……意外と几帳面じゃないか……書斎を覗いてみる。

向こう側にあるのは時計の横の小さなレンズだけ、気付くはずもない。

入ってきた彼は、私の気配を探るように、ちょっと小首を傾げて奥の方を見やり、立ち止まる。それから確かめるように、部屋の角まで行き、私の机の方を見た。それからぶらぶらと書棚を見る。

正面……パソコンを置いた机の横の書棚に来ると、熱心に本の背に目を走らせ始めた。立ち止まり、両手を愛らしい尻の上に組み、毅然と顔を上げ、無心に目を走らせる。ほんの三メートルほど先で、見られているとも知らず。

書棚の右から左に、そして一段下がり、また右から左に……何を取り出したのか……ああ、ギリシア美術だ……君も『サモトラケのニケ』が気に入ったのかい？　頁を捲り、熱心に読んでいる。その眼差し……伏せられた睫毛、切れ長の瞼の線、柔らかく弧を描いた眉、すんなりと綺麗な鼻筋、そして何よりも……品のよい薄い唇……細く尖った清潔な顎の線、傾けられたうなじは少女のようだ。しなやかな身体の線、顔にかかる少し長めの癖毛……えも言われぬほど君は美しく、そして優雅だ。他の少年から君を遥かに引き離しているのは、美しさの上に、さらなるその優雅な身ごなし……頁を繰る君の手の動き、軽やかな足の動き、顔を上げたり、傾げたりする仕種のなんという優雅さ。かつて、私の琴線を震わせたあらゆる美の断片……絵画や彫刻、自然界に溢れ、私には生み出すことも叶わぬと絶望の底に突き落とした外部の美……生身の人間の上には、想い描くことすらできなかった完璧な美……とりとめもない象徴としての美の概念を、君は我が身にやすやすと具現化し、私の前に現れた……君がふと顔を上げ、ドアの方に視線を投げる。その眸に酔いしれながら、その軽く噛んだ唇に気付き、私は壁から目を離した。

鑑賞は終りだ。美神に会いに行かねば……

書斎に入ると、君は居ない。

突然、消え失せたとしても、私は驚かないだろう。だが、部屋の角まで行かないうちに、キマを傍らに、書棚の間に座っている君を見つけた。

「勝手に見てしまって……」と、君は私を見上げ、微笑んだ。

「構いませんよ」と言いながら、女のように横座りした膝に開かれた本を見る。

「小さいときに読みました。図書館でも見たことがないのに……」

逆さの状態でも、礁湖に立ち、月を眺めるピーター・パンの絵は容易に見てとれた。

「死ぬことは、きっとすごい冒険だぞ」――翔は挿絵の下のキャプションを読んだ。一瞬、本当にそう思ってでもいるような調子に、息を呑む。

「『ピーター・パンとウェンディ』……ベッドフォードの挿絵ですね」と、言ってみる。

「祖父の書斎で読んだものと、まったく同じ本です。挿絵も凄く懐かしい。大好きでした」

「私も好きですよ。十二歳の誕生日に母が買ってくれたものです。あの頃の本で残してあるのはこれだけですよ」――母の最後のプレゼントだ……

「家も祖父が父に買ったものだと聞きました。でも父はまったく読まなかったって……火事で焼けてしまったから、父はとうとう読まず仕舞だ」

――『火事のことには触れないでくださいね』と、英子から言われていた。私は戸惑い、笑みでごまかす。

「僕、『おかしい』って言われたけど、ピーター・パンよりフック船長が好きでした」

「私もですよ！」――言いながら、私はつい、翔の膝から本を奪っていた。すっかり忘れていた本だったが、頁を捲ると、次々と記憶が蘇ってきた。「フック船長ファンとは……変わり者同士ですね」

「ディズニーのアニメだとフック船長って鉤鼻の道化者だけど、本当は凄い美男子なんですよね。育ちも良く、教養のある紳士。僕、映画を観たとき、とても腹が立ちました」

「そうそう」と、私は嬉しくなる。君の晴れやかな笑顔！

「それ、また読みたいな。お借りしてもいいでしょうか？」

「もちろん」――喜びに胸が高鳴り、その高鳴りが彼にまで聞こえてしまいそうで、私は本を手渡すと、辛うじて身を離し、机に向かった。「読みたいものがあったら、勝手に持っていって構いませんよ。同じ家なのだし」

「ありがとうございます」――こんな弾んだ声を彼から聞いたのは、越して来た日にキマを見せて以来だった。

　ぱたんと本を閉じる音、そして立ち上がり軽快に遠ざかる足音、椅子に坐る気配……私も椅子に坐る。思い出の共有……私の歳の半分にも充たぬ、少年との……愛した世界の共有……ロマンチックな……思ってもいなかった喜び……翔……翔……やはり君は鑑賞するだけの美の化身ではなかった……同じ空間で、たぶん私たちは今、かつて同じように愛した読み物を想っているのではないか？――窓から子供部屋に飛び込んできた少年、ネヴァーランド、迷子たち、フック船長率いる海賊たち、インディアン、人魚、鰐、ネヴァー鳥……共通の幻が、この部屋の中を浮遊している……その思いは私をとても幸福にした。

　蟬の声と、冷房の機械音と、キーをたたく音……かつて、この窓辺で、君の住む家の方を見ながら、ただ君に焦《こが》れ、あるいはなぜ君にこうも惹かれるのかと自問したり、やるせない時を過ごした。だが、こうして、今、君はここに居る。庭の樹々は風に光り、芝は青々と輝き、素晴らしい夏、光り輝く夏だった。

　まだ陽の高いうちに、翔は自分から「付箋の所を教えてください」と、本を持ってきた。一昨日の続き……付箋は本の後半、全てに貼られていた。

「順調ですね。早くも一冊完了」と、私は機嫌良く声をかけ、付箋に書き込みを入れていった。『アルトオ』――人名。『コラージュ』――必要ないので付箋を取る。『ローズ・セラヴィ』――マルセル・デュシャンの項に。『シュヴァル』――付箋を取る。『バジリスク』――幻獣。『キリコ』――人名。『フロッタージュ』――付箋を取る……本の前半で教えた所と重なる箇所はなかった。機械的に書き移さず、きちんと読み取り、覚えている。賢い子だ。愚鈍や卑しさは造形で隠されようと、表情として現れる。聡明な眸に裏切られることはないだろう。書き終えると、私は翔にコンピューターの画面を幾つか見せてもらった。翔に教わった通り、キーを操作して（私は何度かまた聞きなおさなければならなかったが）、入力済みのものを適当に呼び出してもみた。そして、翔に会う口実だけではなく、これは充分実用的だと、驚いてしまう。

「素晴らしいですね」と、私は感嘆した。「この本が終ったら、文献カードを入れてもらおうかな」

「見本にお借りしたカードですか？」と、翔はすぐに机からカードを取り上げた。

「ああ、そう、これ」と、私はカードを取る。指と指が瞬時触れた。「ええ……」――声が震えてしまった。落ちつけ！　「資料探しや引用に欠かせないものですよ。学生の頃からこつこつ書き入れて引き出し三杯……一万枚くらいあるかもしれませんね。この通り、要点だけだから私にしか判らないし、君を退屈させてしまうと思って、本からと言ったのですがね。だが、半分はここの蔵書から作ったカードです。カードを先に入れてもらい、本に未登録の箇所があったら書き入れてもらうようにした方が能率的だ。カードに照らせば、付箋の数もずっと減るでしょうしね」

「じゃ、そうします」と、翔はあっさりと言った。「でも、カードになるとバイト料はどうなりますか?」

ドライな質問に、私は笑ってしまった。翔は笑わない。アルバイトとして来ているのだ。当然だろうと思いなおし、「カード百枚で……千円。どうですか?」と、聞いてみる。

「判りました。じゃ、明日からカードを入力します」

(明日から)……私は幸せな微笑みを送り「お願いしますよ」と、机に引き返す。月光値千金……

三十分後、翔は「終りました」と、本を持ってきた。

入力したら剝がすはずの付箋が一枚付いたままだった。

「『シメール』って何でしょう」と、おずおずと尋ねてきた。思わず彼を見つめてしまう。

「『幻獣』って分類になっていましたけど」

付箋の下を読むと、ここもブルトンの『ナジャ』からの引用だった。『私をして君がシメールであるとおもいこませた』――こんな所にも出ていた……なるほど、これでは見当もつかないだろう。「ギリシア神話に出てくる怪獣ですよ。霊的な存在です」と言うと、翔の眸が変わった。一度興味を持つと、彼の眸には火が宿る。鸚鵡貝《おうむがい》、サモトラケのニケ、『ピーター・パンとウェンディ』……それは滅多にないことだったが、その差異は実にはっきりとしていた。

「獅子の頭、山羊の身体、竜の尾」と私は続けた。「あるいはライオン、鷲、山羊の三重身とも描かれています。『キマイラ』とも呼ばれていますよ」

「『キマイラ』⁉　それなら知っています。ありがとうございました」

「『キマイラ』を？」と、私は呆れ……思いついた。「それもテレヴィ・ゲームで？」

「そうです」と、彼は澄まして応え、付箋を剝がした。「『キマ』の本当の名はね、『キマイラ』ですよ」――私は本の背に笑ってしまう。

『完了』の印としてシールを貼る。

「キマイラ！　『キマ』って『キマイラ』だったんですか」――澄ました顔は崩れ、子供っぽく目を見張った。

私は彼に千円札を差し出した。

「ありがとうございます」と、美神は、はにかみ、そして微笑み、剝き出しの札を受け取った。

「では、明日からカードを」と、私は言い、机に向き直る。

「はい」――足音が遠ざかり「『ピーター・パンとウェンディ』お借りします」と、ドアが閉まった。私は両の手に顔を埋めた。

売春窟で少年を買うのと、彼と接する為に金を払うのと、どう違いがあるだろうか？

札を手渡したときの自己嫌悪の気分から立ち直るには時間が掛かった。肉欲ではない、精神の希求だ、と自己弁護する。だが、金で彼を呼び寄せていることには変わりはしない。金で彼をこの家に住まわせ、金でこの部屋に呼び寄せている。売春窟で、金に拠《よ》って少年の肉体を我が物とするのと、どう違いがあるだろう？　いや、違う。金で換算するのは美神への冒瀆だ。金など小さな手段にすぎない。彼が金を欲するなら……それで彼との接点が増えるなら……彼を愛するように、彼からも……というのは無理だ。美神への愛は絶対で、一方的なものだ。――「『ピーター・パンとウェンディ』お借りします」――という、爽やかな声が蘇った。せめて……美神からのささやかな愛をもらえれば……と私は祈る。

シメール……

君は最後まで聞かなかったね。「シメール」は霊的な存在とされている。故に「妄想」「空想」「幻想」という意味でも使われているんだよ。

十九

『ピーター・パンとウェンディ』を読み始めてから、僕の話も形が見えてきた。
この本こそ、ＲＰＧの基じゃないか！
また手にできて良かった。片桐さんに感謝しなきゃ。

――「双子は不吉だ。国を滅ぼす」という迷信が国を支配している――

それから時代を飛ばすんだ。十年……いや、十四年後。ムーンの誕生日にしよう。
ムーンの視点で物語を進める。
魔法の国、ミストラル。島の長《おさ》はマクフェイト。マーリンよりかっこいい名だ。
ムーンの十四歳の誕生日。
マクフェイトの息子として育ったムーンは、弟のバードと魔法の修行に励んでいる。

そしてムーンは遂に究極の魔法、「ワンダーラ」を習得する。
階級的には「ワンダー」、「ワンダラ」、「ワンダーラ」……
マクフェイトは二人に言う。「これ以上、教えることはない」と。
それから、二人を連れて、ドラゴンの洞窟へと行く。
マクフェイトは初めてそれぞれの素性を二人に話す。

――「ワンダーラ」は、どんな魔法にしよう？
二人への話はどうしようか？
ドラゴンは最初から出したい……ドラゴンの洞窟への必然性……
そうだ！　キマも出そう。友だちだ。二人の。

二十

翔は、毎日書斎に来た。

　中学二年生の夏休みだというのに、友だちとどこかに行くとか、友だちがここに来るとかいう気配もない。だが孤高の雰囲気は翔に合っていた。薫りはそこから湧《わ》き上がるのだ。くだらない話題で両親と笑い合っているのはいつも聖。あのぎこちなさに親は気付かないのだろうか？

　ここに来るのはいつも翔……それが報酬目当てのこととしても、今では明らかに、この書斎での時間を楽しんでいるのが判る。硬い表情、硬い言葉遣いは日ごとにほぐれ、メランコリックな美神はようやく私に打ち解けつつある。私たちは仕事と本とキマを介在にして親しくなっていった。

　キマは偉大な存在だった。古代エジプトの民のように私はこの誇らかな獣に魅了されたが、今は翔をも従えたようだった。キマを見つめる彼の顔は正に著莪《しゃが》や桜のように、匂やかに柔らかく、その眸《ひとみ》には愛と賛嘆が溢れていた。

それに、一冊の共に愛した本の記憶が、どれほど心を近づけ合うものか……

『ピーター・パンとウェンディ』を取っておいたことは、普段神など信じてもいない私にとっても、神の恩寵としか思われなかった。実際、『ピーター・パンとウェンディ』を貸した翌日、翔がおずおずと本の話を始め、私はうろ覚えの記憶を頼りに、それでも共に感動した場面、悲しみ、驚き、うろたえ、共鳴した部分を話し合い、今まで見たこともない爽やかな笑顔で、『じゃ、また』と翔が花の薫りを残して出ていった後、私は天を仰いで「ありがとう」と言っていた。私に向けられた……私だけに向けられたあの笑顔……躊躇《ためら》いのない素直な笑顔に接し、身が震えた。振り向くと、空は夕日に染まり、翔が今まで坐っていた椅子に、再び彼の姿と、あの笑顔を蘇らせる。

「ありがとう」と私は言っていた。晴々と、しみじみと、世界に向けて、何者とも知れぬ者に対して、感謝の言葉を捧げたことなどない。

★

昼食を終えた翔が、英子の伝言を持って戻ってきた。

「母が『夕食をご一緒に』と申してました」と、ぎこちなく言う。

八月三週目の日曜日、彼らがここに来てから三週間経っていた。

この数日、私たちの間は随分と和やかな親しいものとなっていた。ここでは、私と翔の二人だけ。そして二人の間にあるものは、コンピューターと本とキマだけだったからだ。それが『母が』と言われたとたんに、彼は友人の子供に戻ってしまい、私たちの間に木原と英子が居座ったように感じた。

「そう……」と、言いながら無愛想に聞こえたかと「もう、落ちつかれたのかな？」と聞いてみる。

「ええ」と、翔は微笑んだ。「そう思います」

「では『喜んで』と、お伝えください」――夜まで、翔と過ごせるとは嬉しいことだ。それに、木原のことも気にはなっていた。あれから行き合ってもいないが、一昨日、またも早退したのか、庭をふらふらと歩いている姿を見ていた。

「はい。……僕、きょうはこれで失礼します」

「ああ、いいですよ」――軽く、笑顔で受け流しながら、翔がキマの頭を撫でて去ったとたん、夕食の誘いは『喜んで』どころか、鬱陶しいものと変わっていた。夕食には彼はいない……早々と去るということは、どこかに出掛けるからだ、と突然気付いたからだ。同時に先週の日曜日も、来なかったことを思い出す。先週、私は大塚の奈津子の実家に出掛け、仏教徒の奈津子の両親が勝手に行った法要に付き合ったが、戻って文献カードの山を見てみると、土曜のままだった。中学二年の夏休みだ。毎日、こんなアルバイトに来る方が不思議だと、そのときは私自身居なかったので気にもしなかったが、それでも、いつの間にか彼が来るのは当たり前と感じるようになっていた。その間にも、二度ほど、講演と所用で私は家を空けたし、編集者や知人が来て、一日リヴィングルームで過ごしたこともあった。だが、カードはちゃんと減っていたからだ。

彼の居ない書斎は、空の鳥籠のようだ。

その午後は最悪だった。

ユイスマンスの『腐爛の華』の翻訳は遅々として進まず、終いには名訳とされる田辺貞之助版があるのに、なぜ、ことさら私が……などという思いにまで取り憑かれてしまう有り様だった。

ユイスマンスに興味を引かれたのは滞仏中に『さかしま』を読んでからだが、翻訳を思い立ったのは、帰国後、絵が売れ始めてからだった。

幾つかの賞を受賞し、個展の評判も良く、大学でも奈津子の祖父に引き立てられ、次期助教授は間違いなし、若手のトップと持て囃《はや》された。傍から見れば順風満帆、羨まれこそすれ、不満を持つ筋合いなどなかった。少なくとも傍から見れば……。だが、どのように持て囃されようと、ダ・ヴィンチやボッティチェルリはおろか、心惹かれる多くの画家にも遠く及ばぬという留学中からの諦念が、私の心を蝕み、それは日毎に絶望へと変わっていた。眼高手低と言ってしまえば身も蓋もないが、大学院も出、留学もし、G大学の副手にもなり、教授の孫と婚約中、そして絵は受賞し、売れ始めてもいるとなると、今更青臭い泣き言など、誰に言えよう。いやまず、泣き言を他人に言うこと自体、自身に許せはしない。それなりにベストを尽くして描く。そして世間は諸手を挙げて受け入れてくれる。それに甘んじていればよいではないか……だが、絵を描き続けることは自己欺瞞を許容することでもある。私は絵画で抽象に活路を開いたように、言葉に逃げた。ユイスマンス自身、画家から作家に転身した者という、私自身の願望が重なった所以からかもしれない。

だが、私は未だに中途半端に絵を描き、執筆はと言えば雑文と翻訳……文学の方でも創作の才はなさそうだった。そして今は、自分でも戸惑うほどに、少年に心惹かれ、頭も胸も彼の像で埋められている。うら若き乙女でもない、単なる子供……それも男の子だ。実に……よくよくの愚か者だ。可笑しくなる。だが、あの薫り……あの美しさ……愛しさ……

私は所詮、美の鑑賞者でしかないのだろうか？

最悪の気分のときに、敦子が訪れた。

庭で会ったという英子の取り次ぎに、いまさら居留守を使う訳にもいかず、リヴィングルームに伴う。

「日曜日で渡辺さんも休みです。まあ、そこに……」と、ソファーを示した。

ソファーを通り越し、窓際に立った敦子は、挨拶もせずに「お構いなく。なんですの、あの人……日曜だけの家政婦さん？」と、聞いてきた。

夏期休暇以前より言葉遣いが粗雑になっていた。それとも、今はプライベート・タイム……教授と副手ではなく、男と女の二人で居る……とでも思っているのだろうか？私は構わず台所に行き、飲み物を用意する。

敦子は庭を見下ろしたまま無言だったが、卓子にグラスを置くと「『大学の者ですが』って言ったとたんに馴れ馴れしく『初めまして。木原です』なんて挨拶されましたわ。綺麗な方……家政婦さんにしておくには随分と色っぽい……」と、動こうともしなかった。

真下の庭では英子が強い陽射しをものともせず花を植えていた。

掘り返された土が陽にきらめき、草と土の匂いがここまで昇ってくるようだった。ピンクのシャツに白いパンツ姿の英子は、とても家政婦には見えない。敦子の厭味と知りつつ、陽に照り映える背中は女そのものだった。実際、英子には滴るような色気があった。翔と同じ透けるように白い皮膚、翔と似た猫のような眸、薄い唇……だが、私の好みではない。翔は英子の濃厚な色気を花の薫りに昇華している。

花は……百日草かなにか……丸い花が赤、白、ピンクと、酷い配色で連なりつつあった。英子の願いに、煩わしさが先にたち、『どうぞ、ご自由に』などと、応えてしまったことを私は悔やんだ。先週既に、門から入ってきたとき、応接間の窓に翻るピンクのカーテンに辟易していた……部屋から庭から……新居を整える英子の情熱は凄まじい。日曜の休みを全て使って、彼女は一階と庭を自分の色に染め上げていた。あのバイタリティが木原にあったら……と思う。

敦子が「誰なんですか?」と、もう一度尋ねたとき、玄関から翔が出てきた。いや、あれは聖だ。英子に声をかけ、肩に凭れかかり、ふざけて水を掛けたりしている。

敦子が「可愛い子」と言う。――おざなりに言って欲しくない。可愛く、美しく、この上なく優美な私のシメール……美神は英子から離れると、またあの黒い太縁の眼鏡を掛けた。出ていってしまう……ポリバケツのような色のポロシャツに、仕立ての悪いバーミューダ・ショーツを穿き、厚いソックスにスニーカー……夏服が必要だ。

「先生!」

「友人ですよ。一階を貸したんです」

「なんですって……」

「絵が売れなくてね」と、私は椅子に坐り、敦子にも勧めた。「グアムはどうでした?」

「お土産」と、敦子は無愛想に免税店の紙袋を卓子の上に置いた。「どこにでもあるブランデー。今、出てきた子はあのひとの子供?」

「ありがとう。そうですよ、彼女の子供です」

「呆れた。一階、全部を……お貸しになりましたの?」

「全部です。それで……きょうは?」

「暑中見舞いと、お土産を届けに……」と、言ったまま敦子は私を見つめた。

私は目を逸らし、しわくちゃの紙袋を見る。「それはありがとう」

「お礼はさっき……もう、伺いましたわ。用事もなくて……ただ伺っては、失礼でしたでしょうか？」

「いや……」と、言ったままグラスを手にする。敦子を見て、微笑むくらい出来るだろう。簡単なことだ。だが、それは敦子との仲を承認し、発展させることでもある。卓子の下から彼女の脚が見えた。敦子の中で、最初に魅せられたほっそりとした美しい脚……敦子の見事な自尊心を象徴するように、綺麗に斜めに揃えられた脚……微笑み……彼女の坐るソファーに身を移し、接吻し、愛撫し、抱くことなど簡単だ……そう……奈津子の居ない夜、ここで、そうして、彼女を抱いた……だが、防波堤となっていた奈津子の居ない今、それは春から途絶えることによって起きた敦子の危惧を解消し、希望を生じさせることともなる。脚と結婚する気はなかった。

「お仕事の邪魔をしたようで……」と、敦子が立ち上がる。

「済まない。エッセイの締切りが明日でね」――とっさに一週間早めたことで、却って私は惨めな気分を味わった。敦子に対してではない。嘘をついた自分自身に対してだ。まだ間に合う……私も立ち上がり、『でも、構わない』と、敦子の腰に手を回せばよいのだ。彼女は明らかに待っていた。立ったまま……もう一度、庭に目をやり……そして……歩き始めた。

せめて玄関くらいまででも送るのが礼儀だろうと、部屋を出る。

下のホールで、寝室から出てきた木原と会った。

敦子を見て戸惑ったようだが、曖昧に敦子に会釈しながら「英子、見ませんでした?」と聞いてきた。夏の午後だというのに、パジャマの上に、カーディガンを羽織り、髭も剃っていない。

「庭に居ましたよ」と言い終らぬ間に英子が入ってきた。「木原正樹氏と英子さんご夫妻。二人とも君の先輩ですよ」と紹介する。「副手の寺田敦子君」

木原の服装を見て、うろたえながらも、英子の夫と知って、敦子は安堵したように愛想よく挨拶をした。面倒になって「では九月に」と敦子に言い、踵を返す。

敦子が出ていったとたんに英子の声が聞こえてきた。「あなた、そんな恰好で、片桐さんに失礼じゃありませんか。ここは共通のホール、共通の玄関なんですよ」

英子にそんな意識があるとは知らなかった。願わくば、共通のホールに飾った俗悪な花瓶と、窓に翻るピンクの花柄のカーテンも取り払って貰いたい……私は構わず階段を昇った。

「いや……彼、一人だと思ったものだから。片桐、悪かった」

振り返って「構いませんよ」と言う。

英子が満面の笑みで「お夕食、七時くらいでいかがでしょう?」と聞いてきた。

カーテンと同じようなピンクに花柄の……大げさなフリルまで付いたエプロン。「結構です。七時に」と、目を逸らして応える。美大を出たからといって美意識が洗練されているとは限らない。美しいピンクも幾らでもあるだろうに……カーテン、花瓶、エプロン……あの醜悪さは木原のパジャマ姿と大して変わらないではないか。いや、一々気にしていたらきりがない。寝室のドアを閉じ、ほっとしながら私は翔を想った。とにかく、あの二人は奇跡のごとく、美神をこの世に送ったのだ。

仕事をする気など、とうに失せ、私は渋谷の街に出た。

翔の衣服を選びながら、知らず知らずのうちに翔の姿を捜している自分に気付き、笑ってしまった。ほんの少しの不在ではないか。かつて薄汚い喫茶店で、当てもなく彼を待ち伏せ、路地から出てくる彼の姿に歓喜し、彼の後に付いて歩いたことを思うと、夢のようだ。とにかく、彼は今、我が家に居るのだから。しっとりとした京紫のジャケットが目に入る。素材はレーヨンとアクリルだが、女物のように細身で、薄いしゃりっとした感触の柔らかな生地は身体の線に美しく添うだろう。羽織った翔の顔が浮かんだ。日本人の男で紫が似合う者は少ない。

七時、ジャケットと、合わせて買った菖蒲色のシャツを土産に木原家のダイニングルームに行った。子供への土産は、いつだって親は素直に受け入れる。

献立は、何でも過剰気味の英子にしては珍しく、さっぱりとした和食だった。それでも肉や刺し身など三、四皿、木原の前にないのに気付いた。木原は髭も剃り、長袖のサマーセーターに着替えていたが、顔色はすぐれなかった。

英子が、私の前に飯碗を、木原の前には粥を置いたのを見て「具合でも？」と聞いてみる。

「夏ばてらしいんだ」と、木原は力なく微笑んだ。「先週の日曜日、夜中にそっくりあげ……いや、食前に話すことじゃないな。悪い。とりあえず、きのうくらいから食べられるようにはなったから大丈夫だよ」

英子が「もう一週間近くも会社を休んでるんですよ」と言い、私の小皿に醤油をなみなみと入れた。「さ、どうぞ」

木原は「明日から行くよ」と言い、箸を手にする。

どうかな……と思いつつ、青黒い顔から目を逸らし、小皿の醤油の池に辟易としながら私も箸を取る。「戴きます……真夏の引っ越しの疲れが出たのでしょう」

「身の回りの物だけですもの」と、英子がすぐに口を挟んだ。「こんな楽な引っ越しってありませんわ」

ますます木原を責めているように聞こえたので、私は話題を変えた。「落ちつかれましたか？　家具が置きっぱなしの所に越すというのも、いろいろ不便だったでしょう？」

「とんでもない」と英子の顔が輝いた。「どれも素敵な家具ばかり。お部屋も広いし、収納もたっぷりしているし、やはりアパートと一軒家では違いますわね。それに、好きなようにさせていただけるし、毎日が楽しいですわ。ここも、応接間も、寝室も、私なりにコーディネートさせていただきましたの」――英子は私の感想でも待つつもりか、一旦言葉を切った。彼女はピンクが好きなようだった。ピンクの色調の中でも、もっとも私が嫌うピンクを……ピンクのテーブル掛け、ピンクのドライフラワー、ピンクのティッシュ・カバー、ピンクのスリッパ、ピンクの箸置き、ピンクのナプキン……それらはどれも些細な小物だったが、部屋中にちらちらと散乱したピンクは新しい物だけに異様に浮かび上がって部屋を躁病的な混乱に陥れていた。私は黙って碗を手にする。吸い物の味は意外に良かった。

「聖の部屋は『自分で整理する』って申しますから、好きにさせていますけど」と、英子はまた話し始めた。「結構気難しくって。このあいだも、ベッドカバーを持っていったら『いらない』なんて言うんですよ。『夏だからいい』なんて、無愛想に……あの年頃って、みんなそうなんでしょうけどね」

聖が英子に無愛想に振る舞うとは驚いた。よほど酷いピンクのベッドカバーでも持っていったのだろうと、それでも彼の話題なので、私は英子を見てうなずいた。

木原が「男の子だからね。部屋を飾ろうなんて意識は薄いよ」と言う。「でも、君の本にあった『詩人とミューズの結婚』って絵が気に入ってってね」

私は「カルロス・シュヴァーベの？」と、木原を見る。

「え？　うん……そうかな……とにかく『詩人とミューズの結婚』って、裸体の男と天使が飛んでいるような絵だよ。いや、前のアパートに居たときも『コピーしてくれ』って言われて、会社で拡大のカラーコピーにしてやったんだが、越してきたら、真っ先にまたそれを『飾りたい』って言うんだ」

「ほおっ」と私は箸を休めた。

「『天井に貼って欲しい』って言うんだが、どこかに貼ってあったらしくて、紙も傷んでたし、またコピーしなおしてね、額にいれてやったら大喜びだ。やっぱり絵描きの子供だなって思ったよ」

　寝室から書斎を……そして、もう一つの覗き孔……書斎の書見台の下に作らせた覗き孔から翔の部屋を見ても、その絵は目に入らなかった。『詩人とミューズの結婚』……壁のどこかに掛けているのだ……彼の選択が嬉しくなる。私はカルロス・シュヴァーベも知らない絵描きに笑顔で聞いてみた。「聖君はきょうはデートですか？」

「いいえ」と英子が笑い、「友だちの所ですわ」と言う。「前のアパートの近所の子で、バードって……パンクみたいな頭で、聖の三倍くらい太った変な子ですけど、気はいいみたいで、聖の一番の親友ですわ。歌手志望とかで『二人で歌詞を考えてるんだ』って……日曜はたいていその子の所」

「ほお……」――歌詞を作っているとは初耳だった。閉店後のデパートの前で歌っていたみっともない若者の姿が浮かび、苦笑してしまう。あの河馬の親友とは……そう……

あれも日曜の夜だった。では、今も君はあそこに居るのだろうか？　「作詞家志望なんですか？」と聞いてみる。

「さあ……」と英子は笑いで誤魔化したが、木原が「作家志望だよ。テレヴィ・ゲームの」と言う。

「とにかく物心ついてからのテレヴィ・ゲーム世代だからね。四六時中、ノートにごちゃごちゃ書き込んでる。騎士がどうの、ドラゴンがどうのって」

「物語を？」

「だと思うよ。なんとか物語って、ノートに書いていたから」

「どんな物語です？」

「さあね？」と、木原は苦笑した。「『ドラゴン』って読み取っただけで、ぱたっとノートを閉じちゃうからね。創作に入っているときは特別なようで……貝が口を閉ざしたようだよ。何を言ったって、ノートの上に手を置いたまま、口も利かない。あの気難しさは誰に似たんだろうね」

「お義母さまよ、きっと」と英子。「お義母さまと表情まで同じになるもの」

「なるほどね」と、私は口を挟んだ。「いや、文献の整理をお願いしていますが、あらゆる神々に精通していてね、テレヴィ・ゲームで覚えたとか……驚きましたよ」

「そんなこと覚えたってしょうがないでしょうに」と英子が困ったような笑みを浮かべる。「役に立たないことばかり好きなんですわ、あの子。『馬鹿じゃない』って先生もおっしゃってるし……」

「馬鹿などとはとんでもない！」と、私は言っていた。「賢い……素晴らしい子ですよ」

「ありがとうございます」と、英子がわざとらしいお辞儀をする。「ええ、私も馬鹿だなんて思ってはいませんけど……やっぱり変わってますわ」と、思わせぶりの吐息をついた。

「何度言っても学校に行きたがらないし……都合が悪くなると『僕は翔だよ』なんていったり……何を考えているのか……」と、またため息を漏らす。

「最初にアパートをお訪ねしたとき、伺いましたね。聖君が出掛けた後で……」と、私は英子を見つめた。「火事でお義母様と、聖君の弟さんを亡くされたと。聖君は火事の後、錯乱し、一年も入院していた……以来、時によって弟の翔君になったりするが、無視して欲しいと……」

英子が箸を置き、役者のように嘆息する。「そのうち、直るだろうと受け流していたんですけど、酷くなるばっかり」

木原が「この頃は『翔だ』って主張するときの方が多いね」と言う。

「あら、そんなことないわ」

英子の前では、ほとんど聖だ——そう思いながら私は木原に聞いてみた。「小さい時から顔かたちはそっくりだけど、性格は随分違っていたと聞きましたが？」

「ああ……」と木原が遠くを見た。「親ですら間違えるくらいそっくりだったな」

「聖は、それはもう、小さいときから良い子でしたわ」と、またも英子が引き取る。「陽気で、はきはきと、誰にでも笑顔を向けて、よく『天使みたい』って言われてましたわ。そう……本当に天使みたいでした。学校でも優等生だったし、いつも明るくて……」

「翔君は？」と私は口を挟んだ。

「翔は……」と、英子が言いよどむ。「おとなしかったわね。引っ込み思案で……気が付いたらそこに居るっていう風な……それに……変わってたわ。戸棚とか、押入れとか、狭い所に入るのが好きで……」――珍しく、英子はそれきり黙ってしまった。

木原が「本が好きだったよ、聖より」と言う。「よく父の書斎に入ってた」

「おとなしく、引っ込み思案で、本が好き」と、私は繰り返した。「ひょっとしたらテレヴィ・ゲームも翔君の方が好きだった……亡くなられたのは聖君の方だったのではありませんか？」

「とんでもない！」と英子が叫んだ。「あの子は聖です。だって、あの子……はっきりと言いましたもの。『聖だよ』って。あのとき……『聖だよ、おかあさん、僕、ちゃんとここに居るよ』って。炎の中で、私、すっかり動転してしまって……でもあの子が飛んできて私を助けてくれたんです。『僕、聖だよ』って。『一緒に居るから安心して』って。『聖だよ。僕、聖だよ』って、何度も何度も……あんなときに……あんなときに……弟の名前を言うなんて、弟になりすますなんて、出来るはずないじゃありませんか。

『聖だよ、おかあさん、聖だよ』って……私を家の外に導いてくれたんです。それに翔はあのときだって戸棚に……」

「翔が死んだことを知ってからなんだ」と、声高になる英子を制して木原が口を開いた。「入院中、『聖だ』と言ったり『翔だ』と言ったり、錯乱が続いてね。ただでさえ火事の直後だ。弟の死はショックだったろう。しばらく隠しておいた方が良かったのでは……と後悔しているよ。まだ八歳だったし、衝撃が強すぎたんだ。先生の話では……双子だったし、普通の兄弟以上に近い存在だろう？　翔を演じて……つまり今でも二人なんだと、自分に言い聞かせ、僕たちにも思わせようとしているって……そのうち翔の死を受け入れられるようになれば、自然と治ると言われたんだが……」

「聖はいつも翔を庇ってましたわ」と英子。「双子でも兄だという自覚があったんでしょうね。翔の失敗したことや、翔の出来ないことを、聖はいつも引き受けて……庇って……だから、翔が居なくなった後も、翔になって、私たちを慰めようとしているんですわ」

「聖も翔もどちらもいい子だった」と木原。「今だって、いい子だよ。多少変わっていて、学校に行かないのは困るけどね」

「そうね、いい子だわ」と英子。「でも、ときどき判らなくなる。冗談を言った後で、急に真顔になって、ふいと離れていったり……なんだかこの世に生きていないみたいな……ううん、たった独りで生きてるみたいよ。素直な分、投げやりなところがあるの。

何に対してもどうでもいいみたいな……」

「なるほどね」と言うしかなかった。陽気で明るい聖……おとなしく本好きの翔……今でも英子や木原の前では、彼は聖で居ることが多かった。だが、私と書斎で過ごす彼は翔だ。小さいときの彼らを私は知らない。「聖」であろうと「翔」であろうと、彼は彼だ。だが、私は翔が好きだった。そして彼が公には「聖」と呼ばれていようと、翔であるような気がしていた。そして長引く混乱は、自分を捨て、他者になったことが原因ではないかと……

「『ルシ……』ってご存じですか？」

英子がきょとんとした顔で、私を見る。

「何ですか？　それ」と木原が聞いた。

「いや、別に……いや、すっかり御馳走になって」と、私は箸を置いた。両親の知らない第三の名前……君の本名は何なのだろう？

「あら、もう」と英子が立つ。「お茶を……デザートもございますのよ。枇杷を冷やして……枇杷、お好きかしら？」

英子が席から離れると、木原は英子を見つめたまま囁きかけてきた。

「この頃ふとね、あの子は翔じゃないかと思う時があるんだ。確かに『翔だ』って言うのは拗ねた時や機嫌の悪い時だけだ。それでも翔じゃないかと思ってしまう。英子は聖だと……聖であるはずだと思い、僕は聖も翔も生きていて欲しいと、思いきりの悪い……勝手な思いであの子を見てしまっているのかもしれない。でも聖なんだ。あの子が主張し、英子がそう望んでいる限り、あの子は聖なんだよ」

「何をひそひそ話しているの?」と、英子がもどる。

「何も」と木原。「見事な枇杷だねえ」

——差し出された硝子の小鉢には枇杷が二つ、仲よく並べられていた。

辞するとき、英子は何度も繰り返した。「また来週もぜひ」と。「日曜日は渡辺さんもお休みでしょ? おかげさまで家も落ちつきましたし、週一度の夕食くらい、ご一緒していただきたいですわ。一人分、増やすくらい何でもありませんもの」

翔は帰らない。九時すぎだった。蒸し暑い夜……私はそのまま街に出た。日曜の夜……カオスの渋谷……だが、雑踏の果ての薄闇に君は居た。下りたシャッターに寄り掛かり、羊飼いのように地べたに座って。化粧した艶麗な顔を眼鏡で覆い、遠い目をして独り……音楽と若者の群れが君を囲んでいたが、君は遠く、独り離れて虚空を彷徨っているように見えた。これが日曜毎の君の姿……『ルシ』と呼ばれる姿……

二十一

「ここはドラゴンの洞窟」とマクフェイトはムーンとバードに言う。――ライオンの頭（これはキマの顔だ）、山羊の手足、鷲の翼を持ったミストラルの動物が三人の周りをうろうろしている。――「この先を左に行くと、ドラゴンの住むドラゴネイア、右に行くと人間界へと通じている。右の道はおまえたちも通れるはず。なぜならおまえたちは人間の子だからだ」

「人間ですって」と二人は驚く。「魔法の国に住む者たち……私たち魔道士は古《いにしえ》の昔、妖精と人間との間に生まれた者たちと聞きましたが」

「おまえたちは私の子供ではない。十四年前に、私が人間界で託されたのだ」

「おとうさん……」

「残念ながら父ではない。だが我が子同様に愛しているよ。聞きなさい、ムーン王子」

「王子ですって？」

——ここまで書いて考えてしまった。

『ムーン』は主役だから、当然攻撃魔法だ。と、すれば……『バード』は回復魔法と補助魔法……女の子にした方がいいだろうか? バードの顔が浮かんで、可笑しくなる。

でも、この先『スター』と会って……『スター』は魔法を知らないから剣だけだ。

『ムーン』の弟だから、当然、男……一人くらい女の子にしようか……

バード……バードリア……バードラ……『バーバレラ』って映画もあった。

そう、可愛い女の子がいい。ミドラ……これはだめだ……

二十二

翌日、蟬の声が変わったのに気付き、纏《まと》めていた草稿から目をあげた。庭は猛々しいほどの陽にきらめきつつ、樹々は風に揺れていた。台風が近づいているという。

午後からテレヴィ局に行かなければならなかった。この陽射しの中に出なければならぬのかと思うとうんざりする。

背後からはリズミカルなキーの音が聞こえてくる。

テレヴィ・ゲームの作家とは……木原は言っていた。『四六時中、ノートにごちゃごちゃ書き込んでる。騎士がどうの、ドラゴンがどうの』……その小さな可愛い頭の中で、君はそんなことを考えていたのか……

気が軽くなり、私は笑っていた。

騎士やドラゴン……『アーサー王伝説』や『ギリシア神話』に夢中になった少年時代……そして私も作家を夢みた。君の眸《ひとみ》が常に遠くを見、物事に無頓着に見えるのは、君が現世に住んでいないからだ。私は本当のシメールと出会ったのだ。

だが、テレヴィ・ゲームとは……私はテレヴィ・ゲームについてまったく無知だった。学生たちの会話から、それが大学生をも夢中にさせるものらしいことは漏れ聞いていた。そうだ……学生ばかりではない。つい先日、奈津子の法要で会った弟の哲郎まで言っていたではないか。『この頃はテレヴィ・ゲームばかりしているよ』と。私が『今年で三十だろう。遺産を食いつぶすのもいい加減にして、少し、まともな勤めにでもついたらどうだ』と言ったときだ。弟は笑いながら、こう続けた。『だから、お金も遣いません。七、八千円のソフトで一月は遊べるしね。それにささやかな電気代だけ』——弟とも、法事の席でしか会わなくなっていた。この頃は芝居のチラシも送ってこない。

夏の強い陽射しは、どうも気を散らせる。草稿に、もう一度目を通そうと、ペンを置いた。と、そのときである。

庭を横切り、玄関に向かう木原の姿が目に入った。

まだ昼前だ。またしても早退……足取りがおかしい。やはり体調が悪いのだろうか？

私は木原を出迎えることにしてみた。北側の机に居る翔は、何も気付かず、キーを打っている。後ろを通っても振り向きもしなかった。声を掛けずに、廊下に出た。

階段を下り、ホールに立ったとき、木原が入ってきた。顔中、玉の汗で、シャツは胸に貼りつき、色が変わっていた。

「まだ具合が悪いのかい？」

木原は微笑み、手にしたタオルで顔を拭った。「この坂は夏はきついね」

「着替えた方がいい」と言うと、素直にうなずいた。だが、再び合わせた顔は歪み、吹き出した汗に濡れていた。

「会社……はは……『来なくてもいい』と言われてね」

空咳に振り向くと、二階の廊下から渡辺さんが見下ろしていた。「そろそろお昼になさいますか？」

「そうですね。三人分、サンドウィッチでも作っていただけますか？」

「そんなにパンがございません」

「では素麵でも、何でも……着替えた方がいいね」と、私はまた木原に言った。（上に……）と続けようとして、渡辺さんが調理中だと気付く。「君の所のリヴィングで、何か冷たいものでも作ろう」

いくら暑いとはいえ、あの汗はまともじゃない。もう二、三日、休んでいればよいものを……私はきのう招かれた部屋に入り、勝手に冷房を入れ、冷蔵庫も開けてみた。牛乳と、麦茶のようなものが入っていたが、棚は昨夜私に出し尽くしたとでもいうようにガランとしていた。翔は昼に何を食べるつもりだったのだろう？　キマがいつの間にか足元に来ていた。「余所の家の冷蔵庫だよ。勝手におまえにあげられないよ」と言い聞かせる。

コップに麦茶と氷を入れ、掻き回していると木原が入ってきた。

「はは、君の顔を見たとたん、また泣き言を言ってしまった。まったくふがいないな。僕は」とテーブルにつく。

「これを飲んで、少し横になっていた方がいいですね」

「ありがとう」と、木原は一気に飲み、両の手に顔を埋めた。

私は注ぎ足した。「まだ、体調が戻ってないようだ。横になった方がいい」

「首だよ、首」と、木原は顔を上げて言った。「君はこんな風に扱われたことないだろうな。疫病神でも見るみたいな目で部屋中の人間から見つめられ『帰った方がいいね』と言われる。『仕事もないし』とか『来てもらってもしょうがない』とか、え、口々にだよ」

「はっきり『首』と言われた訳ではないでしょう？　具合が悪そうだから……」

「言われたのと同じ……まったく同じだよ。経験豊富だからね。判るんだ。どうしてこうなんだろう。君みたいに王道しか歩かず、人に頭を下げたこともない人間には判らないだろうな」

「あなただってG大の学生だった。助手や副手が、いかに教授に諂《へつら》い、付き従っていたか見ていたでしょう？　私も副手から助手と、五年過ごしたのですよ」

「だが、助教授になった。それだけでも凄いのに、僅か三年で新井教授の後任として教授昇格だ。驚異だよ。君はめったに来なかったけど、個展や同窓会でクラスの連中に会えば、決まって君の話題で持ちきりだったよ」

「『要領のいいやつ』、『抜け目ないやつ』ですか？」と、私は木原を見た。ここで木原相手に留学時代の闇の底に墜落するような絶望を……教授に付いていた頃の艱難辛苦を……もっともらしく打ち明ければ……同窓会での雰囲気……あの生ぬるい親愛の情を持って互いの苦渋を分かち合い、慰め合うという、友愛に満ちた感動の場面を作り得ただろう。だが、まっぴらだ。私はことさら王者のように彼の前に突っ立ったまま、彼を見下ろし、黙していた。傷口を嘗《な》めあうような胸襟の開き方はしたくない。

「そう……君に当たってしまったようだ。済まないね」と、木原はぼんやりと麦茶を口許に持っていった。「君は教授だ。三十六歳にして異例の出世、片桐教室の主、従わせる側だ。それに……副手や助手をしていたと言ったって、新井教授の孫と結婚したし、絵では早くから脚光も浴びていた。スターだった。諂う必要もなかっただろう。いや、G大だけじゃないよ。今や世間的にも画家として、文筆家として、著名人だ。何なのだろうね。この違い……大いなる違いは……情けないったらないよ」

（諂うからいけないんだ）という言葉を呑み込み「虚名に過ぎませんよ」と言う。そして、それ以上話す気力も失せ、私は黙っていた。まるで被虐を楽しんでいるような、過度の被害者意識と過度の甘えは私を苛立たせたが、この純粋無垢の仔羊を気取る単純な男とやり合う気にはなれなかった。同じ土俵には立ちたくなかった。

「済まない」と木原はおとなしく言った。「また八つ当たりだ。どんどん情けなくなるばかりだね。英子が帰ってきたら、またとっちめられるだろうな」

「お食事の用意が出来ましたけど」と、開いたドアの向こうから渡辺さんが声を掛けてきた。あからさまに侮蔑の目で木原を眺めていた。それでも救われた思いで返事をする。

「二人分ここに運んでください。私は上で……」そして木原には「仕事があるので、僕は上で済ませて出掛けるが、ゆっくりと食べて、横になった方がいいですよ」と言う。木原は惚けたようにうなずいた。私は「じゃ……」と、曖昧な挨拶をして部屋を出る。キマが忠実に付いて来たことが、なにか嬉しかった。

書斎に行き、翔に声を掛け、振り返った顔を胸に、リヴィングルームに向かった。あの子が、あの男の息子とは、信じられない。

テレヴィ局での仕事は、一般向けの美術番組の収録で、わざわざ草稿を作るにも及ばない軽い内容だった。それでも最終の打ち合わせから収録まで五時間ほど掛かり、案外に疲れて帰宅すると、ドアを開けたとたん、英子の声に耳を貫かれた。

木原への罵倒の声。リヴィングキッチンのドアは開けられたまま、声ははっきりと耳に入った。そのまま、私はドアを閉めてしまう。暮れなずむ庭を眺めながら、再びあの声を耳にはしたくないと思った。翔も一緒に居るのだろうか？　と思いながら、門に向かう。タクシーはさっさと丘を下りてしまったようで、まだ蒸し暑い大気に街灯が溶けるように瞬いている。以前、木原たちを連れていったフランス料理の店にも火が灯りはじめていた。

　酒を飲みたいと思う。

★

　二、三日、庭をぶらつく木原を目にしたが、その後は朝、英子といつもどおり出ていくようになった。スーツ姿だ。
　朝食を摂りながら、珍しい木原のスーツ姿を目にした最初の日、私は書斎に来た翔に「おとうさん、今日はスーツでしたね」と、挨拶代わりに言ってしまった。

　翔は「職業安定所に行ったんです」と淡々と応え、私は軽率な挨拶を悔やんだ。

　木原や英子は、感情をすぐ露《あらわ》にしたが、翔は違っていた。キマを相手にしたときや、本や、それに……興味を持ったことを話すときにだけ、花開くような微笑を浮かべるだけだ。感情は常に柔らかく抑えられていた。十四歳の老成した紳士。柔らかく、それでいて強靭な壁を設け、決して入れない。決して出ない。そしてあの軽薄な「聖」の言動……一階や庭からときおり聞こえてくる声……英子たち相手に甲高い声で笑ったり、ふざけたりする「聖」によって、君は十代らしい無邪気さを発散しているのだろうか？　発散……そうではない。健気なほどの演技で、機嫌をとり、親を笑わせようと試みる

「聖」。彼はこの年頃には珍しく、あの親たちを心から愛しているのだ。木原や英子が喜び、求める子供像を必死に演じているのだ。
だが、翔……ここに殆ど毎日通って来るのは、無論小遣い目当てということもあったろうが、私相手なら、「翔」として休めるからではないかと思われてきていた。私は最初から「翔」としての彼を愛し、「翔」としてしか接しなかったからだ。「聖」とは、あまりにも対照的なシニカルで内向的な少年。それが本来の……そうだろうか？　冷たく澄ました幼い顔に、ふと零《こぼ》れる笑顔の魅惑……その笑顔を見たくて、私はどれほど言葉を尽くしているだろう。あの笑みの抑制が取り外され、声にまで高まるのを私は待っていた。「聖」のヒステリックな笑い声ではない。「翔」の屈託ない笑い声だ。気長に待とう。少なくとも、家の中では眼鏡を掛けない。街の友だちより、私への構えは少ないのだ。些細な優越感にすら、私は喜びを覚えた。それに、彼はここに住んでいる。私の家に……
だが、輝く夏だというのに、一階の雰囲気は暗く沈んでいった。木原は毎日、スーツ姿で出掛け、とぼとぼと帰ってくる。私と翔がここで話しているときに、帰ってくることもあった。（窓から丸見えなんだぞ）と私は思う。（虚勢というものもあるだろう。歩き方くらい、しゃんとしたらどうだ）
私は気付かない振りをし、翔もそうしていた。だが、この年頃では、感情を抑制する術に長けているとは、まだ、いえない。

部屋を空け、翔一人にして覗いてみると、再びあの吐息……窓の外に視線を泳がせ、あの大人びた吐息をつく翔が居た。憂愁の貴公子の横顔に酔いながら、私は一人「本当に不甲斐ない男だよ、君は」と、木原を罵る。

★

八月最後の土曜日、翔は「夏休みの宿題が溜まっていて……」と、午前中で引き上げてしまった。

夕方、所在なく庭を見下ろす。庭の様相は英子の植えた草花で一変していた。今まで、夏の終りは燃え盛る緑の中に、煙るように漂う合歓《ねむ》の花だけで良いと思っていた。

英子が部屋に持ち込むピンクの小物と違って、糸のような雄蕊が房状になったこの花の、淡々と空中に溶けいるような白から淡紅色への色調は儚く、霞のようで、夕暮れの空の下で夢のような美しさだ。だが、今は満艦飾の花々が合歓の風情を打ち消して、凱歌を挙げていた。ここから二、三度、渡辺さんと口論している英子を見たこともある。

たっぷり七十キロはあろうかと思われる堂々とした体軀の渡辺さんに、英子は負けず、熾烈な戦いを挑んでいた。

先週、渡辺さんは、とうとう私に訴えてきた。

「お庭までお貸しになったんですか？」と、見るからに不満気に……

「お花は綺麗でしょうけど、ただ植えればいいってもんでもありませんよ。整ったお庭でしたのに……平井さんが来たら目を回しますわ」――平井とは、年に二度ほど来てもらっている庭師だ。

私は「醜悪なオブジェや、奇岩を置いているわけでもなし、花くらいいいでしょう」と、取り合わないようにした。「山菜やハーブも植えているとか言っていましたよ。仲良くして分けてもらったら……」と笑うと、目をつり上げて「食費の節約ですか？」と聞いてきた。

「いやいや」と笑ってしまう。

「雑草だと思って抜いたら……」と、彼女は憤然と続けた。「『これは鴨足草《ゆきのした》という食用になる野草です。長野から、わざわざ持って来たんですよ。勝手に弄《いじ》らないでください』って、それはもう、すごい剣幕で。私、お庭の手入れは放棄させていただいてよろしいでしょうか？」

「そうですね」と言うと、彼女は意外だというように一瞬、私を見つめた。『もはや、庭など畑になろうが、薄《すすき》の原になろうが構わない』とでも、私が言ったら、この生真面目な女性は何と言うだろう？　私はまたしても笑うしかなかった。「来て間もないから、あちこち弄りたいのでしょう。じき、落ちつきますよ」

「私の仕事が、また少なくなりますわ」

「渡辺さんの料理は天下一品ですよ」と言うと、ようやく笑顔になったが、「玄関ホールにも安物を置いて……」と、口の中で憤懣を噛み砕きながら、食卓に料理を並べていった……

夕日に染まる庭を肩を落とした木原が歩いて来る。

あの調子では、まだ職が見つからないようだ。書斎を出て、ホールに下りてみる。付いてきたキマが、翔の部屋のドアを慣れた調子で押し開け、入っていった。

玄関のドアが開き、木原が「やあ」といったまま、気弱な笑みを浮かべた。そのまま頽《くずお》れ、消えてしまいそうだ。

「仕事の方はどうですか？」

笑みはそのままに彼は無言で首を振った。翔の部屋から「キマ！」と言う声が聞こえてきた。ちゃんと部屋に居るようだ。

「今夜の予定は？」と聞くと、また首を振る。未だ張りついた惚けたような笑みが癇に触ったが、「英子さんも、もうお帰りですよね？」と尋ねると、笑みはようやく引っ込み、ただうなずいた。

この数日、一階から聞こえていた笑い声は絶えていた。奈津子の逝った後のような、ひっそりとした家に戻っていた。翔……君の吐息は魅惑的だが、胸が傷む。

「今夜の夕食は、何処かに出掛けましょう」と、私は言い、「リヴィングキッチンで待っていてください。すぐ戻りますから」と、二階に駆け上がる。

渡辺さんに夕食のキャンセルを告げ、リヴィングキッチンに戻ると、麦茶のコップを手に、木原は素直に椅子に坐って待っていた。

「英子さんの予定はどうでしょうね？」と聞いてみると、驚いたように「今夜の？」と言う。

「何も聞いてないから、何もないですよ。今夜だって、明日だって……」――今夜から明日……閃きが走る……「明後日《あさって》はまた仕事だろうけど、今や家の家計は彼女一人の肩に……」――木原の言葉を後に、また二階に戻る。明日は日曜日だ。「夏休みなんだ」と私はつぶやいていた。こんな風に、君の夏を終らせたくない。

二、三、電話を掛け、戻って来ると、英子が木原と並んで坐っていた。帰ってきたばかりのスーツ姿で、麦茶を飲んでいた。

「お帰りなさい。今夜のご予定は？」と聞いてみる。

「別に何も……」と、英子は嬉しそうに応えた。「何ですか、木原に聞いたら……」と、続けるのを遮って「明日は？」と聞いてみる。

英子はにこやかに首を振った。ここからが肝心だ。「聖君はどうでしょうね？」――言いながら『宿題』と言っていたのを思い出した。間が悪かっただろうか？

「あの子の予定なんて聞いたことがありませんわ」

「『夏休みの宿題』とか、言っていましたが……」

「宿題」と、英子は笑いだした。「新学期は一日から、ちゃんと登校するつもりなのかしら。でも、『とっくに済ませた』っていばってましたわ。どっちにしろ、お気遣いなく」

「では決まりだ」と私は強引に言い、時計に目を向ける。「今、五時四十分です。一時間後に一泊できる支度を整えてホールに集合」

「一泊！　夕食じゃないのか？」と木原が奇声を上げた。

「八月最後の週末ですよ」と私は快活に言った。「少し気分転換をしましょう。私が木原家の皆様を海に御招待いたしたく、ここに謹んで、我が願いを聞き届けていただけるよう、お願い申し上げます」――慇懃に脚を引き、頭まで下げると、英子の拍手が鳴った。

「聖君にも、そう伝えてください。では一時間後に」


七時前に、助手の川田が車を届けてくれた。

三年前に車を手放してから、絵の搬入や搬出の度に借りている彼のワゴン車だ。

「済まないね、週末なのに」と言うと嬉々として首を振った。見事に日焼けしている。

「別に出掛けませんから」と言いながら、彼は寝室から聞こえてくる英子の慌ただしい声や物音に、気を取られていた。翔が部屋から出てきて、川田を認め、慌てて眼鏡を掛ける。躊躇い、立ち止まった翔を私は手招きした。

「友人の子だ。木原……」とまで言って、「聖」と言おうか「翔」と言おうか、一瞬迷う。書斎では、何のためらいもなく「翔君」と呼び、彼もそれで通していた。

「翔です」と、彼はつぶやき、無愛想に俯いた。とたんに気が重くなる。彼は喜んでいない……

木原と英子が海外にでも行かれそうなトランクを持って、出てきた。敦子にしたように、川田にも紹介する。「君の先輩たちだ……」


渋谷駅で川田を下ろし、翔を助手席に移動させ、葉山に向かう。

席に着きながら、彼は「何処に行くんですか」と聞いてきた。

「行く先は着いてからのお楽しみだ」と、私はぞんざいに言い、久しぶりの運転に神経を集中させた。後ろの席からは英子の弾んだ声が聞こえ、それは私に発せられたもののようだったが、私は無視し、英子も無頓着に浮かれていた。「旅行なんて久しぶり」「ねえ、海があるなんて忘れていたわ」「夏なのよね、今」「そうよ、たまには気晴らしもしなくちゃ」……私はバックシートの間に遮断幕を引く。リヴィングキッチンで木原の言葉を聞きながら、閃いたイメージは――単に翔を助手席に乗せ、どこまでも……どこまでも運転する――というものだった。彼を横に坐らせ、私の運転で、どこまでも……どこまでも……

彼を週末の渋谷のカオスとも引き離し、私の横に坐らせ……だが、彼は不機嫌だった。

「『宿題』と言っていたのに、悪かったかな」と、聞いてみる。

彼は首を振り「キマが独りぼっちだ」と言った。

「渡辺さんがみてくれますよ」と私は言う。

「でも、渡辺さんは七時に帰るでしょう。明日は日曜で来ないし……」

「猫なんて平気よ」と、聞きつけた英子が口を挟んできた。「たかだか一晩じゃない。ノラ猫なんか皆独りで暮らしてるわ」

「僕、渋谷から余所に行ったこと、あまりないんです」と彼はつぶやいた。「行きたいと思ったこともない」

週末の道路は渋滞していて、予定していた葉山のレストランに閉店前に着くのは絶望的だった。私は目に入ったドライブ・インに車を乗り入れる。「申し訳ないが、今夜の夕食はひとまずここで」と、精一杯陽気に言う。

店に入ると、翔はメニューも見ずに「僕はハンバーガーとコーラ」と言って、そっぽを向いた。視線の先には闇があるだけだ。

渋谷から一時間余りのドライヴで、翔は早くもアメリカ国内を何マイルにも亘ってドライヴし続けたロリータになっていた。倦み疲れ、不貞腐れたロリータ……逃亡寸前のロリータに。

しかし、葉山のホテルに一泊し、海岸に出たときの翔は一変し……十四歳の、まだ無邪気で溌剌とした少年へと自分自身で近づいているように思われた。

私の構えるカメラに対し、木原や英子の間に入って笑う翔……いや、これは聖だろうか？　ちがう、含羞に縁取られた花のような翔の笑顔だ……私はカメラを武器に翔を追う。堂々と、おおっぴらに……この至福……胸が張り裂けそうだった。波に戯れる翔……潮溜まりに目を凝らす翔……陽に輝く翔……著莪《しゃが》の花にも、陽の光は必要だ……

★

あの躁病的な旅行への希求……あれは何だったのだろうと、思い返す。

英子一人がはしゃいでいた葉山への旅行……

ナジェージダとナジャ

Надежда и Надя

二十三

クローゼットに入る翔《しょう》を見た。

戸は微かに開いていたが、中が見えるほどでもない。

――『戸棚とか、押入れとか、狭い所に入るのが好きで……』

いったい何をしているのか……

暑いだろうにと思いながら、疲れて目を離し、書見台の下から身を起こす。

二十四

片桐さんから『ナジャ』を借りている。

著者のアンドレ・ブルトンがパリの街でナジャという女性に会い、付き合う話だ。イメージや思いをそのまま綴ったような文章は、所々不可解だけど、詩的で不思議に魅惑的だ。ちょうど、中程の所で、前に聞いた名前の段が出てきた。

——ナジャ。なぜって、これがロシア語で希望という言葉のはじまりなの。はじまりだけだからいいのよ——

片桐さんに聞いたら、ロシア語の「希望」は「ナジェージダ」と言うそうだ。『私もこれを読んで知ったのでね』と、言いながらスペルもさらさらと書いてくれた。——Надежда——『ロシア語はこれしか知りませんが』と笑いながら。

スペルはよく判らないけど、「ナジェージダ」という響きは素敵だった。それに「ナジャ」も……クローゼットに入って、ノートを広げる。

『アムネジアの物語』……ムーンの相棒の名は、バードではなくナジェージダにしよう。ナジェージダ……ナジャという愛称の女の子だ……「希望」という言葉のはじまり……

「ムーンは王子様なの⁈」と、ナジャも驚く。

「そう、おまえはエメラルド国の王子」と、マクフェイトは言う。「いいかな、十四年前まで、世界は人の住むクリスタル大陸、われわれ魔道士の国ミストラル、ドラゴンの住むドラゴネイア、そして遥か世界の果てには魔王の君臨する闇の国と別れ、自由に行き交っていた。ある日、私は人間界での友、エメラルド国の大臣の声を聞き……

エメラルド国の大臣……そうだ！　大臣の名をバードにしよう。大臣の名なら、バードだって気持ちがいいだろう……前に「貧乏人」などと罵ったことを悔やんでいた。誰だって居心地のいい場所と、悪い場所ってあるんだ。バードはあれ以来、ここに来ないし、僕も招かない。でも僕はバードの家に行き、歌も聴きに行っている。多少、家が離れても、付き合いは変わらない。

大臣であるバードの元へと飛んだ。助けを呼ぶ声だったからだ。大臣の家は燃え盛り、大臣は秘密の抜け道から逃れ、屋敷の裏の森、洞窟の中に居た。大臣は両腕にまだ乳飲み子のおまえたちを抱き、瀕死の重傷を負いながら、二人を預かって欲しいと私に言った。ムーンはエメラルド国の王子、ナジェージダは自分の娘だと」

「私が……大臣の娘！」

「では、僕たちは兄妹じゃないの⁉」

「お前の父はエメラルド国の王だ」と、マクフェイトはムーンに再度言う。「そして、大臣は言った。魔王が城に来て、おまえの父……王を殺したともな」

「王を……父を……」

「私はおまえたちを抱いた。大臣はおまえの胸にあるペンダントのことを話した」

「このペンダント？」とムーン。

「そう、その緑に輝く石がエメラルド。そしてそのペンダントこそ、おまえがエメラルド国の王子であるという証だ」

——エメラルドが光り……


調子いいぞ……と思ったとき、キマが戸をかりかりと掻いた。閉め切ると暑いから、クローゼットの戸は少し開けてある。隙間からキマの手が伸びて僕の膝を探り、ついに戸を開けてしまう。こいつ、とうとう戸を引くことまで覚えちゃった……膝に飛び乗ったキマを抱くと、僕は言い諭した。

「だめだよ、キマ。ここは狭いんだから。おまえが居たら字なんか書けないよ」——実際、ナイトテーブルを入れて、僕が坐るのがやっとの空間だ。片桐さんが、やたらと服をくれるから、この頃は頭の上にまでシャツがぶら下がりはじめた。背当てにしている冬物を入れたダンボールに肩を押しつけながら、戸を開き、キマを出す。「今、乗ってるんだ。遊ぶのは後だ」——締め出すと、戸を掻きながらうるさく鳴いた。

——エメラルドが光り、マクフェイトの声が続く。

「そして私は飛ばされていた。気がつくと、おまえたちを抱き、ここに居た。結界が張られたのだ」

「結界？」

「バリアーだよ。人間以外の者は通れぬ、光の壁だ。私たちは人間と平和に共存していた。だが、以来、それぞれの国は分断されてしまった。人間だけが行き来できるが、大陸の果てからここに来る者はおらぬ」

「大臣は、どうなったの？」とナジャ。

密閉すると、やっぱり暑い。前の押入れより狭いから仕方ないけど。戸を開けると待ってましたとばかりにキマが入ってきた。強引に膝に乗り、顔を擦り寄せ、鼻先を押しつけてくる。

「判ったよ。おまえも出してやるよ」——抱いて外に出た。涼しい。

母が帰ってきたようだ。片桐さんも下に来ているのか、階段を昇り下りする音、話し声……声は「馬鹿だな、呆れるよ」と言う兄の声に変わる。「冷房の効いた部屋に居るのに、わざわざ戸棚に入るなんて」——兄の声は久しぶりだ。「消えろよ」と、キマを抱きしめる。キマは喉をごろごろ鳴らし、鼻までぶーぶー言っていた。ご機嫌だ。目を上げると庭はようやく陽から逃れ、休息に入っていた。『詩人とミューズの結婚』の二人は空に向かって飛んでいる。羽ばたく翼……きょうは僕も飛べそうだ。

「今は遊べないんだよ」とキマに言ったとき、母の足音が聞こえ、ノック……そして声が続いた。

「聖《せい》、居るんでしょ？　入るわよ」

母の顔は輝き、声は弾んでいた。「ね、海に行くの、これから。凄いでしょ。海に行って、ホテルに泊まって、明日は一日海よ」

「海？」

「海よ。夏の旅行よ」

海って……旅行って……もう夜じゃないか……

母はじれったそうにクローゼットに近寄り、把手に手を掛けた。僕はキマを放り出し、クローゼットの戸に寄り掛かる。

「判ったでしょ」と母は言った。「一時間後に出発するの。支度できるわね？　一人で」

僕はうなずいた。

「片桐さんが招待してくれたの」と母は上擦った声を出した。「ねえ、旅行なんて……海なんて……何年ぶりかしら。嬉しいでしょ」

今にも踊りだしそうな様子で母は「海だから海水パンツも入れなきゃね。海水パンツあったわよね？　学校の」と言いながら出ていった。

僕はクローゼットの戸を開く。放り出されたキマが走り寄って来た。ムーンもナジャもマクフェイトも「さよなら」だ。海だって？　ホテルだって？　こんな急に……なんでそんな所に行かなきゃならないんだ。

★

ばたばたと夜逃げみたいな旅立ち。

片桐さんは非の打ち所ない紳士だと思っていたけど、訂正。突然思いつきを言って他人を巻き込む癖がある。『食事に行きましょう』『家《うち》に越して来ませんか』そして『旅行』だ――家は唯々諾々と従い……いや、いつだって母は大喜び……そして付属物の僕は……いまや見知らぬ部屋に一人という訳だ。

父母は片桐さんとホテルのバーに行っている。

ここまで付き合ったのだから、付属物とはいえ、バーくらい断る権利はある。まだ十四歳だし……

冷蔵庫から缶珈琲を出し、コップに空ける。波の音。窓の向こうは真っ暗な海だ。空とも海とも判らない真っ暗な大気に、波の音だけが繰り返す。僕は持ってきたノートを広げた。波の音……地底湖を出そう！　洞窟の先に地底湖だ。ようやく落ちついてきた。さっきまでは最悪だと思っていたけど、ムーンたちは速やかに戻って来れそうだ。――

「大臣は、どうなったの？」とナジャ――

「判らぬ」とマクフェイト。「十四年前に何が起きたのか、それ以上私には判らぬ。だが、結界を張れるのはエメラルド国の守護神アテネだけ。エメラルド国に何が起こり、アテネがどうして結界を張ったのかは判らぬ。おまえたちは成長し、人間でありながら究極の魔法まで習得した。二人で助けあえばエメラルド国に戻ることも出来るだろう。国に帰り、何が起きたのかを確かめ、そしてアテネ神殿の『結界の玉』を打ち砕くのだ。玉を砕けばバリアーも解かれる。バリアーが解かれれば、私たち魔道士たちも助けに行くことができる。二人で行けるな？」

「はい」

聞き慣れない波の音に引き戻され、キマの顔が浮かんできた。今頃どうしているだろう？　甘えん坊なのに、あの広い家で、独りぼっちだ。たった一晩と言ったたって、それは人間の予定であって、キマには判らないだろう。突然独りにされて……そう……今までにだって何度もあったはずだ。僕たちが片桐さんの家に行く前……片桐さんの奥さんが亡くなって……片桐さんがアパートに来ていたときや……それ以外だって、夜、渡辺さんの帰った後に、片桐さんはキマを残して出掛けることは度々あったろう。眠りから醒めれば、常に人の顔を捜しているキマ……そしてキマには、独りだということは判っても、いつ片桐さんが帰ってきてくれるのかは判らない。五分後なのか、一時間後なのか、何日も後なのか、ひょっとしたら、ずっと帰って来ないのかも……閉ざされた家の中で、たった独りだ。それはきっとすごく不安なことだろう。僕は独りが好きだ。でもそれは独りで居るのが限られた時間だと判っているからだ。今だって、僕は、父母が部屋を出ていってくれてほっとしている。でも、それは父母がいずれ帰ってくると判っているからだ。キマには判らないだろう。僕は、閉ざされた空間で……人間の間で……言葉もろくに通じずに暮らしているキマが酷く哀れに思えた。巨大な宇宙人の間で暮らしている僕の姿が浮かんでくる。そして、普段はキマに優しい片桐さんが、無頓着にキマを残してきたことにも腹を立てた。だが、付いてきた僕だって同じことではないか。いまさらどう思ったところで、僕も東京から離れ……キマを独りにしている。同罪だ。

　時計を見る。十二時を過ぎていた。

　普段、父母は遅くても十一時には寝ている。父は最近、体調が悪そうで、寝込んだりもした。母は朝、『頭が痛い』というのが口癖になっている。でも、きっと、今夜は特別なんだ。旅行なんて火事以来なかったもの。――『もう寝ましょう。明日に差し支えるわ』と言う夜毎の母の言葉。猫には未来が見えないから現在の喜びも不安もストレートだ。人間は予測が立つから自制したり、羽目を外したり……こんな風に考えも四散する……僕はノートに向かった。

マクフェイトは、洞窟内を飛び回っている獣の一頭を抱き上げた。ミストラルに住む動物、キマイラだ。

「結界の張られた今、人間界に入ったなら、ミストラルの威力は失せるだろう。おまえたちは習得した魔法を忘れてしまうかもしれない。だが、思い出すのだ。おまえたちなら出来るはず。キマイラを一頭、連れて行くがいい。魔法を忘れたおまえたちを守ってくれるだろう」

「おとうさま」

「おとうさん」

「父ではない。だが我が子同様に思っている」

ムーンの旅立ち、冒険の始まりだ……

出だしは決まった！　きちんとした土台が出来たのは初めてだ。ノートを読み返す。ムーンとナジャとキマのメンバーで冒険は始まる。

僕はガリバーの店で見せてもらった様々な冒険活劇を思い出した。最初の敵は洞窟だから蛇や百足《むかで》……立ち上がり、唄を歌いながら風呂に入る……それに蠍《さそり》とか蝙蝠《こうもり》も……戦いの基本は既成のRPGと同じだ。戦う毎に経験値とお金が増え、レベルが上がっていく……真っ先にナジャに回復魔法を思い出させよう。体力や魔法を回復させる宿泊は洞窟内の隠者たちの庵……そして地底湖に行き着く！

★

翌朝、母は起きるなり「頭が痛い」と言った。

いつもより酷そうで、ベッドに坐ったまま頭を抱えて動かない。父は「二日酔いじゃないか」と、父自身も青い顔をして手を差し伸べた。

「ほっといて」と、父の手を邪険に払い、母はうずくまっている。

越してから買ったらしい、新しいピンクのネグリジェの裾を父は意味もなく整え、おろおろと「フロントに行って、薬を貰ってこようか？」と言った。

「鏡台のピンクの化粧バッグに……」と、母が鎮痛剤の名前を言う。僕は鏡台に飛び、薬を取り出して母の手に薬瓶を握らせた。「今、お水、持ってくるから」

父は青いストライプのパジャマ姿で、途方に暮れたようにダブルベッドに坐っている。コップを手渡すと、母は初めて顔を上げ「ありがとう、聖」と笑ったが、顔は歪んでいた。

「大丈夫よ、じき治るわ」——同じ部屋に寝たことなどなかったから、目のやり場に困る。

波の音……着替えてベランダに出たとたん、息を吞んだ。

海……海なんて忘れていた。潮の香りと波音と風と陽の光ときらめく海と大きな雲と真っ青な空と鷗と、あれは鳶だろうか……全部忘れていた。本物の海だ……

母の「素敵！」と言う声に振り返る。

「頭痛、治ったの？」

肯定も否定もせずに、母はただ笑った。笑顔が硬いから、まだ治ってはいないのだ。でも、色鮮やかな花柄のサマードレスを着て、綺麗にお化粧した様子は、海と同じくらい素敵だった。続いて出てきた父も「いいねえ」と、朗らかな声を挙げ、ベランダから身を乗り出した。父の、こんなに清々しい顔を見たのは久しぶりだ。

やはり来てよかったんだ、と思いながら、昨夜片桐さんを恨めしく思い、無愛想に振る舞ったことを悔やんだ。多少気まぐれとはいえ、あの人はいつだって素敵なプレゼントをしてくれるじゃないか。皆に夢のようなプレゼントをくれるサンタクロースじゃないか。

「夏は毎年海に来てたよね」と、僕は父に言い、「昔に返ったみたいだ」と母に笑った。

「ほんとね」と、母の笑顔も和やかになる。さっきよりはずっといいみたいだ。ムーンたちは地底湖から海に出そう……筏に乗って海だ！　地底火山の噴火で一気に海に……世界に躍り出るんだ！　とにかく物語の土台は出来たんだ……爽やかな空を見上げながら、僕の気分も晴々としてくる。


葉山の海は筏みたいな板状の奇岩が多い。

水着を持ってきたのは母と僕だけだった。

片桐さんは「泳ぐのですか」と、ことさら驚いたように僕たちを見て言った。「もう海月《くらげ》だらけですよ。きっと」

「あなたたちこそ」と、母は少女のようにはしゃいだ声を挙げ、「海に来て泳がないなんて信じられないわ」と、掌ですくった海水を片桐さんに投げ掛ける。今朝の様相など、跡形もなく消えていた。

「海に引き込もうとするセイレーンだ」と、片桐さんはカメラを頭上に掲げたまま逃げた。

父は煙草を吸いながら「海月に刺されてグラマーになるよ」と笑った。ぼんやりと海や空に目を泳がせて、気持ち良さそうに坐っている。

片桐さんは、まるで写真を撮りに来たかのように、やたらと僕たちにカメラを向けた。僕は写真を撮られるのって好きじゃない。でも、こんな素敵な休日をプレゼントしてくれたのだから、気にしないようにする。事実、あまり撮られ続けていると、どうでもよくなってきた。片桐さんの所に越して、うきうきしていた母も、父が失業してからは沈んでいた。今日は誰も彼もが笑顔だ。ホテルで誂えてもらった昼食を開いたときなど、全員、歓声を挙げた。

サンドウィッチを頬張った僕に、片桐さんがカメラを向ける。すかさず両脇から父と母が顔を寄せ「チーズ」と声を揃えて言った。僕は思わず吹き出してしまう。僕が身を屈めて吹き出し、父母が「ズ」と言い終った所でシャッターを切る音は聞こえた。

「ずるいよ!」と、僕は叫び立ち上がる。「僕ばっかり撮られてる。片桐さんも撮らなきゃ」

片桐さんは笑いながらカメラをバッグの中に押し込んでしまった。「私なんか撮ったってしょうがない。食事にしましょう」

片桐さんのこんな朗らかな笑顔を見たのも初めてだ。いつも見事に整えられている髭の乱れにも気がつかない。

「ずるいよ」と、僕はもう一度言いながら坐りなおした。そして笑っている自分に気付いた。笑っているのは兄じゃない。僕自身だった。

ホテルに戻り、一休みして、ディナーを摂り、東京に帰ったのは九時過ぎだ。戸を開ける前から、もうキマの声が聞こえていた。

キマが真っ先に飛びついたのは片桐さんで、（毎晩一緒に寝ているじゃないか）と、少しがっかりしたけど、友だちになってひと月じゃしょうがない。でも、すぐに僕の方にも来てくれた。抱きしめると、キマの香りがする。キマの香りは独特だった。やはり麝香《じゃこう》猫って、キマのことだろうか？　キマが落ちつき、僕も安心したので「街に行ってくる」と母に言う。

父は既に部屋に引き上げ、母は呆れたように止め、片桐さんはただ微笑んでいた。疲れてなどいない。坂を下り、眼鏡を掛けると、そこはもう渋谷の街、熱気と騒音と排気ガスに包まれた埃っぽい街……さっきまで海に居たなんて嘘みたいだ。

路地に入ると、バードの歌が聴こえてくる。そしてバードはすぐに僕に気付いた。ガリバーとミドラが「ハーイ」と、腰を浮かせて、席を作ってくれる。

「遅かったじゃない」とミドラが囁き、「あら？」と、顔を寄せてきた。「潮の香り……」ミドラの唇が頬に触れ、考える間もなく僕は退いていた。

「どっか行ってきたの」と、頓着なくミドラは笑い、「海？」と付け足した。

僕はうなずいただけで、ミドラから目を逸らした。演奏の途中でもぐり込んだんだ。これ以上、演奏の邪魔はしたくない。ネオンに濁った夜空に目を投げ、そしてシャッターに寄り掛かって目を閉じた。青空に旋回する鳶が浮かび、バードの歌に混じって潮騒が聞こえる。海で火照った身体はひんやりと静められていったが、頬に残った唇の感触はいつまでも消えなかった。(お土産あるんだ)と、心の裡《うち》でつぶやく。バードとガリバーにはキマみたいな黒い斑点のある丸い貝、ミドラには小瓶に入った桜貝……僕がアルバイトをしたお金で、初めて買った友だちへのお土産……

★

九月に入り、僕も学校に行かなかったけど、片桐さんも行かなかった。

僕たちは、殆ど毎日、書斎で顔を合わせ、そして僕は……片桐さんと話すことが楽しくなっていた。父母は兄のその場限りの軽口や冗談を好んだが、片桐さんは父母の嫌う僕との話を好んでくれたからだ。

本や映画に関する話題、そして、それに付随した物の見方など……

ガリバーやミドラも映画の話はしたけれど、僕はただ聞かされるだけ。素人の僕の意見など求められたことはなかった。それに話の大半は何の映画は何年の作で、監督は誰、主演は誰、カメラは……というような文献的なことで、ガリバーやミドラの感想は『面白い』とか『つまらない』、『いいよね』とか、『ひどいよな』等、一言で済んだ。でも片桐さんは、僕自身がどう思うかということを、ずっと聞きたがった。僕自身の思いなど問われたことはないので、最初は戸惑ったけれど、口籠もり、言葉が絶えても片桐さんは気にしなかった。「『瘋癲老人日記』と『さかしま』を結び付けた感性、『ピーター・パン』のフック船長が好きだと言った感性を信じなさい」と言う。「誰に聞いたのでもない、翔君の考えでしょう?」

僕はびっくりした。片桐さんと初めて食事をした晩……あのときも、片桐さんはとても熱心に僕の言葉を聞いてくれた。今までああいうことを言うと、いつも嫌な顔をされたものだ。(なんで、そんなつまらない話をするの?)という表情はすぐに判る。僕は落ち込み、兄が(馬鹿だなあ)と言う。そして兄が流行っている言葉や行動を披露したり、テレヴィ番組や食べ物の話をすると、笑顔が戻ったものだ。「これが社交ってものだよ」と兄は言った。でも片桐さんは違う。それはキマを抱き、キマに向かって僕が言いたいことを言い、話したいことを話すときと同じだった。何を言おうときちんと聞いてくれる。そしてキマと違って、きちんと応えてさえくれた!

皆がそれとなく話題を変える僕の「つまらないこだわり」や「理屈」にも耳を傾け、どんな疑問にも、丁寧に応えてくれた。例えば、ごく軽く聞いたことでも……

片桐さんは大学教授で、大学が勤め先なのだから、僕は九月になったら、母が毎日出勤するように、大学に行くものと思っていた。でも一週間過ぎても書斎で書き物をしたり、本を読んだり、来客とリヴィングルームで話したりしている。

「大学の夏休みっていつまでなんですか?」と僕はある日聞いてみた。

「八月末までです」と片桐さんは澄まして応えた。

つい僕は「出勤しなくてもいいんですか?」と、母が僕に言うようなことを言ってしまった。

「中学校の夏休みはいつまでですか?」と片桐さんは言った。

「八月末までです」と澄まして応えてやる。

「ははは」と片桐さんは笑い、僕も笑う。

「学問を教える教授は、伝達手段が言葉ですからね」と片桐さんは笑ったまま言う。

「ですから『講義』という時間を設け、大学に行き、学生に接するでしょう」

僕はうなずいた。

「でも、絵の場合はね、言葉だけで教えられるものではないのですよ。言葉で教えることが出来る絵の基本というのは、熾烈な競争を経て入学した画学生たちは、既にマスターしていますからね。後は、それぞれの個性を如何に伸ばし、またそのテクニックを如何に上げ、絵画形成に至る思想をどのように深めていくかということ……各々が時間を掛けて模索していくしかないのです。私が毎日行って、私の考えを押しつけ、私の描き方を押しつけても仕方がない……無論、尋ねられれば応えうる限りの考えは述べるし、より良くなるのでは……と思ったアドバイスはしますが、四六時中生徒に付いて指導するなどというのは、絵に関しては害にしかならない……と、私は思っています」

中学校の教師もこうだといいのに……と、僕は思った。

「翔君はどうして学校に行かないんですか?」

「『どうして』って……」と僕は戸惑う。「行く意味が判らないから」と、母に言ったように続けてみた。母は『意味なんかないわ。行くことが大事なのよ』と、いつも応える。『おとうさんだって、おかあさんだって、勤めに行っているでしょう』――それで終りだ。でも、片桐さんは違った。

「学校に行く意味ねえ。翔君はどう思います？」と聞いてきた。

「知識を得ることでしょう？」と、僕は言ってやる。

「そうですね」と言っただけで、僕の言葉を待っていた。

「でも……」と、言ってしまってから、僕はまた引っ込みがつかなくなる。「言葉さえ覚えれば、学校で習うことなんて……国語や英語、数学や理科、社会……何だって教科書や参考書を読めば独学できるじゃありませんか。教室なんかに押し込められて、教師のつまらない説明を聞いて……しかも……例えば国語をやって、もう少し知りたいと思ったって、時間が来ればそれでお仕舞。続きを自分で考えようと思ったって、次は『英語』だ、『数学』だって、勝手に押しかけてくる。そんな簡単に気持ちの切替えなんてつかないし、切り換えたって、こっちの知りたいことと、教師の言うことは……」――知らない間に、僕はどんどん喋っていた。何をどのように話しても、片桐さんは面白そうに聞いてくれる。「翔君はわがままですね」という言葉すら、笑いに紛れて、褒められているような感じを受けた。無論、褒められている訳ではない。でも、それは非難でもなかった。

★

九月二週目、片桐さんは登校した。教授会というのがあるそうだ。僕も明日は登校しようと思う。なにしろ、パソコン入力をしながら、毎日目の前に校舎を見、校内放送を聞いているんだ。嫌になったら、すぐ戻れる。

書斎に一人で居ると、部屋の主になったみたいだ。椅子を回転させて、部屋を眺める。いつか、僕もこんな書斎を持てたらいいな……図書館で借りるのではなく、好きな本は全部買って、手元に置いて、気の向いたときにいつでも読めるんだ……このパソコンはそのまま……立って、片桐さんがよくするように、後ろで手を組み、ゆっくりと部屋を歩く。ぎっしりと書棚に並んだ本。気分がいい。片桐さんの机の所に来る。机上の鸚《おう》鵡《む》貝《がい》はいつもぴかぴかだ。鸚鵡貝の小部屋……最後の……決戦場……僕だったらこの書見台のある所にはテレヴィとゲーム機を置く。創作に疲れたときは、椅子を回転させてゲームをするんだ。でも、この蟷螂《かまきり》の標本は要らない。気持ちが悪いもの。ここの壁はゲームソフトを並べる棚にする。鸚鵡貝は素敵だから、このままでもいい……いつの間にか「こんな書斎」が「この書斎」になっていた。こんな図書館みたいな立派な書斎を、持てる訳ないじゃないか。笑ってしまう。

席に戻って、棚の時計を見ると二時過ぎだった。この時計の横にも、直径二センチくらいの真鍮で囲まれた硝子が壁に嵌め込まれていた。僕の部屋のシャンデリアの近くにあるのとそっくりだ。部屋の天井は無理だけど、こっちは椅子に乗れば間近に見ることができる。でも覗いてみると単なる硝子。硝子の向こうは真っ暗だ。何だか判らない。
──とりあえずバイトだ。書斎は無理でも、本は前より買えるようになったのだから。
　この頃、僕は裕福だ。なにしろカード入力百枚で千円だもの。最近は仕事以外の話を片桐さんとしてしまうから、慣れたわりには捗《はかど》らないけど、でも一日四、五時間書斎に居て、一週間で二千円くらい貰えた。方眼紙もノートもサインペンも好きなだけ買える。もうノート一冊買う毎に、お小遣いの残りを気にしなくてもいいし、広告チラシの裏に枡目を引いて地図を描くなんてこともしなくていい。お金なんか、どうでもいいと思っていたけど、B2の大きな方眼紙を十枚も買ったときなんかすごくいい気分だった。父はよく『精神はお金では買えない』と言うけれど、お小遣いが増えて、僕は、お金がどれだけ精神を楽にするか知った。それに物を考えるには、ある程度の贅沢が必要だということも。少なくとも、つまらない煩雑さや、焦燥感は少なくなる。現に失業した父は意気消沈しているし、最近は寝込んだり、体調も悪そうだ。母だって『アトリエで絵を描くの』なんて言いつつ、仕事に追われている。『人の絵を売るんじゃなくて、自分の絵を売りたいわ』『自分の時間を売って、お金を得るのよ。仕事って、そういうものよ』
──食料や雑貨──ただ単に、生命維持の為だけでもお金は必要だ。だから毎日、母は勤めに出掛け、父は仕事を捜す。自分の時間を売って、お金を得るのだ。でも、もしも……僕がゲーム作家になれたら……僕の物語がゲームになって、それでお金を貰えたら……それは時間を売る訳じゃない。好きなことをしてお金を貰えるんだ。最高じゃないか！

夢じゃない。物語は出来つつある。

ムーン……エメラルド国に着くまでは、ムーンとナジャとキマのレベルを上げることだけだ。あれから、レベルを上げるための初期の敵を設定し、地底湖の地図を描き上げ、海からクリスタル大陸へと上陸した。今は最初の村の地図を描いている。辺境の地だから村も小さい。でも武器屋、防具屋、道具屋、宿屋……すべて初めてだから、設定が難しい。でも、今までになく順調だ。僕の中で、初めて世界が出来つつある。もやもやしていたものが形になって、ジグソーパズルがうまく嵌まるように、少しずつ絵になってきた。そして兄は「くだらない話だ」と叫びながら、絵の向こうに消えていく。「消えてだって……そう都合よくいくものか。ゲーム作家だ？　笑わせるよ。なれる訳ないじゃないか」「『感性を信じなさい』って言われたよ」「煽てられただけだ。試しに、その汚く書き込んだノートを片桐さんに見せてみろよ。馬鹿だと思われるさ」「構わないよ。人がどう思おうと」「おまえ、この頃、変に自信過剰だな」「消えろよ！　落ちろよ！　死んでしまえ！」「死ぬものか。死んだのはおまえだ。木原翔が死んだんだ」「違う！」

ファンデーションを塗り、パウダーをつけるだけで顔は変わる。

アイシャドーは二色使う。アイラインは睫毛の間を埋めるように描くんだ。そして目尻にきたら一筆で一気に引く。マスカラを睫毛に着けると、目が一回り大きくなるようだ。リップは、リップペンシルで口角から唇の山に向かって輪郭を描く……外側から内側に描いた方がいいとテレヴィで言っていた。それからリップブラシで輪郭を残すように、中を埋めていくんだ。僕の唇は薄いから、ダーク・ブラウンやインディアン・レッドみたいな癖のある濃い色の方が面白い……母みたいだ。見知らぬおまえ……男でも女でもない……


「誰だい……」

「ルシファー……天から墜ちた暁の子……」

「翔は？」

「知らないね。地上の人間になど興味はない」

「キマも知らない？」

「キマイラは私の友、いつも共にいる」

彼は冷笑する。キマを抱きながら……

暁は近い……

二十五

グラウンドの方から、槌音に混じって時折歓声とも掛け声ともつかぬざわめきが潮騒のように流れてくる。建築科と彫刻科の学生たちが、早くも大学祭の為のステージを作りはじめたようだ。大学院に寄り、平山助教授に会ってから、研究室へと行った。

敦子が珈琲を淹れてきた。「生徒たちが喜びますわ」と皮肉たっぷりの声。「お手紙と書類はこちらです」

「ありがとう。何か変わったことでもありましたか?」

「片桐教室は平穏無事。教授不在でも、生徒の信頼は揺るぎませんわ。ただ平山先生が、先生がお見えになられるのを、心待ちになさっているようで」

「今、逢ってきました。新任教授が、あまり行く場所でもありませんがね」

川田が「じゃ、僕たち教室に行ってます」と慌てたように言い、「随分、お焼けになられたみたい……」と言う敦子を、押すようにして出て行ってくれた。

九月始めのG大研究室……夏期休暇以前と寸分変わらぬ、油の匂いが染みついた私の研究室だ。正確に言えば九月八日。前期授業の後半に入って八日目の午後だった。机にあった手紙や書類を引き寄せる。私信が三通、留守中に寄ったという同僚と知人からのメモが一通ずつ、事務方《じむかた》からの書類が二通、学生委員会からの意味のないアジ文が一通、画材屋からのカタログや、新製品の案内が五通、それに七月の教授会の議事録……（川田は敦子との仲を知っている）と思いながら、外国郵便の私信を開いた。

この春、パリに留学した教え子からの、どうということもない便りである。カルチャーショック……新たな美への驚嘆……だが、文面は明るく、闘志に燃えていた。――私は潰されたが、君はどうだろうね――教室での屈託のない笑顔を思い出す。そのままの笑顔で帰ってきそうだ――

敦子の淹れてくれた珈琲を飲んだ。

木漏れ日が躍る床は歴代の絵の具に塗《まみ》れ、窓の外は生い茂る緑だけ……学生たちの声をかき消すように、今が最後とばかりに蝉が姦《かしま》しい。

『随分、お焼けに……』――あの海への旅……

象徴派の詩人ランボーは――手垢に塗れた言葉――と記したが、それから百年以上もたてば、イメージも手垢に塗れるものだ……

『今夜から明日』と木原に聞いて、とっさに（翔を助手席にドライヴを）と、想った私の脳裏には、ナボコフの『ロリータ』が在った。『ロリータ』の主人公、ジャン・ジャック・ハンバートに倣い……恋した十二歳の少女ロリータを彼が親しく『ロー』と呼んだように、私も『ルシ』と呼びながらドライヴする……そして葉山へと……葉山……これは何だろう？　『ピーターー・パンとウェンディ』の作者、J・M・バリーは公園で会った少年たちに魅了され、その両親とも親しく接し、旅行にも招待した……だが、私はバリーのように、翔を相手に無邪気に冒険ごっこをしたいとは思わない。翔だって現実の冒険など望んではいないだろう。ピーターたちの冒険は「どこでもない場所」であるからこそ素晴らしいのだ。そう……トーマス・マンの『ヴェニスに死す』でも奇想したのかね？　片桐教授。海を背景にしたタドゥツィオに見とれるアシェンバッハにでも己を準《なぞら》えるつもりだったのか……ああ、確かに……翔に付いて歩いた渋谷の雑踏、翔に魅了された己が心境は、『ロリータ』のジャン・ジャック・ハンバートより、生真面目でお固い著名作家、『ヴェニスに死す』の主人公、グスタフ・フォン・アシェンバッハ……貴族の称号まで与えられた栄誉ある作家に近いだろう……なにしろ、彼も十四歳の少年に恋したのだから。恋……美への惑溺……美神への畏れ……

ほぼ二ヵ月ぶりに大学に出勤したというのに、またもや翔を想っていた。

海で私に向けられた笑顔は、翔の笑顔だった。翔としての初めてのおおらかな笑顔……そして、あの日から、確かに私たちの仲は前より親しくなった。だが渋谷の雑踏で翔を『ルシ』と呼ぶ友のようになれるのは、まだ先のことだろう。

三時に近かった。夢想に耽っている間に、四時限まで終ってしまう。シメールではなく、現実の、これはこれで可愛い生徒たちに会いにいこう。


「やあ、久しぶり」と、三年の教室に入ると、笑顔が返り、軽い緊張感が流れた。思い〳〵の場所に立てたイーゼルの間を回り、絵を覗いていく。翔が著莪《しゃが》なら、ここに居るのはヒマワリやタンポポ、中には花に譬えようもないような者も居るには居たが、総じて明るく健康的な夏の陽の匂い……干し草の匂いのようだ。学生の頃には、私は一《いっ》端《ぱし》の大人のつもりでいたが、この歳になって学生たちを見ると、こんなにも可愛く、幼く、無邪気な顔だったのかという驚きにとらわれる。それは特に毎年この時期、夏の終り……ぴんと張った焼けた肌と、若々しい汗の匂いを感じるときだった。最初に見たとき、もう一人や二人、子供でも居そうだと思った老け顔のTですら、この時期には可愛く見える。それぞれの想いを込めて、熱心に絵を描く若者たちの間には、潑剌とした生気がしっかりと溢れていた。

疲れ果てたような木原……爛熟したダリアのような英子、そして私ですら……ここで描いていたときには、この子たちのように可愛かったのだろう。そして彼らは、あの頃の私同様、可愛く見えるなどとはもっての他、憤然と大人のつもりでいるのだろう。「その色、いいですね」——「焼けましたね。どこに行ってたの?」——「この線は、ちょっときついと思うが、どうですか?」——「ほう、夏前と随分変わりましたね」——敬愛の笑顔……真っ白な歯……恥じらいを含んだ硬い返事……この狭い世界では、私もスターだ。とりあえずは私に憧れ、私の教室に入った可愛い雛鳥たち……ここに居ると、敦子の視線も鬱陶しくなかった。活力溢れる片桐教授。画壇の若き(未だ!)俊才。模索と夢に溢れた教室に居ると私も若返る。誰一人として、私の中に挫折感など見ないだろう。

十分ほど生徒の間を回り、敦子が付いてくるのもそのままに、川田の居る四年の教室にも寄る。こちらはもう大半が卒業制作に入っており、ただ黙って観ていればいい。一巡し、研究室に戻った。

敦子だけが付いてきた。知らん顔をして椅子に坐ると、流し場に行き、やかんを火に掛けた。「中野教室では、ちょっとした事件があったようです」と言う。既に大学院で平山助教授から聞いている。私が応えないので、敦子はそのまま続けた。「夏期休暇中に、助手の浜田さんが、とうとう中野先生と大激突したらしいですわ。九月に入っても、教授並に、姿を見せません」

『教授並に』という当て擦りも気にならず「ほお、とうとうね」と、私は受け流した。ここに戻ったとたんに、またしても翔の顔が浮かんでいた。彼も新学期は始まっているだろうに、未だ書斎に来ている。「では、とうとう中野先生、お一人になられた訳だ」

「生徒も少ないから、お困りではないでしょうけど。かといって中野先生も毎日いらしている訳ではありませんからね」と、背を向けたまま敦子。「きょうなんか教室は無人で、モデル一人で困っていましたわ。教授も助手も生徒も来ない……可哀相に」

「いいチャンスではありませんか。中野先生は君がお気に入りのようだし、副手から助手に成れるかもしれませんよ」

「私、お邪魔でしょうか」

突然の切り口上に、私は顔を上げた。翔の顔が消え、流しに佇《たたず》む敦子の背が見えた。やかんの口からはもうもうと湯気が噴き出している。「そんなことはありませんよ」と、ゆっくりと、穏やかに言う。「ただ、副手から助手に成れるチャンスと、言っただけですよ。浜田君が辞めたら……今までの経緯と、登校しないということは、その可能性が大ですからね……中野先生はお一人になる。いくら教授の自由と言おうが、助手も副手もいないというのでは困るでしょう。少なくとも一人は入れなければ。欠員が出来るなど、滅多にあることではありませんからね」

「私、副手のままで結構です」

そのとき、川田が「四限、終りました」と入ってきた。敦子がようやく火を止める。

川田に「ありがとう」と言うと、「珈琲ですか。僕にも一杯」と言って、向かいに坐った。

「四年の片桐教室は、今日はコンパだそうですよ。先生もたまにはいかがですか。皆、大感激ですよ」と、闊達に言う。「僕も参加、寺田さんも行くでしょう?」

敦子は知らん顔をして、珈琲を淹れていた。いい香りが漂ってきた。私は笑いながら首を振り、幾許《いくばく》か封筒に入れ「カンパです。芸術論はまた今度」と差し出して立ち上がる。

「ちょっと中野先生の所に行ってきますよ」

川田が好奇心も露《あらわ》に目を輝かせ笑顔になる。このまま帰りたかったが、今日は教授会もある。

敦子が「珈琲、はいりましたけど」と、振り向いた。

「ありがとう。今は結構。二人で飲んで、少し休みなさい」

「油、出しておきますか?」と川田。

「いや、今日は描かない」と部屋を出る。

中野教室では、モデルが台の上にぽつねんと一人で居た。ガウンを引っかけたまま、扇子で顔を扇ぎながら雑誌を読んでいる。イーゼルは壁に寄せられたままだ。

一階の研究室に行くと、そこも無人で、私はそのまま中に入り、勝手に椅子に坐った。ここなら誰も来ないだろう。煙草を取り出し、火を点ける。

人の気配もないままに、時計を見ると四時を過ぎている。メモを残し、五階の三年の教室に行く。

生徒は四限のまま、十八人。欠席は七人。優秀だ。敦子が寄ってきて「二人、大石膏室に居ます」と言った。「『ニケ』を描いています」

「そう、では、ちょっと覗いてみましょう」

「そのままお帰りですか」と、囁いてきた。

「教授会ですよ」と応える。大石膏室の『サモトラケのニケ』――あの巨大な『ニケ』の上にも翔の顔を乗せることができるだろうか、と私は考えていた。

★

翌日、書斎に入ると、翔の机の上に「登校します」と、メモが残されていた。

『教授並に姿を見せません』――きのうの敦子の言葉を思い出し、笑ってしまう。久しぶりの学校で、彼はどのようにしているのだろう。バードという年上の友だちのことは聞いているが、学校での友だちの話は聞いたことがない。木の間越しに見える校舎の中で、どんな顔をして『面白くもない授業』を受けているのか……

昼から雑誌社の企画で三時間ほど赤坂のホテルで現代音楽の作曲家と対談、そのままホテルの喫茶室に移行して、編集者にエッセイを渡す。帰宅したのは五時過ぎだった。

門を入り、玄関が見えた所で、渡辺さんを筆頭に、木原、翔と、中から出てきて、足を止める。異例の組み合わせだ。

渡辺さんは、私を認めるとすぐに「先生!」と勝ち誇ったような声を挙げた。とっさに嫌な予感を覚えながら、それでも「ただいま」と、足を進める。

「ちょうど良いところに、お帰りで」と渡辺さんは走り寄り「今、とんでもない物を見つけたんですよ」と、意気揚々と告げた。

「なんです?」

「鳥兜《とりかぶと》ですよ。木原さんの奥さんが植えたんです」

「植えた……鳥兜って……植物の?」

渡辺さんは大きくうなずいた。「まあ、いらしてくださいな。あれは、絶対に鳥兜ですよ」——勇ましく家の裏側に入っていく渡辺さんの後に、気弱な薄ら笑いを浮かべた木原と、つまらなそうな顔の翔が続いた。仕方なく、私も後を追う。

家《うち》で庭と呼べるのは、南側の玄関から門に至る間ぐらいで、ここ以外にも、英子が何かを植えていたとは知らなかった。木原家の応接間の角を曲がると、反対側の路地同様、椿と青木が交互に並び、その根元は著莪で埋まっている。ものを植える余地などない。だが、北側に回ると櫟《くぬぎ》の樹の下に、鳥兜が咲いていた。元からあった八手《やつで》を押し退け、六、七本、葉を繁らせている。中で、一メートルほどに勢い良く伸びた二本ほどに、花が咲き始めていた。

私が花の前まで来るのを待って、渡辺さんは「鳥兜ですよ。間違いなく」と言った。私は「そうですね」と言うしかなかった。北側の、陽もろくに当たらぬ木《こ》の下闇で、鳥兜の花は凜と頭を上げ、深い紫の色は艶やかに美しかった。

木原が「これが、毒草なんですか？」と、聞く。

「猛毒ですよ」と、渡辺さん。「いつだったか、騒がれたじゃありませんか。鳥兜で奥さんを毒殺したとか。あのとき、テレヴィでも新聞でも、この花が何度も映ったでしょう」

木原は心底驚いたように目を見張り「そんな凄い毒なんですか」と、花を見つめたまままつぶやいた。声が掠れている。

「葉から茎から根まで」と、渡辺さんの声は力強く裏庭に響く。「全部、毒です。特に根なんか、食べたら即、死んでしまうって聞きましたよ」

「食べなければいいんでしょう」と翔。「花は綺麗だ」

「そう……綺麗ですね」と私も言った。渡辺さんの騒ぎ方にも、木原の驚き方にも、呆れていたが、翔の冷めた話し方には嬉しくなる。

渡辺さんが、翔と私を交互に睨み付けた。意にも介さず翔が言う。「毒だって判って食べる人なんかいないし、もう、みんな判ったんだから、それでいいんじゃありませんか」

「とんでもない！」と、渡辺さんの声は翔に照準を定めて発射した。「こんな猛毒の植物を庭に植えるってこと自体、非常識ですよ」

「どうかしたんですか？」と、表の方から英子の声がした。

以前、目にした英子と渡辺さんの口論の場を思い出して、うんざりする。「蚊もいるし、話は家に入って……」と言ったとき、英子も来てしまった。勢ぞろいした顔を見て、いぶかしそうな視線を木原に向けた。

「奥さん」と渡辺さんが鋭く言う。「これは鳥兜でしょう」

「あら……」と、示された花を見た英子は「そうですね」と、驚いたように言った。

「『あら』じゃありませんよ。なんだか知らないで植えたとでもおっしゃるんですか？」

意地悪な言い方だと、私は思う。「英子さんが植えたとは限らないでしょう」

「いいえ」と英子。「私が植えましたの。でも、鳥兜だったなんて」

「鳥兜ですよ」と、憤然と渡辺さん。「なんだとお思いになったんですか」

「二輪草だとばかり……」と、英子はつぶやいた。「お盆に実家に帰ったときに採ってきましたのよ。そう……こっちは二輪草です。花も咲いてないでしょう？」――花を付けていない数本に渡辺さんの目がいった。烏兜より丈も低いが、切れ込んだ葉の形はそっくりで、ほとんど見分けがつかない。「白くて可愛い花が春に咲くんです。おひたしや和え物、天ぷらとかお味噌汁の具にも、美味しいですわ。まあ、でも良かった。渡辺さんが気が付いてくださって」――英子は感に堪えないとばかりに渡辺さんの手を握った。「二輪草は日陰の……木の下に咲くものですから、こっちに植えたのですけど……忘れていましたわ。お花の終ったときだったら見分けもつきませんものね。お料理に使っていたら、大変なことになるところでしたわ」

渡辺さんは、いつになく殊勝な英子の態度に、すっかり狼狽したまま「まあ、良かったですわ」などと、つぶやいている。少なくとも対戦態勢は薄れたようだ。

「藪蚊の餌食だ」と、私は言った。「戻りましょう」

「まあ、でも」と渡辺さん。「抜いた方がよろしいですよ。こんなもの」

「明日でいいでしょう」と私は渡辺さんの肩に手を掛けた。「陽も暮れるし、英子さんも帰られたばかりで、疲れているでしょう。私もなにかいただきたい」

木原が「僕が明日、処分しますよ。暇だし」と、珍しく毅然と言った。

「そうそう」と渡辺さんが慌てたように言う。「先生もお帰りになられたばかりでしたわね。すみません。お茶も差し上げずに、お呼び立てして」

英子に感謝され、意見も通ったことで、すっかり気を良くしているようだ。これを機に木原家と和んでくれれば、と願いながら「さあ」と、朗らかに肩を抱いて渡辺さんを家に向かわせた。ほっとしながら、改めて背筋が凍る。英子自慢の山菜料理……日曜毎に誘われる夕食を思い出し、ひょっとしたら、他にも危ない野草があるかもしれないと思った。そういえば、木原が体調を崩しはじめたのも、盆過ぎからだ。英子が実家から送ったダンボール一杯の野草の苗……

「しばらく、山菜料理はやめますわ」と、英子が見透かしたように耳元で囁いた。

★

弟の哲郎が突然やって来たのは、九月半ばの日曜日だ。

私の提案で、皆で昼食を摂りに出掛けるところだった。

彼は玄関ホールで、駆け寄っていったキマを抱き上げながら、木原、英子、翔と居並んだ見知らぬ家族に戸惑いつつ、昼食に誘うとそのまま付いてきた。

目まで覆ったぼさぼさの髪の下に、可愛い鼻と母親譲りのぽっちゃりとした唇が見える。とても三十には見えない童顔だ。小太りの身体に、くたびれたポロシャツ、ジーンズという姿は学生のようで、未だ職には就いていないな、と思う。

予定通り近くのフランス料理店に行く。

哲郎は社会に出ていないせいか、演劇をやっているくせに、人見知りで、会話も達者とはいえなかった。

またも眼鏡を掛け、黙々と食事をする翔と、最近、頓《とみ》に暗くなった木原を間に、初めて英子のお喋りに感謝しながら、私もつまらぬ話に笑い興じたが、食事はぎくしゃくと進み、コース料理など頼んだことを悔やむ。

ところが、メインの肉料理も済み、デザートというときだった。英子の巧みな誘導で、ぼそぼそと劇団解散に至るまでの話を為終《しお》えた哲郎は「この三ヵ月、テレヴィ・ゲームばかりしています」と、ゲームの名前らしきものを上げ、「これの一、二、とやったんですが、一、がめっぽう面白いんです」と、少しも面白くなさそうに話したときだった。

翔がひょいと頭を上げた。

「一、はいいですね」

一……単なる数字が……アブラカダブラ……まるで呪文を唱えたようだった。哲郎と翔の目が合い、微笑みが交わされ、それからはまったく意味不明の会話が二人の間で行き交った。英子や木原のように、熱して喋り合うという態のものではなかったが、交わされる言葉には血が通い、交わされる笑みには共犯者の符号があった。――『ロサのダンジョンは感心したよ』『モールのエナジーを解くのには苦労して……』『僕もだ。ヤヌスの像を壊すなんて、すぐにはできない』『セーブできないし、リセット押して……』――英子も私も、完全に置き去りにされてしまった。書斎で『ピーター・パンとウェンディ』について語り合ったときの至福の一体感、『ナジャ』や『さかしま』、その他諸々の本を架け橋に、翔と紡ぎ合った黄金の時を、翔とは初対面の哲郎がほんの数分で築いてしまった。

デザートの梨のコンポートに、いつにない苦みを覚えながら、私は「そろそろ大学祭ですよ」と英子に話しかけた。

「あら、懐かしい！」と、英子はすぐに飛びついてきた。「そうだわ、そんな時期……九月……十月だったかしら」

料理にもろくに手を付けず、ぽつねんとしていた木原まで「十月だったよ。ストーブを点けていたもの」と言いだした。

哲郎と翔がおとなしく口を噤む。私は、大人げないと思いつつ、大学祭の話題に変えてしまおうと「いや、年々早まって、今は九月……来週の金曜日からですよ」と、木原に言い、哲郎や翔をも引き込もうと、二人に笑顔を向けた。「学生の祭りで大したこともないが、一年のデザイン科ではテレヴィ・ゲームの『ヴァル……』何とかってゲームの世界を再現するらしい」

翔がすぐに『ヴァルハラ・ウォーズ』と言ったが、口調は冷たかった。

それでも、英子が「あら、みんなで行きましょうよ」と、はしゃぐ。「ね、日曜日に。懐かしいわ。ね、聖、凄く楽しいのよ。中学の文化祭より、ずっと大規模だし、とにかく美術の学生だから仮装も造形もお手の物。イベントだってとても凝ってるわ。ああ、すっかり忘れていたわ。そうよ、九月に入ると、もう大変だったわ。片桐さん、実行委員だったのよね？」

「一回だけですよ」と苦笑しながら「英子さんは確かジャズ・バンドを組んだでしょう」と、朧な記憶を引き出した。

「そうそう」と、木原がようやく笑顔になる。「ブルースを歌ったよね」

「ブルースを⁉　おかあさんが？」と翔が驚く。

「即席の俄《にわ》かバンドよ。練習もろくにしなかったから、歌詞も覚えきらないまま当日になっちゃったの。みんなで誤魔化してくれたけど、しまいにはステージで笑っちゃったわ」

「ご愛嬌」と私。

——いつしか、まったく関心もなかった大学祭に、皆で繰り出すことになってしまった。それでも、祭りの喧騒から取り残された大石膏室に翔を案内し、巨大な『サモトラケのニケ』像を見せたら、どんな顔をするだろうと夢想している自分に気付く。無論、そこには木原も英子もいない。翔と二人だけだ。


ホールで三人と別れ、哲郎を伴ってリヴィングルームに行った。

キマが窓際の一番良い椅子を独占して寝ている。

「驚いたなあ」と、椅子に坐るなり哲郎は言った。「戸を開けたとたん、見知らぬ女性が現れるかも……とは想ったけど、まさか家族が住み着いてるなんて考えもしなかった」

「電話くらい寄越してから来るものだよ。五分、遅かったら会えなかったじゃないか」

「電話して、断られるのが怖くてね」と哲郎は笑った。「逃げ口上ばかり聞かされ続けると、奇襲するようになるんですよ」

「おまえが来るのを拒んだことなどないじゃないか」

「いや、兄さんのことじゃないけど」と、哲郎は私の出した珈琲に砂糖を入れた。相変わらず凄い量だ。「家の中も随分変わったね。一階を貸したって……経済的な理由?」

「おまえにも相談すべきだったかな?」

「いや、ここはもう完全に兄さんの家だし、どうしようと勝手だけど……いや……実はね……」と、言ったまま、哲郎は黙ってしまった。

「なんだ? 結婚相手でも見つけたのか?」

「まさか……うん……実は、お金を借りたいんだ」

呆れて、声も出なかった。六年前に父が急死したとき、私はこの家だけを譲り受け、哲郎には吉祥寺のマンションと、残された証券類、預金など、全て渡した。マンションの部屋は別にして、一億近い額だ。

「いや、マンションはまだ残ってるよ」と哲郎は言った。「だから、マンションを処分しようかな、とも思ったんだけど……できれば、そのまま仕事場にしておいて……あそこで会社を興そうと思うんだ」

「残りは、全て使い果たしたのか?」

「劇団って、凄い金喰い虫でさ……ま、僕も突然の大金に浮かれちゃったのかもしれない。仲間を集めて、稽古場も借りて、季節毎に公演して……制作、演出、主演って三役だ。夢みたいだったよ。親父の生きてた頃は、自分の劇団を持てるなんて考えもしなかったけど、お金さえあれば、なんでも可能だからね」

「それにしても……株や債券もないのか？」

「うん……済《な》し崩しになくなっちゃった。兄さんから見たら、ドブに捨てたようなものに思えるだろうね。一回来てくれたよね。でも『つまらない芝居だ』って言われた。それで……結局、僕のお金が底をついて解散だよ」

思わずため息が漏れた。「それで……少しは成功したのか？」

「そりゃ、固定ファンも付いたし」と、哲郎は笑った。「一部では、結構評判にもなってたんだよ。兄さんみたいに華やかじゃないけど」

猫に小判、豚に真珠などという言葉が浮かんできた。きれいに分けたいと思ったばかりに、二十歳半ばとはいえ、子供のような弟に大金を渡したまま、放っておいた私にも責任はあるのだろう。奈津子との結婚生活の葛藤……副手から助手、助教授へと学内での競争、自身の栄達に夢中で、弟のことなど眼中になかった。歳も離れ、趣味嗜好も異なる弟に、関心を持ったこともない。それでも、一昨年くらいまでは、よく家に遊びに来ていたし、奈津子は欠かさず芝居も観に行っていた。

黙してしまった私に、弟は「芝居は諦めたよ」と、おずおずと言った。「劇団内では、僕がスポンサーだったから、皆にちやほやされていたし……でも奈津……義姉さんには『役者としての才能はあまりない』って言われてたんだ。あれが、多分……残念だけど、正直な評価だったんだろうね」

『奈津…』と呑まれた声が耳に残った。哲郎から今まで奈津子の名前など聞いたことはない。呼ぶときは、いつも『義姉さん』だった。突然、哲郎と奈津子が結び付いた。なぜ、気がつかなかったのだろう。私はいつも家を空け、哲郎の相手をしていたのは奈津子だった。いや、だからこそ、哲郎は家に来ていたのだ。奈津子が事故にあったのは井の頭通りと環状八号線との交差点、吉祥寺の……哲郎の住む吉祥寺の手前ではないか！『私にも愛人がいるのよ』と、奈津子が口にしたときにも、哲郎のことなど、浮かびもしなかった。いや、愛人の存在自体に驚きこそすれ、何も感じなかった。関心もない相手に、愛人が居ようと居まいと、どうでも良かったのだ。そして「愛人」が哲郎ではないかと思った今も、何の痛痒も感じない。取り残された者同士の哀れな愛……そんな高慢な言葉さえ浮かんできた。

沈黙が流れ、逸らした視線に、門に向かう翔が見えた。ふわふわと風に揺れる髪、陽に輝く真っ赤なTシャツと、脚に張りついたような黒いパンツ姿で、上から見ると女の子のように見えた。腕にきらめいているのは、私がプレゼントしたブレスレットのようだ。今夜も、デパート裏に坐って、時を過ごすのだろう。

私の視線を追った哲郎が「可愛い子だね、妖精みたいな雰囲気だ」と言う。「だけど、なんであんな不細工な眼鏡を掛けているんだろう」

「おまえの前髪と同じ……防壁だよ」――哲郎と翔の話はしたくなかった。「それで、会社って、何を始める気なんだ」

「テレヴィ・ゲームのソフトを作るんだ」

「芝居の次はテレヴィ・ゲーム……いつまで遊べば気が済むんだ」

「遊びじゃないよ。ゲームの制作会社だ。作るんだよ」

「おまえがコンピューターの勉強をしたなんて話は聞いたことがない。機械に強いという記憶もない。芝居しかやって来なかった人間が、どうして……」

「さっき、あの子とも話が弾んだろう？　友だちがあのゲームのＣＧ担当だったんだ。コンピューター・グラフィックだよ。チーフじゃないけど、ベテランだ。あと、もう一人、サウンドやってる奴と、三人で会社を興す。あのマンションを仕事場にして、三人で協力しあえば、夢じゃない。可能なんだ。資金だって、まったくない訳じゃないよ。設備を整える分くらいは何とかなるって判ったから、三人で会社ってなったんだ」

「ＣＧとサウンド、それでおまえはいったい何が出来るんだ？　二人が制作している傍で掃除でもするのか？」

「掃除でも料理でも何でもやるよ。芝居してた時にだってやってたしね。芝居作りとゲーム・ソフトを作るのと、それほどかけ離れているわけじゃないよ。共に世界を作るんだからね」

「世界とは、大きくでたね」

「いや、本当に世界を作るんだ。それに僕はキャラクター・デザインだって出来る。芝居をやる前は絵を描いてたんだし。兄さんが居たから……兄さんに敵わないと思ったから、絵を辞めて芝居に行ったんだよ。もともと絵は好きだし……持ってきたんだ。見てくれよ」——哲郎は学生が持つようなズックのバッグから、スケッチブックを取り出した。

「構想はもう出来てるんだ。春から三人で考えてきた。RPGって判る？　ロールプレイング・ゲームって……プレイヤーが登場人物になって、物語を進めていくんだよ」

十四歳の少年が夢中になっている世界に、三十の男まで我を忘れている。それは不思議な情熱だった。スケッチブックに描かれた絵は、冒険小説の挿絵に出てくるようなロボットや怪獣、奇怪な建造物だった。「これ全部おまえが描いたのか？」

「そう。兄さんから見れば、稚拙だろうけど……」

「いや、これはこれで面白いと思うよ」

「へえ、初めて褒められたな」

「認めたわけじゃない。で、会社を興し、ソフトを作り、売れなかった時はどうするんだ？」

「売れるものを作るさ。やる以上はね。全力投球だよ。だから……それで、来たんだ。会社を興すのに、あと百万は必要なんだ。それに……作って、売って、お金が入るまでの制作維持費と三人の生活費……無論、売れたら利子を付けて返すよ。ヒットしたら倍返しでもいい」

「倍返し？」と、笑ってしまった。「売れるかどうか、まったく判らないものに、投資しろと言うのかい？　三人の男を養い、制作維持費まで？」

「月に五十万あればいい。一年……くらい」

「百万と、月に五十万を一年」――またも笑ってしまう。

「頼むよ、兄さん。周りを見回しても、兄さんくらいしか居ないんだ」

「お人好しの馬鹿は……かい？」

「お人好しでも、馬鹿でもないのは知ってるよ。でも、他に居ないんだ」

「借りるより、自分たちで足りない分を貯めて、それからやろうという気はないのか」

「ここまで来て……」と、哲郎はスケッチブックのグロテスクな怪獣に目を落とした。

「盛り上がってるんだ。貯金なんかしてる間に萎んじゃうよ」

「萎むようなものなら、今、始めたって駄目だろう」

「いや、違うよ。時期ってものがあるだろう？　兄さんだって絵を描いてるんだ。判るだろう？　今なら描けるって……そういう時なんだ。夢を現実に出来る時なんだ」

子供と話しているのと変わらなかった。こんな幼稚な論理、幼稚な計画に投資するなど、正にお人好しの馬鹿だ。それでもきっぱりと断りきれなかった。関心もなく、疎遠だったのに、急に哲郎が私の唯一の家族だという思いに胸を突かれた。友だちと会社を興す……どうなるかも判らない運命共同体に、共に身を委ねる……私にそんな友が居るだろうか？　常に独りだった。独りで……それすら気付かずに、突き進んできた。夢……夢など全て挫折した。心弾むことと言えば、翔を見、翔と接しているときだけだ。夢ただ見ていることしか出来ない……私の夢……

「あれだけ、どっさり貰ったのに」と、哲郎がもそもそと話し始めた。「すっかり遣い果して……それで借金の申し込みなんて、虫がよすぎるかな？」

「遺産をどう遣おうと、おまえの勝手だ。今度の話とは別問題だよ」

「そうか……別か」

どう見ても頼りない。キマが目覚めて、のびをした。

「キマ、おいで」と、哲郎が手を差し伸べたが、キマは欠伸をすると、椅子からどんと飛び下り、さっさと食事を摂りに行った。「むちむち、ぷっくり。僕みたいだ」と哲郎が笑う。呑気なものだ。

「一度、その二人の友だちというのに会って、改めて話を聞こう」

「投資してくれるの！」

「いや、もう一度、話を聞いてからだ」

――すぐにも、二人を連れてくると言う哲郎に、私の方から、彼のマンションに行くと言った。父が他界してから、吉祥寺《きちじょう》のマンションにも行ったことはない。どのような生活をしているのか、それに、鴨が葱を背負ったような弟だ。共同事業の相手を確かめないと……そうだろうか?……再び、翔に会わせたくないだけではないのか?

今月末にと、日時を決め、英子から夕食の誘いが来る前に、弟と街に出た。駅前で別れ、プラネタリウムに行く。街は残暑にうだっていたが、星座は既に秋だった。

二十六

今週は試験なので、続けて学校に行く。

きのう、片桐さんに『明日から試験なので、三日ほど休みます』と言ったら、『いちいち断らなくてもいいですよ。来れるときだけ来てくれればいいのですから』と言われ、『試験勉強があるでしょう』と帰されてしまった。一夜漬けしたってしょうがない。でも、普段は勝手に勉強しているから、とりあえず教科書をぱらぱらと復習《さら》っておく。『アムネジアの物語』が中断するのは残念だけど、中途半端にいじる気もしない。三日の辛抱だ。

登校――授業と違って、試験は好きだ。向き合うのは紙だけ。無駄なく自分の実力を測れる。

教師はみな愛想がいい。中にはわざと大勢の前で、僕との再会を喜ぶ者さえ居る。

「会えて嬉しいよ」という言葉は憎悪に溢れ、響きは強張り、笑顔は歪んでいる。当然だろうと僕も思う。自分の授業を無視し、試験だけ受けに来る生徒。可愛気ないよな。

それに比べると、担任は随分と増しで、「来たのね」と、軽く笑ってお仕舞だ。ちょっとミドラに似たオールド・ミスで、性格もミドラに似てさっぱりとしている。二年になって、この担任になってから、楽になった。図式的な正論を盾に取り、説教するという、教師の陥りがちな愚かさを持っていないところがいい。僕が一番さぼる国語を教えているが、授業も適当で、教えるということに熱意を持っているようでもなし、生徒をさほど「愛している」というようでもなし、ふらふらと学校に来ているようなところが僕と似ている。ただ、あちらは勤めなので、僕と違って一応毎日来ているようだけど。

父母はときどき、僕が登校しない理由を『苛められているせいでは？』と、聞いてくる。何度否定しても、繰り返し聞いてくる。まるで登校拒否の理由は、それしかないと思っているようで、僕の否定は、ただ僕が隠しているからだと思い込んでいるのだ。『行く意味が判らない』とか『つまらない』という応えは、父母の望む答ではないようだ。望まない答は、答として受け取られない。面倒だから『苛められている』と、希望に添った答をしてあげようかと思ったこともあるけれど、嘘をつくのも嫌だ。僕は「苛められる」ほど、学校の連中と係わってはいない。係わらないから、むしろ皆、愛想がいいとさえ言える。閉鎖社会だから、成績の良し悪しに拘わらず、対人関係には、皆ある種敏感な触手を持っている。鬱陶しいのは、大人に成りすぎて触手の取れてしまったらしい鈍感な教師だけだ。

試験の最終日、『英語』『社会』『数学』の三科目を終え、帰ろうとしたとき、クラス委員の金井牧子が「木原君」と、寄ってきた。こいつだけは、早くも触手が取れているようで、ときどき鬱陶しい。

「美術のね、山崎先生が職員室に来てほしいそうよ」

「僕に？　なぜ」——僕は選択授業に美術も取ってはいなかったし、山崎先生の顔くらいは知っているが、今まで口を利いたこともない。

「あなた、片桐哲哉と暮らしているんですって？」と、金井はなぜか声を潜めた。「親戚なの？」

「いいや」

「どういう関係？」

「それと、山崎が呼んでいることと、関係があるの？」

「それはあなた」と、金井は大人びた訳知り顔で言った。「同じ美術の分野だもの。ねえ、片桐哲哉の家って、通学路の途中でしょう？　あの御影石の塀に囲まれた凄い家……木原君も、まったく同じ家に住んでるの？」

鬱陶しい。「職員室だね」と、僕は歩きだした。

金井は付いてくる。「今度……遊びに行っちゃいけない？」

黙って歩く。「私、片桐哲哉のファンなの」と、金井はなおも言った。「紹介して貰えないかしら？」

「ファンなら『ファンです』って、会いに行けばいいだろう。でも、僕を引き合いに出すのは辞めて欲しい。関係ないんだから」

　金井の足が止まった。職員室が見えてくる。片桐さんに『友だちです』とでも紹介しろというのだろうか？　たまたま同じクラスで授業を受けているだけじゃないか。ガリバーとミドラだって、まだ家によんでないのに。そういえば金井は美術部だったと思いながら、職員室の戸を開ける。


　山崎先生は満面の笑顔で僕を迎え、隣席の空いていた椅子まで僕の為に動かしてきた。だが、山崎先生の話も、金井と似たようなものだった。いや、金井より悪い。「片桐画伯に美術部に来て、話をして貰えないか」と言う。絵の話をいろいろ……一時間か……三十分でもいいから……それくらいで何を話すのだろう。とりとめがなさすぎて笑ってしまった。僕は「直接、聞いてください」と、さっきと同じような返事をした。『片桐画伯』という言い方を聞いたのは初めてだ。

「いや、一昨年に一度お願いしたことがあるんだよ」と、山崎先生はへらへらと笑った。歳は父と同じくらいだけど、髪が薄く、頭頂部の地肌が見えはじめているせいか、老けて見えた。「『近くにお住まいの誼《よしみ》で』ってお願いしたんだけどね、『時間が取れないので、そのうちに……』って、結局それきりなんだ。君、一緒に住んでいると聞いたけど、親戚か何かなの？」と、これまた金井と同じことを聞いてくる。

　黙っていると、無遠慮に僕を見つめた。「君……画伯のモデルか何かしてるの？」

「片桐さんは抽象ですよ」と、僕は言った。――先月、母を手伝ってアトリエを片付けたとき、何枚か観ていた。随分と昔のものらしいけど、それ以外にも無造作に山積みになった美術雑誌、それに展覧会、個展などのカタログに載っている絵も、すべて抽象だ。幾何学的な図形が基になり、時期によって、主題は円や球、三角錐、連続模様と変わっていたけど、常に相対的な構図だった。

「いや、そんなことは知っていますよ」と、山崎先生は怒ったように言った。「ただ、手慣らしというか……日常、具象を描かれることもあるんじゃないかと思っただけで……君は絵をやってないから知らないだろうが、画家というのはね、誰でもデッサンという……」

「両親の友だちです」と遮る。「美大で同級生だったんです」

「え？　じゃ君のご両親もG大出身なの⁉」

「そうです。とにかく、片桐さんが『そのうち』と言ったのなら『そのうち』なのではないですか？　僕が聞いたところで、同じだと思いますけど」――僕は立ち上がり「失礼します」と、言って歩きはじめた。片桐さんが『そのうち』と言って、放ってあることを、僕が蒸し返したくない。

「木原君！」と山崎先生が声を上げる。「頼むよ。聞いてみてくれ、な？」生徒に対してだって『聞いてみてくれ』なんて言い方はないだろうと思いつつ、頭を下げ、職員室を出る。「返事を待ってるから」と声が追いかけてきた。

校門を出ると、やっと呪縛から解き放たれたように心が軽くなる。でもきょうは山崎の言葉が引っ掛かっていた。引き受けた訳ではない……無視していいんだ、と思いつつ重い。だいたい、人に何か依頼するって苦手なんだ。『返事を待ってるから』という声が、耳に残っていた。実に一方的な……身勝手な依頼じゃないか。「近所の誼」の次は、習ってもいない「師弟の誼」で「同居の誼」を利用するのか？「何とかの誼」って言い方には嫌悪感を覚える。馴れ合いを補助する為に使われることが多いからだ。——そんなことを思いつつ、門を入った途端、玄関前にたたずんでいる父と片桐さんを見た。

父は以前から服装に無頓着だったが、この頃特にひどい。大柄のチェックのシャツに、縞のズボンという出で立ちは、手近にあったものをとりあえず着ただけという風だった。しかも、上下ともにしわくちゃで、素足にくたびれたサンダルを突っ掛けている。僕も無頓着だったから、つべこべ言う資格などないけれど、洒落たアイボリーのサマーセーターに麻の白いパンツ姿の片桐さんと並んでいると、いささか情けなかった。

「聖、学校に行ってたのか」と、父は僕の思いなど知らずに目を細めた。

「首尾はどうでした？」と片桐さん。

「上々」と応え、「試験だけなら」と言ってしまう。片桐さん相手だと、この頃なぜか、僕は口が弛む。

「試験だったのか」と父がつぶやいた。

片桐さんは「試験以外になにかあったんですか?」と、面白そうに聞いてきた。

「いえ」と、応えたけれど、片桐さんがあまりにこにこしているので、まあ、いいか、とも思ってしまった。「美術の山崎という教師が……」と話し、「一応、伝えましたけど、鬱陶しかったら断ります」と付け足す。

「ああ……前にも、一度伺いましたよ。忘れていましたがね。翔君の学校では断れませんね」

「僕は関係ありません。美術も取ってないし、問題外です」

「問題外ね」と片桐さんは可笑しそうに、また笑う。「でも……いや、来月以降でよければ、伺いますよ。そうお伝えください」

こういう場合『ありがとう』と言うのだろうか? それとも『すみません』とか? でも、ただ「はい」と応えた。

「明後日《あさって》は大学祭ですからね」と、言いながら片桐さんは出ていった。

父が「テレヴィ局だと……」と、見送る。そして「片桐は『翔』と呼ぶんだね」と言った。「気が合うようだね」とも。

「体調はどうなの?」と、僕は聞いた。「お昼食べたの?」

「いや、まだ」

「じゃ、オートミール、作るよ」と家に入る。

「たまには、おとうさんが作ろう」と、父が後に続いた。

「オートミールとコーンフレイクはもう飽きた？」

「いや、毎日、作って貰っているから、たまにはおとうさんが作るよ。体調もまあまあだし」

良かった……と思いながらリヴィングキッチンに入る。でも、顔色はちっとも良くない。何度言っても医者に行かないんだから、せめて食べなきゃだめだ。ところが冷蔵庫を開けた父は「見事に何もないね」と、泣き笑いのような顔を見せた。

「卵があるじゃないか」と、僕は言う。いいや、兄だ。兄にならなきゃ。「ジャムも！　バターも！　牛乳も！」――父が笑いだす。やはり笑わせるなら兄なんだ。野菜室を開ける。「それにピーマンと人参もございますよ！」――ピーマンと人参を翳《かざ》して、調理台に置き、冷凍庫の扉に手を掛けると、父の手が重なった。

「後はおとうさんに任せなさい」

「ピーマンと人参と卵のジャム和え、牛乳掛け！」

「また、具合が悪くなりそうだな」と、声を上げて笑う。「着替えておいで」

「ピーマンと人参のフライ、牛乳ジャムソース！　卵添え！」――叫びながら自室に行く。部屋に入ってから、渡辺さんに聞こえただろうか？　と思った。僕は狂っていると思われているだろうな。

ベッドの上に寝ていたキマが、顔を上げて啼いた。「キマ、試験終ったぞ。また、おまえと冒険の旅に出られるよ！」

二階にまで届く声で、僕は歌った。節は『スターウォーズ』だ。アッムーネジアーア、アアムネッジーアアア……

★

午前中、書斎に行き、午後から片桐さんが出掛けたので、僕も自室に戻って物語を練った。

既に二つの村と一つの町、それにダンジョンを経て、ムーンたちはエメラルド国の首都に入っている。期待して戻った人間界は、酷く荒廃している。ここまでで戦うのは山賊や獣たちだ。ムーンたちは徐々に魔法を思い出していく。

街の噂——十四年前、魔王サタンとその軍勢が城を襲い、王を殺し、妃を攫《さら》った。国の守護神アテネは、結界の玉を掲げ、魔物たちを外界に飛ばしたが、玉を掲げ続ける為に自らを石と化した。以来、魔物は去ったものの、民心はすさみ、国は荒廃の一途を辿っている。玉を砕けばアテネは元に戻るらしいが、魔物たちも戻って来るだろう。一人残された王子は軟弱で、国を建て直し、魔物たちと戦うことなど出来そうもない。

ムーンは城に王子が健在と知り、驚く。マクフェイトから兄弟が居るなどとは聞いてなかったからだ。ひょっとしたら自分は王子などではないのだろうか？　城に行くが、門前の兵士にも相手にされず、追い払われる。アテネ神殿へ行くと、ここも閉鎖されており、入口はエメラルド国の兵士が守っている。

エピソードを一つ入れ、盗賊の一人を味方にしよう。それからアテネ神殿へと忍び込むんだ。中はアテネに仕えるニケたちが守っている。『サモトラケのニケ』だ。ニケたちと戦いながら神殿の奥へと進むがニケたちは実体を持たず、倒すと消えてしまう。メンバーはムーン、ナジャ、キマ、盗賊のリバーの三人と一匹。神殿の構造は左右対称……片桐さんの絵……

アテネ神殿の見取り図を描こうと、クローゼットから出る。

机の上に方眼紙を広げたとき、父が入ってきた。

「邪魔をしたかな？」

「なに？」

「いや、よかったら散歩に行かないかと……思って……」

「僕、したいことがあるんだ」

父は広げた方眼紙を見て、力なく笑った。「忙しそうだね」――それから机上に目を向けたまま、しばらく立っていた。「立派な定規があるなあ。サインペンやマーカーも。まるでデザイナーの机だね」

「片桐さんのバイトで買ったんだ」と、いささか得意になって言う。引き出しを開けて見せた。「なんでもあるよ」

「紙も豊富だ。前はノートと散らし広告だけだったね。机も広くなったし、ここに来て本当に良かった」

「うん」と言ったまま、なぜ、さっさと散歩に行かないんだろうと思う。さっき一緒にお昼を食べたときも、何や彼やと話しかけてきて、なかなか席を立てなかった。早く神殿図を描きたいと思う。

「子供は親を選べないからな」

「なに、それ」

「いや、片桐みたいな男の子供だったら、おまえも幸せだったろうな」

「どうしたの、いったい。別に不幸だなんて思ってないよ」

「こんな父親を持ってもかい?」

「思ってるわけないだろう。散歩に行けば。身体動かすと食欲も出るよ」

「そうだな、じゃあ、ちょっと行ってくるよ」

――「僕も行くよ」と、喉まで出かかったけど、やめた。神殿図だ。

★

日曜日、母は朝からうきうきとしていた。大学祭だ。

僕は両親と片桐さんだけで行けばいいのに、と思う。大学祭なんて興味もないし、残って物語を進めたい。あれほど手間取っていたのに、きのうから絶好調だ。話がどんどん湧いてくる。渡辺さんも居ないし、一人になったら捗るだろうと思う。

父は「夕方からの方がいいよ」と言った。「盛り上がるのは夕方から夜に掛けてなんだ」と。

「朝から夜まで、居ればいいじゃない」と、母は晴れやかに言う。今朝は頭痛も吹っ飛んでるみたいだ。「卒業してから一度も行ってないのよ。きっと変わってるでしょうね。楽しみだわ。誰かと会うかもしれないし」――そして、とうとうしびれを切らし、二階に上がって行った。でも、すぐに「弟さんの所に行くらしいわ」と、子供みたいに拗ねた感じで下りて来た。「『夕方から行きましょう』って」

バードの歌が始まる、九時までに帰ってこられるといいけど。

自室に戻り、キマも追い出し、クローゼットに入った。神殿図は描きかけだけど、とにかく物語だ。

ムーンたちは、神殿の最奥の部屋で、玉を掲げたアテネの像と向き合う。そこでもアテネの虚像と戦い、そして勝ち、結界の玉を手にし、打ち砕く！

揺れる神殿。叫びと哄笑が轟く中、王子スターが駆けつける。

「結界が破れた。おまえたちの仕業か」と、スター。そして互いにそっくりだと気付き、共に相手が偽者だと思う。ムーンとスターの戦い。無論、今まで戦ってきたムーンの方が強い。

スターがやられる寸前、実像となったアテネがスターを庇《かば》う。ニケたちも現れる。そこに大臣バードが駆けつけ、ムーンの顔と、首に下げたペンダントに気付く。

「あなたはムーン王子？　では、そこに居る娘はナジェージダか⁉」

父と娘の再会。大臣は語る。――「双子は不吉だ」という迷信が国を支配していた。そこでとりあえず、生まれたのは王子一人とし、ムーンを自分の息子としてナジェージダと共に育てていた。そこに悪魔サタンと、その軍勢が城を襲い、王を殺し、妃を攫ったという報。悪魔たちは大臣邸にも押し寄せて来たので、魔道士マクフェイトに救いを求めた……

アテネも語る。――城に残されたのはまだ乳飲み子のスター一人、結界を張って、悪魔たちを遮断するしかなかったのです。

「妃……僕の母は?」とムーン。

「たぶん、サタンの所に囚われて」とアテネ。

「助けに行きます」と、ムーンとナジャ。

「結界が破れた今、世界は魔物たちで溢れるでしょう」とアテネ。「おまえたちは魔法を知っている様子。魔物たちとも戦えます。そしてニケたちを倒し、私の影にも勝ちました。サタンを倒すこともできるかもしれない」

「私も、もう子供ではない。戦える」とスター。「私も行く」

「エメラルドの城と街は、私と大臣で守りましょう」とアテネ。

「マクフェイトたちも助けてくれると言った」とムーン。

アテネがムーンの言葉を遮る。「魔物たちの気配は感じるけど、ミストラルの気配は感じません」

「ミストラルに何か?」とナジャ。

「ミストラルに戻ってみよう」とムーン。

仲間にスターが加わり、これでメンバーが揃った。いよいよ本格的に冒険の始まりだ。これからフィールドやダンジョンで戦う敵は、魔物たちになる。いろんな魔物を考えないと。キマは魔物たちと話せ、倒した魔物を仲間にすることも出来るようにしよう。

母の声が聞こえ、慌ててクローゼットから出る。クローゼットの中にナイトテーブルを持ち込んでいることは、知られたくなかった。きっと『部屋だって広いし、立派な机もあるじゃないの』と言うだろう。「お昼よ」と、母は言った。

昼食の間、魔物たちを考える。最初は下級の魔物たち……精霊とか怨霊などだ。ウンディーネとかシルフ、ノーム、ゴブリン、グール……母は一人で浮かれていた。僕の反応など気にしてもいないから楽だ。この頃、浮かれたり、落ち込んだり、喜怒哀楽が激しい。父もなんだかぼんやりしているし、相変わらずろくに食べない。

「着替えるのよ」と言う母の声を後に、再び、クローゼット。

ムーンたちは引き返すけど、同じ道ではつまらない。近道があることにしよう。別の町と村、それに洞窟……

ミストラルに戻ると、そこは火の海、戦場と化している。戦いながら、マクフェイトの庵に戻るムーンたち。マクフェイトの姿はなく、悪魔たちをやっつけると、瀕死の魔道士の言葉。「マクフェイト様は、魔物たちを追って西へ」――ムーンたちも西に行く。西にはドラゴンの住む国、ドラゴネイアがある。海底トンネルだ。

ドラゴネイアでの戦い。そしてドラゴンの王よりペガサスを贈られる。アテネから貰った「金の手綱」を付けると乗れる。これからは飛んで、どこにでも行かれるようになるんだ。一気に世界を広げよう。

「聖」という父の声と同時に、部屋のドアが開かれた。息を殺す。忙しいんだ。「聖、居ないのかい？」——勝手に入ってきて……でも、またドアは閉ざされた。足音が消える。

「やったぞ！」と、胸中で叫び、万歳をした。途端にTシャツが落ちてきた。大筋は出来た！——後はサタンの居る鸚鵡《おうむ》貝《がい》のダンジョンまで、幾つかの町やダンジョン、エピソードを考えればいいだけだ。やったぞ！　そして最終決戦。鸚鵡貝のダンジョンだ。螺旋型に連なる部屋〳〵、部屋の一つ一つを迷宮にして、次の部屋に移るときにはワンランク上の魔物を出そう。地獄の王たちだ……ヴェパール、バラム、エリゴール、バエル、バフォメット、ベリアル、ベルゼブブ、ルシファー……ルシファーを倒すと母が救われ、そして最後の部屋には、魔王サタン……

「お帰りなさーい」と、母の声が響きわたる。片桐さんが帰ってきたのだ。僕はクローゼットから飛び出した。部屋はもう薄暗くなっている。

電気を付けたとたん、ノックもしないで、母がドアを開けた。

「聖！　まだ、そんな恰好をしているの。行くのよ」——母の支度は、もうすっかり出来ていた。目の覚めるような薔薇色のワンピース、きらきらと輝くネックレスにイヤリング、指輪、美しく化粧した顔……大学祭って、そんなに装って行く所だろうか……

「着替えるよ」と、母を締め出す。


何か、また揉めていると思ったら、直前になって、父が「行かない」と言いだしたようだ。ホールに出ると、母がむくれた顔で、リヴィングキッチンから出てきた。追ってきた父は、こざっぱりとした服に着替えていたが、顔色は真っ青だった。

「悪いが、どうも体調が悪いんだ」と片桐さんに言う。「三人で行ってくれないか?」

「大丈夫ですか」

「なに、寝ていれば直ると思う。留守番しているよ」

「お夕食、どうするの?」と母。

「適当に食べるから、気にしなくていいよ」

「僕も残るよ」と言った。大詰めだし、大学祭なんかより、家で書いてる方がよほどいい。

ところが父は「冗談じゃない」とへんに強く言った。「看病してもらうほど悪いわけじゃなし、留守番も一人で充分だよ」——きのうは妙にべたべたしたくせに、今は追い出すような口調だ。「楽しんできなさい。翔」と、小さい子みたいに僕の頭を撫でる。

びっくりした。『翔』と呼ぶなんて……片桐さんが、そう呼んでいるから?

「終っちゃうわ。行きましょう」と、母が肩に手を掛け、促す。

★

駅から出たときには、陽も暮れ、肌寒い感じさえしたのに、大学の門を入ると、凄い人だった。

さすがに中学校の文化祭なんかとは違う。豆電球やネオンサインまで付けたテント張りの模擬店や屋台が並び、辺りは人と、食べ物の匂いと、音楽で溢れていた。木立の間にひしめく立て看板には様々な催しの案内が書かれており、ガリバーの憧れている映画監督の講演まであるらしい。まだ間もあるから、電話をしてあげようかと思ったが、人並みに揉まれ、電話の所在も判らない。それに母は、一瞬の間も惜しいとばかりに忙しく目を泳がせ、はしゃいでいた。――昔より派手だわ、ねえ、あのお店、何かしら――私たちの頃なんて、せいぜいおでんに焼きそばくらいだったのに、見て、タイ、メキシコ、インドネシアって……エスニック全盛ね。凄いわ。校舎に入る？　グラウンドの方がいいかしら？　あら、焼きとり。いい匂い。聖、占いのお店まであるわ。占ってもらう？　片桐さん、あの人、小山さんじゃない？　ほら、同級だった、小山美樹。――声まで一オクターヴ上がっていた。まるで初めてデートをした女の子みたいだ……そんな意地悪な目で見ながら、僕自身、まだ女の子とデートしたことはない。こんな風にはしゃがれたら逃げだすかもしれない。それとも、片桐さんみたいに、ただ微笑で受け流すことが出来るだろうか?

片桐さんは威風堂々と、まるで王様みたいだった。ごった返した人並みまで、片桐さんには道が開かれるようだ。一歩進む毎に「先生!」と、嬉しそうな声が掛かる。——わあ、いらしてくださったんですか。先生、寄ってください。只でいいです。お味見してください。先生、先生、先生、先生——凄い人気だ。そして片桐さんに声が掛かれば掛かるほど、母まで片桐さん、片桐さん、と連発した。

母がぴったりと片桐さんに寄り添っているので、僕は二人の後に従っている。三人並んで歩くことなど、この人込みでは厚顔無恥でなければ出来ない。それに渋谷の雑踏のように無味乾燥だと気にもならないが、四方八方から「先生」と呼ばれ、尊敬と好奇の入り交じった視線を浴び続け、祭の熱気と高揚に支配された群衆の中を歩くのは疲れた。店々に置かれたカセットデッキから流れるてんでんばらばらの音楽に、喚声と人声が混じり合う。

模擬店の並ぶ小路を抜けると、グラウンドらしい開けた場所に出た。

片桐さんが「『ヴァルハラ・ウォーズ』ですよ」と、振り返る。

グラウンドの隅にまで達する、目も眩むような巨大な建物が燦然と建っていた。

骨格はジャングルジムのように組まれた鉄パイプで、一面に銀色の塩化ビニールが張られている。風に揺れ、歪み、きらめく鏡面状の壁面は、周囲の群衆をねじ曲げ、色の塊にして映し出していた。馬鹿馬鹿しいほど派手な建造物だ。上部には途轍もなく大きな字で「ヴァルハラ・ウォーズの世界にようこそ」と、赤いビニールテープで作られた文字が並んでいた。

「まあ、凄い大きさ。よく作ったわねえ」と母。

「大きいだけで、中はたわいないかもしれませんよ」と片桐さん。「入ってみますか?」

「入りましょうよ!」と、何なのか知りもしないで、母は声を弾ませた。

片桐さんが、最初に僕をここに連れてきたのは、僕を喜ばせようと思ったからだろう。片桐さんにしては無神経だな、と思った。どんなジャンルでも、知れば知るほど気難しくなるんだ、と僕は裡《うち》でつぶやく。門外漢は、ゲームを話題にさえすれば僕が喜ぶと思っている。でも『ヴァルハラ・ウォーズ』は嫌いだ。どれほど人気があろうと、嫌いだ。

それでも「入口」と書かれた大きな立て看板を目指して、母がさっさと歩きだしたので、後を追う形となった。片桐さんを見ると、浮かんでいた笑顔が消えた。僕の無愛想な顔に、僕の真意を読み取ったのだろう。「他に行きますか?」と聞いてくる。

「面白そうよ」と母。入口に着いていた。押し寄せるように人が入っていく。やはり人気があるみたいだ。

「入りましょうか」と、僕は言い、笑いさえした。何にしろ好意なんだ、と思いなおす。それに、どこに行こうと同じだ。

入口は小さく、芝居の書き割りのような岩が描かれ、通路の先は黒幕で隠れ、先が見えないようになっていた。洞窟のつもりらしい。

母が「お化け屋敷みたいね」と言ったとき、「先生!」と、高く声が聞こえた。

「先生、いらしてたんですか」と、片桐さんの前に立ったのは、夏、車を貸してくれた川田という人だった。両の手にビールの缶を下げ、母と僕を見て「やあ、こんにちは」と笑った。

「君も来てたの」と片桐さん。「一、二年生ばかりだと思っていたけど」

川田さんは「寺田さんも来てますよ」と言い、「いや、先生の研究室を……広いですからね、勝手に占領して騒いでるところで……」と、頭を掻いた。

片桐さんは笑い、「うっかり行っていたら、白けさせるところだったかな」と言った。

「とんでもない。大歓迎ですよ。ぜひ! そうだ……さっき、中野先生が見えましたよ。何か……メモを見たとか……」

「メモを置いたのはもう二週間も前ですけどね。中野先生もいらしてるとは……こんな日にね」

「資料を取りにこられたとか……それにあっちはいつもよりひっそりとしていますよ」

「まだ、居られるかな?」

「と、思いますけど……いらしたのは、ついさっきですから」

「そう……」と片桐さんは、ちょっと考えるように地面に目を下ろし、川田さんは「じゃ、先生。研究室にも寄ってください。主《あるじ》にいらしていただければ、僕らもおおっぴらに騒げますし」と、またにっこりと笑って頭を下げた。

川田さんが行ってしまうと、片桐さんは母に「中野先生、覚えてますか？」と聞いた。

「ええ、三年から木原がついた先生でしょう」

「そうです。ひょっとしたら木原君の職……いや、まだ、何とも判りませんが、ちょっと会ってきますよ。何しろ、同じ職場なのに、めったに会えませんからね」

「すぐ戻るから楽しんでいてください」と、『ヴァルハラ・ウォーズ』の出口で待ち合わせることにして、片桐さんは足早に去っていった。

「聞いた？　聖。おとうさんの『職』って、言ってたわよね」

「その後は『何とも判りませんが』だったよ」

「でも、可能性はあるのよ」と母が目を輝かせる。「さ、入りましょう。面白そう」

続々と人が入っていく岩屋からは、耳を聾するばかりに『ヴァルハラ・ウォーズ』のテーマ曲が流れていた。気楽に入っていく学生たちに、僕たちも続いた。

書き割りの岩を潜り、縦に切り込みのある黒幕を抜けると、張りぼての洞窟になっていて、所々に『ヴァルハラ・ウォーズ』のキャラクターたちが居た。結構巧く出来ている。さすがに美術大学だな、と思いつつ次の黒幕を抜けると、今度は一面に外壁同様、塩化ビニールの張られた迷路だ。通路は人の横をすり抜けるのがやっとという狭さなのに、鏡状のビニールは人を映し、同時にビニールの向こうを歩く人の姿もぼんやりと映して不思議な空間を作っていた。母が「怖いわ」と笑う。ビニールのあちらこちらにも縦の切れ目が入り、あらゆる方向に行けるようになっていた。突然人が消え、突然現れる。目眩を起こしそうだ。僕らも切れ目を抜け、ぎらぎらと輝く塩化ビニールに目を瞬き、右に、左に、前にと歩き回った。母の姿があちこちに踊り、僕も二人になり、三人になり、無限に連なり、歪み、消え、また現れる……凄いや、と思う。鸚鵡貝のダンジョン、最後の部屋もこうしよう。鏡の部屋の迷路だ……そして魔王サタン……突然サタンに取り巻かれるんだ。何人ものサタンに……「聖」と母の声……前の部屋で助けた妃が、本物のサタンを指摘する。鏡が一斉に崩れ、地獄の風景になる。炎と溶岩の海、切り立つ岩山にサタン……マクフェイトが居る！　「おとうさん！」と叫ぶムーンとナジャ。マクフェイトは哄笑する。「愛しい子らよ。よくぞ来た。結界を崩し、スターまで連れてな。これで、おまえたちを育てた甲斐があった。本当のマクフェイトは、十四年前に私の手に掛かって死んでおる。ここで、おまえたちも死ねば、世界は我が手に……」

——出来たじゃないか！　そうだ、鏡の部屋だ！

突然、暗い木立が目の前に現れた。ビニールの幕を抜け、グラウンドの隅に出ていた。母がいない。振り返ると、ビニールの向こうに人々が蠢いている。突っ立っていると、右からも左からも人が出てきた。洞窟の後の迷路は、端が全部出口になっているんだ。

また中に入ると、映っている僕と向き合った。そして人、人、人……虚像と実像……薔薇色はどこにも見えなかった。すぐに後戻りして外に出る。出てくる人の中に薔薇色のワンピースはなかった。

母とはぐれてしまった……

僕は建物の周囲を回ってみた。建物の三方が、塩化ビニール張りで、それぞれ出口になっていた。入口は一つなのに、三方すべて出口……これじゃ、片桐さんとも会えないじゃないか。適当な所から中に入ると、音と人の波……中で捜すのは無理だ。母もいずれ出てくるだろう。僕はとにかく建物の周囲を歩き続けた。ラフな恰好の学生ばかりで、母のように装った者は少ない。すぐに見つかるはずだ。

三たび入口を通ったとき、「木原君」と聞き慣れない声に足を止める。

「木原君でしょ？」と、女の人が僕を見つめていた。「じゃ、片桐教授もいらしてるの？」

ショートカットの髪に白い長袖のブラウス、茶のタイトスカート、大きな紙袋を抱え……学生ではないみたいだ。

「ごめんなさい。夏に教授の家にお邪魔したときにね、君を見かけたのよ。私は教授に付いてる寺田敦子。教授も一緒？」

「いいえ、中野先生の所に行きました」

「中野教授の所に？　それで君は？」

「あの、ここの出口で会うはずだったんですけど、はぐれてしまって。母とも……」

「あらあら」と笑われる。嫌な笑い方……もう、何も言うまいと思う。

「おかあさまもご一緒だったの。おとうさまは？……ここじゃ、しょうがないわね。ごった返してるもの。とにかく片桐教授ね。中野教授の所に行きましょ。こっちよ」

一瞬、迷ったけれど、付いていった。迷路から出て、既に三十分は経っている。とりあえず片桐さんに会えば、校内の様子も判るだろう。

校内に入り、喧騒と遠く離れ、中野教授の研究室は嘘みたいにひっそりとした廊下の果てにあった。でも、部屋は暗く、人影もない。

「いらっしゃらないわ」と、寺田さんは言った。「片桐教授の研究室に来てみる？　いらしてるかもしれない」

川田さんの言葉を思い出して付いていった。校内も立派な迷路だ。先を歩くのは鬼女セイレーン、冥界への導き手……「無口ね」と鬼女は嘲笑った。「ちらっと見かけただけの君に、なぜ気付いたか判る？　毎日、見てるからよ」

意味不明の言葉の後に、鬼女は声色を変えて「ただいま」と言った。

かなり広い部屋だった。円卓を酔っぱらった男女が七、八人、囲んでいた。林立した缶ビールの向こうで寝ているのは川田さんだ。

「ホットドッグ、買ってきたわ」と寺田さんに変身した鬼女が言う。「片桐教授、見えた？」

「教授？　いらしてるの？」と、黄色と緑に髪を染め分けた女の人が顔を上げる。「最高！」

「ここにはいらしてないみたいね」と、寺田さんが振り返った。

「判りました。僕、グラウンドに戻ってみます」

「そう……教授に会ったら、研究室にいらしてくださいって、寺田が言ってたと伝えてちょうだい」

会釈をして、部屋から出ようとしたとたん「待って」と言われる。「ちょっと来て」

返事も待たずに、寺田さんは部屋の奥に歩いていった。強引だ。円卓の方を見ると、僕たちの方にはまったく無関心に、飲食と話で盛り上がっていて、こっちを見ている人もいない。仕方なく、僕は寺田さんの方へ行った。

円卓と壁で仕切られたところに立派な机があり、壁には片桐さんの絵が何枚か立てかけられて在った。家で観た昔の作品以外、本物を観るのは初めてだ。印刷されたものと随分違う。色が力強く輝いていて、凄い迫力だった。こんな激しい絵だとは思いもしなかった。穏やかな片桐さんと結びつかない。寺田さんが、机上に積み重ねられたスケッチブックを一冊取り出し、広げてみせた。

「ね、木原君に気付いた訳が判ったでしょう」

僕の顔……寺田さんがぱらぱらと頁を捲る。茶のコンテで描かれたもの、鉛筆、ペン、パステル……全部、僕の顔だ。今みたいに眼鏡を掛けたものまである。

「片桐哲哉、唯一の具象画よ。信じられないわ。貴重品ね」——寺田さんは、開いたままの頁を僕に突き出した。「アドニス君、眼鏡取ってくれる？　ちゃんとお顔見たいわ」

「戻ります」と、僕は言い、足早に部屋を出た。モデルになんか、なったことないのに……出口に時計があった。もう八時過ぎだ。やはり来なければよかったと思う。

グラウンドに戻り、また建物の周りを回ってみる。片桐さんにも母にも会えない。建物の横はステージが組まれ、大音響の中、ダンスが披露されていた。どこもかしこも人で溢れている。ダンスがブレーキングから、ロッキング、ヒップホップへと変わっても、僕は一人だった。再び『ヴァルハラ・ウォーズ』の入口に戻り、そして模擬店の方へと行き、空腹に気付き、ハンバーガーを買って校門から外に出る。

片桐さんと母……二人で楽しんでいるのかもしれない……という想いが脳裏を掠めた。いや、二人とも、捜すのを諦めて帰宅しているかもしれない……どちらでも構わない。帰って、忘れないうちにノートに結末を書くんだ。サタン……マクフェイトとの決戦を……それから、遅くなるけどバードの歌を聴きにいこう。

★

渋谷に着いたのは、九時過ぎだった。まっすぐバードの所に行こうかと迷ったけれど、一旦、帰ることにする。

戸を開けたとたん、へんに生臭い異臭が鼻を突いた。

キマが文句を言いながら駆け寄ってくる。「そそうしたのかい?」と、キマを抱き上げ、父だ！　と、気付いた。具合が悪いんだ。また、あげて……キマを床に下ろし、寝室に走る。

「おとうさん」——寝室は空っぽだった。そしてリヴィングも。誰も居ない。どこも電気ばかり耿々《こうこう》と点いたまま……無人だった。

テーブルには夕食の跡があった。水の入ったコップと、野菜炒めの残った皿だけ。近寄って足が滑った。足を持ち上げると、スリッパから緑色の糸が引いた。足下に緑色の吐瀉物が広がっていた。異臭がまた立ちのぼる。吐瀉物は洗面所の前にもあった。

「おとうさん！」と洗面所の戸を開けた。そして浴室……

浴室で、吐瀉物にまみれ、胎児のように身体を丸めて父は倒れていた。

何度呼んでも目も開けない。胸に耳を当てると微かに心臓の鼓動は聞こえる。身体は冷えていた。とても……こんな冷たい身体……どうしたら……電話が鳴る。母かもしれない。足が震えて、巧く歩けなかった。玄関ホールに行き、電話に出ると騒音と共にガリバーの声が耳に飛び込んできた。

「ルシ？　ルシなの？　ルシ、きょうは来ないの？」

「おとうさんが、倒れて……動かないんだ。死にそう……」と言って、自分の言葉に驚いた。死にそう……まさか……

「なんだって……ルシ、救急車は呼んだの？」

そうだ、救急車……すぐに電話を切って、ボタンを押す。救急車……救急車……救急車を呼ばなきゃ……


救急車が着いたのと、バードたちが来たのは、ほとんど同時だった。

父は担架に乗せられても、ぐったりとしたままだ。

バードに肩を抱かれて救急車に同乗する。

ガリバーが自分の携帯電話をバードに渡した。「俺とミドラでここに残るよ。病院に着いたらミドラに電話してくれ」

★

医者が「何を食べたんです?」と聞く。そんなこと知らない……
母が来て、片桐さんが来る。僕たちは廊下で待つだけ……父の容態は判らない……

二十七

木原が死んで、英子は気が狂い、翔は壊れた人形のようになってしまった。木原の死因はアコニチン中毒と判明。意識も戻らぬまま、明け方に逝った。食べ残しの野菜炒めは香辛料以外、全て鳥兜《とりかぶと》だったらしい。「葉、茎、根」と、医者は呆れたように言った。「残された量だけでも、十人は死にますね」

庭の鳥兜は、あの夏の騒ぎの翌日、綺麗に抜かれていた。抜いたのは木原だ。抜いて、保存していた……死ぬために……渡辺さんが得々と解説した言葉を思い出す。毒性よりも花を愛で、『綺麗ですね』などと気楽に言っていた自分が悔やまれた。あのとき、既に木原は死を想っていたのだ。私の庭だ。あの場で私自身が抜き、処分すべきだった。

英子は「私のせいよ」としか言わなかった。「私のせいよ」と叫び、「私のせいよ」と泣き、「私のせいよ」と呻《うめ》く。ヒステリー症状と放心状態を繰り返し、「頭が痛い」とうずくまる。渡辺さんに住み込んでもらい、付き添わせるしかなかった。やはり惚けたような翔から、ようやく英子の勤め先を聞き出し、しばらく休職させてもらうようにする。

葬儀は木原家の墓のある、世田谷の寺で行った。

列席者は、あの日、駆けつけてくれた翔の友だち三人と、その母親が一人、それに翔の担任だという、まだ若い女性教師、それに西沢が知らせた美大時代の仲間が数人、親族は英子の兄夫婦だけという淋しい葬儀だった。英子はここでも列席者に「皆様、私のせいなんです」と、泣き、笑い、呻いた。

夫を突然失った哀しみが判らないわけではない。だが、完全に常軌を逸していた。

翔はまったく口を利かなくなった。ひたすら英子に付き添っている。

日曜の夜、街に出ることもなくなったし、世話になった友だちからの電話にも出ないそうだ。渡辺さんの話では、四六時中、英子の身体に触れ、英子が手洗いや浴室に行くときまで、付いていって、外で待っているという。

「可哀相ですね」と木原家に冷たかった渡辺さんまでがしんみりと言った。「英子さんは泣いたり騒いだり感情のままに発散していますけどね、聖君はあの歳で、堪えてるんです。もう、おかあさんしか目に入っていないという感じで、英子さんの傍にぴったり付いて……寝るときまで、一緒に寝ているんですよ。赤ん坊をみる母親みたいに、英子さんの頭を撫でたり、肩を抱いたり、母子が逆になってます。まるで母親まで死んでしまうのではないかと恐れているみたいですわ。私には全く口を利かないけど、英子さんには四六時中『おかあさん、おかあさん』って、『聖だよ。聖が付いてるよ』って囁いて。自分だって辛いでしょうに、あの子なりに必死で母親を立ち直らせようとしているんですよ。英子さんもショックだったでしょうけど、早く立ち直ってもらわないと……見ていてやりきれませんわ」

私の出る幕などなかった。

母が他界したときの弟を思い出す。哲郎はまだ小学生だった。翔より幼かった……母は癌だったが、哲郎は何年も立ち直れず、性格も変わったように思う。不可抗力の病気でも、残された者は諦めきれない。自殺では、もっとやりきれないだろう。そのうえ母親まであの状態では。翔……君を見ているのはつらい。

昔……哲郎を見ているのもつらかった。あの頃の哲郎を思うと、小さな背中しか思い出さない。

部屋の隅で膝を抱え、常に私に背を向けていた哲郎……家族も日常も、世界そのものを拒否していた哲郎……そういえば、木原が逝ったのは、吉祥寺の哲郎を訪ねた日だった。

男三人が狭い部屋に犇《ひし》めき、昼過ぎだというのに皆が寝ていた。

寝起きの顔でむさくるしい不精髭もそのままに私を迎えた哲郎の友人……部屋に通されると、机の下の寝袋の中で哲郎はまだ寝ていた。友人がたった今まで寝ていたソファーから寝具を無造作にまるめて部屋の隅に放り、私の坐る場所を作ってくれた。

八畳間に机が三台、コンピューターの機器がその机を占領し、床には配線がとぐろを巻いて歩くのにも容易ではない。起こされ、机の下から這いだしてきた寝ぼけ面の哲郎と、隣室の四畳半から現れたもっさりとした、これまたむさくるしい男……これが、会社の設立メンバー……テレヴィ・ゲームのソフトとやらを創ろうとする男たちだ。だが、インスタントの珈琲とポテト・チップスの歓待を受けながら、聞いた話は楽しかった。

それは「夢」を素直に「夢見ること」のできる、羨むべき人種の集団だった。いや、今更彼らを羨むことが何になろう。世界が幻だと知ってしまった私は、もう彼らのように夢を見ることはできない。幻を幻と認識した上での幻への愛しか私には残されていないのだ。

「知る」ことが幸福なのか不幸なのか、それは「知」への問いとしてあるだけで、私には判別できない。そして同様に彼らの世界への姿勢を問うことも、できないことだ。夢見ることのできる幸せな者たち……と、敢えて傲慢に私は思った。君たちに投資しよう。それは私のシメール、翔への投資となるだろう。君たちの夢が叶い、ゲーム・クリエイターへの道が開かれんことを……それは同じく夢を素直に抱《いだ》いている翔が、己が夢を実現することの出来る、極めて身近な場所を作ることとなる。

彼らが熱く語るゲームの世界……それが完成したとしても、多分、私にとっては何の興味も引かぬ……面白くも何ともない世界だろう。だが、翔の世界を実現できる場として、弟の会社が成り立っていけば……それは翔の……私の絶望とも、悲しみとも無縁な笑顔を……私のささやかな助力で引き出すことができるのだ。

私は寛容なパトロン役を引き受け、弟は信じられぬような歓喜の笑顔を私に向けた。

その笑顔に翔の顔が重なる。

★

木原の死から一月半ほど経った十一月始め、大学へ行こうと、ホールに下りると、渡辺さんが「今日は英子さん、お買い物に出られたんですよ」と言う。

「買い物に出た……」と、鸚鵡《おうむ》返しに言ってしまった。「一人でですか?」——泣きわめき、放心し、惚けたように着替えすらろくにしていなかった英子が、買い物に出られるなど信じられなかった。しかも、まだ朝の十時だ。

「ええ、朝、私がお部屋に伺ったときには、もう着替えてらして『お買い物に行かなければ』って。出勤のときによく着てらした茶のスーツで、お化粧も少しなさってましたよ。髪も綺麗に……とは申せませんけど、ご自分で整えられたようですし、『買いたいものがあるの』って、ご機嫌で、私や聖君が何を言っても『一人で平気』って……さっさと出ていってしまいました。それがまだ八時前なんですよ」

「あの子は？」

「門まで付いて行きましたけど、追い返されてしょげて戻ってきましたわ」と、渡辺さんは翔の部屋に目を向けた。いつもキマの為に僅かに開けられている戸は、ぴったりと閉まっていた。しんとしている。

「何かあったら電話をください」と家を出る。


その日一日、英子のことが気になった。きのうまでの英子を想えば、一人で街中に出られるような状態とは思われない。だが、家からの電話も入らずに教授会も終え、私はそそくさと家路についた。


英子は帰ってきていた。出迎えた渡辺さんの「また泣いてます」という言葉も気にならなかった。無事に戻ってきたのだ。家でなら、泣こうがわめこうが、気のすむまで好きにするがいいと思った。

「その気になれば、外出もできるし、戻っても来られるようだし、少しはよくなったのでしょう」

「でも先生」と渡辺さんは寝室の扉をちらちらと眺めながら、声を潜めた。「何を買われたと思います？　朝から夕方まで出掛けて……ピンクの透き通ったネグリジェですよ。『綺麗でしょう』って、私や聖君に見せたあと、またおいおい泣きはじめたんです」

突発的な外出は一回きりで、英子はまたヒステリックな状態に陥った。

★

ところが、それから三日後、英子は突然平常に戻った。

急に書斎にやってきて、「ご迷惑をかけました。もう大丈夫です」と婉然と微笑んだのだ。さっぱりとした顔だった。以前のように、髪は綺麗に整えられ、服装もきちんとしている。私は付いてきた翔に目を向けた。母親を見つめるだけの眸《ひとみ》からは、何も読み取れなかった。

「そうですか」と、私は半信半疑のまま英子に応えた。「よかった。あなたまで身体を壊しては大変ですからね」

「もう大丈夫です」と、英子は繰り返した。「聖が居るのに、私一人で取り乱してもいられませんわ。本当にご迷惑をおかけしました。葬儀も……ろくに覚えてもいませんけど……何から何までお世話になってしまって」

「出来ることをしただけですよ」

「世田谷のお寺でしたわよね？　列席してくださった方、判ります？　すみません。本当に思い返しても、よく判らなくて……」

「名簿も、香典も、渡辺さんに預かってもらっていますよ」

「そうですか。四十九日もあるし、お香典返しも考えなければなりませんしね」と、英子は事務的に言った。きのうまでの彼女からは想いもつかない豹変ぶりだ。元に戻ったと思えば安心だが、不安の方が先立った。

「明日から、勤めにも出ますわ」と、英子は平然と言い、会釈をして出ていった。

翔は、私には目もくれず、英子の後を追う。


夕食時、渡辺さんに「英子さん、どうですか」と、聞いてみる。

「突然、しっかりされて……」と渡辺さんも呆れたように応えた。「午前中にお電話があったんですよ。また泣いてましたから、お取り次ぎしてよろしいかどうか、迷ったんですけどね、『K病院』と、いうものですから、ご主人が亡くなられた病院からでは……と思いまして……でも、お電話に出られて……お部屋に戻ってからは今度は放心したみたいにじっと黙り込んだままでいらしたんです。それが突然『あら、渡辺さん、どうしてここに？』って、初めて気がついたみたいに、あっけらかんとおっしゃるんですからね。呆れましたよ。それから、つっと立って、鏡台に歩いていったと思ったら『まあ、酷い顔』って……聖君を振り返って『おかあさん、酷い顔ね。お化粧もしないで。

それに服も』って……すっかり元に戻ったようにけろっとして動き始めるんですからね。この間外出されたときと違って、お顔もしっかりしてるし。びっくりしましたよ、あんまり急で。『お夕食も、もう自分で作れますから』って、てきぱきメモを書いて、聖君にお買い物に行かせ、お香典のいただいた額を数えているんですよ。もう、私が付いていなくても大丈夫そうですよ。追い出されましたし」

K病院……木原が収容された病院ではない。民間の総合病院だ。その電話が、英子を正気に戻したのかどうかは判らなかったが、このまま元に戻ってくれればそれに越したことはない。

「二、三日、様子をみましょう」と、渡辺さんに言った。

翌日、英子は言葉通りに勤めに出た。まるで憑き物が落ちたようだ。

そして、あの狂乱の日々など、なかったかのように、彼女は以前の生活に戻り、渡辺さんもまた通いになった。

翔は英子に付き添うことはなくなったが、書斎に来なかった。学校にも行ってないようだ。

書見台の下から部屋を覗いてみると、キマを抱いてぼんやりとベッドに横たわっているか、クローゼットの中に閉じ籠る。あるいは手にしたナイフの（あんな物を持っていたとは知らなかった）刃を出したり、引っ込めたり、取り憑かれたように何十回も繰り返す。かと思うとコンパクトを開いて化粧をしていた。化粧は仮面のように、濃いものになっていった。

英子は悲しみを思う存分、撒き散らして元に戻った。だが、翔は裡《うち》にこもるだけだ。友だちとも会おうともしない。私は翔が心配だった。だが、部屋にまで押しかけて、慰めることなど出来そうになかった。やっと親しくなり始めたばかりの私に、どうやって父親の死を癒すことなど出来よう?

それに、私は木原の死を哀しむより、むしろ、怒りを覚えていた。

確かに彼は失業し、体調も崩していた。夏の終りから秋にかけての言動を思い返してみても、滅入っていたことは判る。だが、それくらいで妻子を置いて自殺するなど、余りにも無責任ではないか。翔のような子を残して、自分だけ人生から逃げるなど、勝手すぎるというものだ。しかも、高々一月半の失業で……死のうと思うより、なぜ、体調を整え、仕事をさがし、何とかやっていこうという気持ちになれなかったのか。思えば思うほど、死者を悼むどころか、罵倒の言葉しか浮かんでこない。私は心が狭いのだろうか? 同じ打撃を受けても、それを乗り越える人間と、潰される人間が居ることとくらい充分承知している。だが、部屋に籠った翔を見ていると、やはり怒りしか覚えなかった。うっかりすれば、二人の前ですら、その夫を、その父を、罵倒しかねない心情だ。黙って見守ることしか出来ない。

四十九日の法要も、納骨も、見違えるばかりに毅然とした英子が、立派に喪主を務めた。そして、この頃の翔は、テレヴィ・ゲームばかりしている。

少なくとも、腑抜けたようにベッドに寝ていたり、ナイフの出し入れよりは増しだと思う。

★

★

十二月も半ば近くになると、何ということもないのに「忙しさ」が世間を支配する。

だが、それも外の世界……私も英子も喪中の身、とりたてて正月の支度をするでもなく、家内はむしろ英子が平常に戻ったことで落ち着きを取り戻したように見えた。束の間……

「片桐さん！」と、翔の掠れた声に跳ね起きた。

書斎の角に翔が立っていた。動揺している。「母が……」と言う言葉にようやく立ち上がる。私も動揺していた。姿が見えないので、クローゼットに入っているとばかり思っていたからだ。それに足音も聞こえなかった。

書見台の下の覗き孔の蓋が開いたままだった。翔の所からは見えないだろうと思うが、急いで傍に行く。「どうしたの？」

「頭抱えてうずくまったままで、顔色が真っ青なんです……」――聞きながら、翔と一階に走った。

英子は寝室の床にうずくまっており、顔を上げたところだった。顔色は翔の言ったように真っ青で、汗が伝っていたが、何かぼんやりとした表情で、苦痛の色はみえなかった。

「どうしました？」

「ああ……」と、言ったまま英子は私を見たが、そのときになって、ようやく両腕を頭から離した。「別に何でも……」

「何でも……という状態じゃないでしょう」――床にコップが転がり、水が零れていた。

翔が新たに水の入ったコップを持ってきた。差し出された掌には錠剤が三粒乗っていた。

「何ですか？　その薬は」

翔が鎮痛剤の名前を言う。

「薬より医者を呼んだほうがいい」と私はホールに出た。

「治りました」と背後から悲鳴のような英子の声が飛んできた。「もう何でもありませ

いた顔色は酷すぎた。

「医者などいらない」と言い張る英子を無視して、私は坂下の医院に電話を掛けた。昔から世話になっている松村という六十過ぎの医者である。単なる頭痛にしては、汗の浮いた顔色は酷すぎた。

日曜日だったが、松村医師はすぐに来てくれた。

寝室に案内し、隣のリヴィングキッチンで翔と控えることにする。

「おとうさんが亡くなられてから、何度か『頭が痛い』と言っていましたね」

「前からです」

「前から?」

「ええ、でも、こんな酷い感じは初めてで……ありがとうございます。お医者さんを呼んでくれて」

「『前から』って、いつごろから?」

「今年の初めくらいから。『病院に行った方がいい』って、父も僕も何度か言ったんです。でも『勤めがあるし、休めない』とか、『単なる偏頭痛だから』って。それに『薬を飲めばじき治る』って」――翔は飲み物にも手を付けず、俯いたまま口を閉ざした。

楽しい話題ではなかったが、木原が逝ってから、初めて翔と二人きり、そして話もした。元から骨格を露《あらわ》にした薄い皮膚だったが、前よりなお頰が落ち、顎が尖っていた。

白い蠟のような肌に、臥せた眸《ひとみ》の睫毛が影を作り、痛々しくも美しい。「大したことがなければいいが」と、私はつぶやいたが、翔の反応はない。「『K病院』って、聞いたことありますか？」――翔は顔も上げずに、ただ首を振った。

松村医師は「偏頭痛だと思いますがね」と口を切った。「今はもう何でもないみたいだし……ただあの歳にしては血圧が高いですね。往診で診られるのは限られているし、家《うち》も大した設備はないし、一度きちんと大きな所で診てもらった方がいいでしょう」

翔が「大きな所って……」と不安気に顔を上げた。

「内科と脳外科のある所だよ」と、松村医師は優しく翔を見た。「ＣＴスキャンとかＭＲＩとかの装置のあるところでね、診てもらえば安心だ。頭の中を縦横自在に輪切りにして診ることができるんだよ。なあに、大丈夫。とことん診てもらった方が、君だって安心だろう？」

英子がすっきりとした顔で現れ、三人で松村医師を送り出す。

「本当に、もう何でもないんですよ」と英子は繰り返した。「お薬もいただいたし、疲れが溜まっただけ」

「でもきちんと診てもらった方がいいって、先生は言ってたよ」と翔。

「大丈夫よ。ほら、もう痛くも何ともないんだから」

「この間、『K病院』から電話が入ったそうだけど」と、私は言ってみた。

「あら、渡辺さんって、掛かってきた電話先まで告げ口するんですか」

「いや、告げ口などではありませんよ」と、私は慌てて言った。「あのひとも心配しているんです」

「歯科に……」と、英子は怒ったように言った。「行っただけですわ。保険証を忘れてきただけ。ね、もうお仕舞。ご心配を掛けました」と、ぺこりと頭を下げる。「すっかり治りましたから」——上げた顔は笑顔だった。

私は久しぶりに夕食を誘ってみた。翔が横に立っている。このまま離れ、書斎に戻る気にはなれなかった。

「まあ、着替えなきゃ」と英子は浮き立った声を上げた。「おしゃれして、お化粧も……聖も着替えなさい。片桐さんに戴いた素敵なシャツがあったでしょう」

ばたばたと英子が寝室に駆け込んだ後、私は翔に囁いた。「今度、またきょうのようなことがあったら、すぐに救急車を呼びなさい」

「救急車⁉」と、翔は顔を歪めた。父親のときを思い出したようだ。

「否応なく、病院に入れる手段ですよ」と、私は笑ってみせる。「皆で担ぎ込んでしまえばいい」

翔の顔にゆっくりと笑みが広がる。花開くような久々の笑顔。「そうですね！」

二階に上がろうとした私を翔は呼び止め、もう一度「ありがとうございます」と言った。

翔がまた身近に感じられた。階段を上がりながら英子に感謝する。

★

翌日はテレヴィ局の後、懇意の画廊主と会った。

隔年毎に個展を開いていた所で、今秋も開催年に当たっていたが、今年は五月に取り止める趣旨を話していた。一年ずらして来年の秋となったが、画廊主は雑談の合間〳〵に、制作状況に探りを入れてきた。奈津子の死、翔との出会いで、制作は三月以降、中断したままだ。元々迷いながら進めていた制作に、もはや意欲は失われ、私はひたすら鑑賞者になっていた。薫る花の鑑賞者……画廊主の顔を見ながら、画風を一変させ、翔をモデルに具象画の個展を開いたらどうなるだろうと夢想する。それも、もっとも古典的な画法でだ。具象から抽象に移行する画家は多いが、その逆は知らない。――翔のような吐息が出た。馬鹿げている。何もかも……制作に疑念を持ちながら、G大教授、画家という肩書きにつられて、描き続けてきたこと自体、馬鹿げている……

反応の鈍い私に、とうとう画廊主が言った。「いや、突然奥様を亡くされて、さぞお辛いことでしょう」

奈津子を思い出すことなど、滅多にない。それでも「まあ、描き始めています」と、私は傷心の夫をいくらか演じて応えていた。まったくの嘘を。

作家の良心など、何程のものだろう？　私の絵は世間に歓迎されているではないか。達し得ない、という思いとは別に、とにかく精一杯描いてきたことは確かだ。成功した肩書きを捨てる気には、まだなれない……俗物……

六時過ぎに帰宅。ホールに入り、階段に足を掛けたところで英子に呼び止められた。英子はドアの開かれた翔の部屋の中に居た。やはり勤めから帰ったばかりのようで、スーツ姿だ。

「聖を見ませんでした？」と聞いてくる。

「いいえ」と私は部屋の前まで行った。「きょうはどうです？　具合は」

「なんとも」と、英子は小首を傾げて晴れやかに言い、そのまま子供のように手招きした。

越して来た日以来、翔の部屋に入ったことはない。躊躇《ためら》ったが、英子が動かないので、足を進める。

驚いたことに、英子は私が部屋に入ると、後ろに回ってドアを閉めてしまった。「こんな時間に、あの子、どこに行ったのかしら？」——そう言って振り返ると「渡辺さんに聞かれたくないの」と、微笑む。

「何をです？」と言いながら、私は部屋を眺め回していた。

上から覗いていたときには見えなかったシュヴァーべの『詩人とミューズの結婚』の絵が庭を望む窓の横に掛けられていた。クローゼットの横の棚には本とテレヴィ・ゲームのソフトが同じくらいの数、並んでいる。下段にはゲームの機械らしき物が三台、キマに似たぬいぐるみが一つ――これはここに来てから買ったようだ――机の上にはテレヴィ以外、何もなかった。男の子の部屋とは思えぬほど、さっぱりと片づいていた。だが、住む者で、こんなにも雰囲気が変わるものかと思えるほど、翔の薫りに溢れていた。

「こんないいお部屋をいただいて、聖も幸せですわ」

英子を忘れていた。「少々陰気な部屋ですけどね」と応えながら、英子を見た。と、同時に翔はクローゼットの中ではないか⁉　と思いつく。英子なら、ノックもしないで部屋に入ることもあるだろう。翔は出そびれて、中で息を殺しているのではないだろうか？　クローゼットの戸はしっかりと閉まっていた。だが、戸の向こうに翔の居るような感じは消えない。

「お話なら、お宅のリヴィングか、上の書斎に行きましょうか」と言ってみた。「書斎には掃除以外、渡辺さんは入りませんから」

「私……」と英子は言い、目を逸らした。ドアに寄り掛かったままだ。「いえ、つい、ご好意に甘えて、木原の逝った後まで、ずるずると過ごしてしまいましたけど……そればかりか、取り乱して醜態も晒《さら》して……」

「考えてもいなかったことだし、誰でもおかしくなりますよ」――英子が何を言おうとしているのか、判らなかった。クローゼットが気になった。

「本当にご迷惑を掛けました。葬儀までしていただいて」

「友人として、出来ることをしただけです。気にしないでください。上に行きましょうか？　お茶でも……」

遮るように「木原の逝った後まで……」と、英子はまた繰り返し、動かなかった。

「私と聖がご厄介になっているのは、ご迷惑でしょう？」

「とんでもない」と私はすぐに否定した。何を言いだすのだ。出ていくとでも？　翔を連れて……とんでもないことだ……「厄介などとはとんでもない」と、繰り返す。「それにきちんとお家賃も戴いているし……いや、ご負担のようでしたら……」

「そういうことではありません」と、英子は声を荒らげた。「一階、二階で分かれているとは言っても、一軒の家ですわ。木原の居たときなら、まだしも……私と聖だけで、ここで暮らすというのは、片桐さんにご迷惑が掛かるような気が致します」

唖然として英子を見た。翔がこの家から居なくなるなど、もはや考えられない。

「奥様を亡くされた男と、夫を亡くした女が、一つ家に住んでいるとなると、いろいろとつまらないことを言われるでしょう。私はどうということもありませんけど、片桐さんは地位も名誉もある著名な方だし……」

「冗談じゃない」と、今度は私が遮った。「世間を気にするなど、あなたらしくもない。聖君と二人で、どこに行こうと言うんです？　木原が逝ったばかりで、あなたの体調だって思わしくないというのに。ひとがどう見ようと構わないじゃありませんか」

「私……」と英子は私を見つめ、ふいとドアから身を離すと私の前を横切り、窓の方に歩いて行った。そして『詩人とミューズの結婚』の前に立つと、絵を見たまま言葉を続けた。

「私自身が辛くなって、こんなことを言いだしたんですわ」――そして振り返った。

「あなたを愛しています。学生のときからずっと。あなたに言ったときから、ずっと……そのまま……」

呆気に取られて、私はただ英子を見つめていた。学生のとき……言ったとき……忽然と思い出した……まさか……「まさか……冗談だと思っていましたよ。事実、あなたはすぐに木原と結婚した……」

「振られたからよ。振られて……そのまま惨めに居ることなど出来なかったから……馬鹿だったわ。あなたに見せつける為に、木原と結婚したの」

クローゼットの中から、音が聞こえたような気がした。冗談じゃない。翔の前で……木原が逝ったばかりだというのに……何を考えているのだ……

英子の眸は狂っているようには見えなかった。「あなたはあの頃から既にスターだった。女友だちも沢山いたし、私にも言ったわね。『友だちとしてなら……』って。でも、耐えられなかったの。そんな言い訳。私にも多少の自負はあったし、あの頃だって、あなたには無視されていたけど、何人も交際を申し込まれたわ」

「綺麗……いや、今もお綺麗だけど、あの頃もクラス一の美女でしたからね」

「でも、断られた。男の人に、『付き合ってください』なんて言ったのは初めてだったわ。どれだけ思い切って話したか……馬鹿ね、自惚れてたの。でも、あなたには奈津子さんという目標があった。教授の孫というステータス付きのお嬢様……お話にならないわ」

「そろそろ聖君も帰るでしょう。渡辺さんも帰さなければ……」

「ごまかさないで！」と、英子は叫び、また目を逸らした。「いえ、最後まで言わせて。今、途切れたら、もう言う勇気がなくなってしまう。判っているわ。夫が亡くなって日も浅いというのに……どれだけ非常識か……でも、出ていくか……受け入れてくださるか……決めていただきたいの。四月にお会いしたときから感じていたわ。奈津子さんはあなたにとって教授への階段に過ぎなかったって。こんなに良くしてくださるのは、私を愛していてくださったから……誤解じゃないわよね。私の誤解だとしたら……出ていくわ」

「誤解じゃないとしたら……」と、言っていた。

「結婚してください」――神の宣告のように、重々しく彼女は言った。

呆然と英子を見たまま、声も出なかった。出ていくか、結婚……何という選択だろう。誤解だと叫びたかった。まったくの誤解だと。だが、叫んだとたんに、翔を失う……ようやくのことで「木原が逝ってから、まだ二ヵ月半です」と言った。

「判っています。でも、お返事を聞かせて。お心しだいで、すぐに出ていきます。でも、もしも……女は半年待たなければいけないそうですわ。夫の死後……半年……三月末になったら……あと三ヵ月半」

狂っている……英子はやはり狂ったのだ。木原の死で。だが、どうしたら……出ていくなど論外だった。だが、結婚も……この女と結婚など……それも論外だ。今、英子はひたと私を見つめていた。真剣な眼差し。ひとは狂っても、このような目をしていられるのだろうか……答えなければならない。拒否するか、受け入れるか……翔……

「四十九日を終えたばかりです」と、私は繰り返した。「聖君はどう思うでしょうね」

「どっちにしろ、聖は私に付いてきます」

「私自身、混乱していて……だが、出ていくなどということはしないでください。お願いだから」

「婚約してくださいます？」

「時間をください」

「どれくらい」——張り詰めた声だった。「明日？」

「十日後」と、当てずっぽうに言い置いて部屋から出る。息が詰まりそうだ。

逃げるように二階に上がり、そう、私は逃げ帰った。私の城、僅かに残された私の砦、二階の空中楼閣へと。

狼狽したまま、いささか不作法に渡辺さんを帰し、とりあえず一人になれたと、食卓につく。無論、食欲など完全に失せていた。

階下から「聖！　どこに行ってたの」と、甲高い声が聞こえてきた。

返事は聞こえない。

では、翔は外出していたのだろうか？　それだけでも良かった。だが、どうすればい……何も手につかなかった。いや、酒瓶とグラスを用意することくらいはできる。もっと堅固な城、寝室へと避難することも。

寝室のたった一つの窓から見えるのは、翔がろくに行かない中学校だけだ。

だが、ドアを開けたとたん目に飛び込んできた、その味気ない建物は翔と結びついており、私に翔を想い起こさせ、英子の放言にとりのぼせていた私の頭をいくらかなりと冷ましてくれた。翔……すべては君に集約する。英子は翔の付属物にすぎなかった。その付属物の調子が狂い、あろうことか、私に社会的な関わりを求めてきた。いや、まだ動揺している。片桐教授、冷静に事態を検討しよう。冷静な検討……いつだってそれで乗り切ってきたではないか。期間は十日、選択は二つ。受け入れるか、拒否するか。それ以外にないのだろうか？　翔……ブランデーを口にしたとき、視点が変わった。翔……！

あまりの想いに呆然とする。翔……英子と結婚すれば、君は私の息子だ！　私の……

私の子供となる。私のもの。私は継父。英子と関わりができるように、君とも関わりができるのだ。生涯の。親子として。夢のようなプレゼントではないか。――『告白します。私はあなたを愛しています』――英子は女盛りの未亡人、シャーロット・ヘイズを地でいく熱演だった。正に『ロリータ』！　そしてハンバート教授がロリータの継父となったように、片桐教授は翔の継父となる。今すぐ、階下の女学生の元へと飛んでゆき、「私もあなたを愛している」と、抱きしめたい衝動に駆られた。「私もあなたを愛している。翔を生んだあなたを愛している。翔を連れたあなたを愛している。翔を差し出したあなたを愛している」――二口目のブランデーが欣喜雀躍の片桐教授を押し止めた。

心静かに祝杯をあげよう。この、思いがけない最高の賜り物に。多少厄介な母親が付いていたところで何だろう。余りある果報ではないか。さて、母親に関しては……今まで英子に惹かれたことなど一度もなかった。学生時代に交際云々すら、英子に言われるまで忘れていたくらいだ。一般的には美人、それもかなりの美人といっていい。だが私の好みではないし、ああいううっすらと脂肪ののったグラマーを抱きたいと思ったこともない。あれで、もう少しほっそりとしていたら……翔の面影がある女を抱くのは、どんな気持ちだろう？　いずれにしろ翔を知ってから、女性を抱きたいという気持ち自体失せていた。大学で敦子に会っても、鬱陶しさを覚えるだけだ。では片桐教授の性欲は、少年愛へと移行したのか？　否、少年でも少女でもない。私は「翔」に魅せられたのだ。天使に！　美神に！　神を抱きたいと想う者がいるだろうか？――脱線。また翔に想いが行ってしまった。障害物であり、マリアでもある英子について考察しよう。今のところ接吻すら気が重いが、何とかこなせるだろう。問題は、結婚すると口うるさく入り込んでくるタイプ、それに物欲も強く、趣味も低劣な俗物だということだ。うかうかしていると、この家はピンクの安物で埋め尽くされるだろう。まず、勤めを辞めさせる。そして煽《おだ》ててアトリエに閉じ込める。英子がどんな絵を描いていたか、まったく記憶にないが、アトリエに執着しているのは確かだし、制作に興味を向けさせればいい。アトリエ内でなら、どんな絵を描いていようが被害もない。翔は私のものとなる！

キマが階段を駆け上がる音……足音はリヴィングルームの方に消えていった。猫族というものは、もう少し密やかに、優雅に走るものだ。キマの美しさは類ないが、あの、いつまでたっても子どもじみた、騒々しい走り方だけはいただけない。そのとき、ドアの把手が動いた。瞬間、ドアの向こうにピンクの透けたネグリジェ姿の英子を感じる。ぞっとした。――把手は元に戻り、息を殺していると、階段を下りていく人間の足音が聞こえてきた。二時半だった。

結婚しようが寝室は別だ、と怒りを覚えながら心で呼びかける。

この部屋には入れない。英子にとって、ここは生涯、開かずの間だ。

二十八

母と片桐さんが結婚……頭が壊れそうだ。

ドアが閉まり、母の呼ぶ遠い声を聞きながら、クローゼットから出る。夢だろうか……クローゼットの中の夢……スリッパを履き、窓から庭に出ると、玄関から入り直した。

「聖！」と、母がリヴィングキッチンから顔を出した。「どこに行ってたの。もう真っ暗よ」

僕の足元など、気がつきもしない。「ただいま」と言いながら自室に向かった。まともに顔なんか見られない。

「お夕食よ」と、声が追ってくる。

「いらない。バードの所で食べてきた」

部屋に入ったとたん、煙草と香水の匂いがした。夢じゃない。二人はここに居たんだ。

そしてあの会話……学生時代から、母は片桐さんを愛していたって？……父はどうなるんだ。片桐さんも片桐さんだ。奥さんが死んだとたんに……そうだよ、バードじゃなくたって……誰だって思うはずだ。馬鹿みたいなプレゼントの山、そして家まで……ただの友だちがここまでする訳もない。父の生存中から、図々しく、父など無視して、僕の機嫌までとって……「ちゃんとした大人からおまえが好かれるなんて、おかしいって言ったろう？　僕じゃ騙せないから、僕を無視して……おとうさんと同じように無視して、『素晴らしい感性ですね。翔君は』……笑わせるよ。めでたい奴だ」――うるさい、うるさい、うるさい！　兄さんだって、この家に喜んだじゃないか。

――ごまかすな。

僕は一人だ。

一人で考えるんだ……考える……何を考えるっていうんだ。――出ていくか、結婚――そうだよ。僕が何を考えようと無駄だ。母の言葉通り、僕は母に付いていく。母がどうしようと、僕は母に付いていく。それ以外、ないじゃないか。

「聖」と、母の声。

僕はベッドに潜り込む。さっきと同じように、いきなりドアが開いた。

「聖、もう寝ちゃったの？」――そのまま、母はしばらく立っていた。それから重い吐息が聞こえ、電気が消え、ドアが閉まった。

目を開ける。

薄闇に慣れるまで、時間が掛かった。庭の木立の間から、庭園灯がちらちらと瞬いている。風が強くなってきた。冬の嵐。片桐さんは「十日後」と言った。十日後に返事をする……十日後……クリスマス・イヴじゃないか！　最低だ。火事のあった日。厭な予感……最悪の気分。——ドアの外でキマが啼いている。片桐さんの所に行けよ。ご主人の所に。出ていくとしたら、おまえともお別れなんだ。

布団から出て『詩人とミューズの結婚』を逆さに掛けなおした。——これを掛けたのは茹《うだ》るような夏の日……でも父は潑剌としていた。——ほら、立派になっただろう、聖。額に入れただけで本物みたいじゃないか。どこに掛ける？　窓の横？　こっちの壁の方がいいんじゃないか？　いや、おまえの部屋だ。好きにするがいい。いや、おとうさんがフックも付けてあげるよ。ここ？　もっと上？　いい部屋だね、聖。おとうさんだって、こんな素敵な部屋を独り占めしたことなんてないよ——ベッドに戻る。

墜ちろ、墜ちろ、詩人もミューズも、もっと墜ちろ……キマの啼き叫ぶ声。跳ね起きてドアを開けた。足元でキマが僕を見上げて今度は甘えるように鼻声を出した。脚に擦り寄ってきたキマを抱いてベッドに戻る。おまえに八つ当たりしたってしょうがない。

キマの温かい身体に顔を押しつけて、このまま消えてしまいたいと思う。

キマ、夫が死んですぐに結婚……こんな話ってあるかい？……二ヵ月半……まだ二ヵ月半だよ！　信じられないよ。ああ……そうだ……『ハムレット』……あれは叔父だった。ハムレットの母と、叔父との結婚。葬儀の食卓が結婚の食卓にと変わる……叔父が父を殺し……王位と妃を手に入れるために、殺すんだ……片桐さんが父を……母と結婚するために……そう、父が自殺だなんておかしいよ。失業くらいで自殺なんてする訳がない。そりゃ具合も悪かったけど……それとも、さっきの僕みたいに、母と片桐さんのやりとりを聞いてしまったのだろうか？　いや、さっきは母の方が言い寄ってた。そして片桐さんは、むしろ戸惑っていたじゃないか……混乱してきた。そうだよ、前に西沢さんが言ってたじゃないか。片桐さんは遊び人だというようなことを。結婚するつもりはないけど、母を誘惑していたんだ。だから母だってその気になって……きっと、そんな場面を父は僕みたいに聞くか……見るか……してしまったんだ。大学祭で片桐さんに寄り添っていた母……待てよ……あの日、僕らは、ばらばらになってしまったじゃないか。家の冷蔵庫に鳥兜《とりかぶと》なんてなかった……父が鳥兜を処分する前に、片桐さんだって鳥兜を手に入れることは出来たんだ。渡辺さんが騒いで、皆が引き上げた後、夜中にだって片桐さんは庭に出て、鳥兜を手に入れることができた……あの日……大学で僕らと別れ、好機到来とばかりに家に戻ったんだ。父が一人の所に帰って「おや、二人ともまだ帰っていませんか」と、涼しい声で父に言う。「はぐれてしまって、そのうち帰ってくるでしょう。食事は？　まだですか……具合が悪いときほど食べなければいけませんよ。少しでも。そうだ、渡辺さんが作り置いてくれた物があった。なに、温めるだけです。

待っていてください。一皿くらいなら食べられるでしょう。薬だと思って……いや、私は済ませました」——すらすらと片桐さんが言いそうな言葉だって浮かんでくるじゃないか。そして父に鳥兜を食べさせ、父の苦しみを横目に家を出る。それから時間を潰し、いや、どこかで騒ぎを見ていたのかもしれない。頃合を見て戻る……邪魔者は片付いた。傷心の母を慰め、葬儀まで代行し、何くれと面倒をみる……頼れるのは、もう、私だけだ……と……そのとき身体が凍りついた……母かもしれない……母だってまったく同じことが出来たんだ。錯乱して「私のせいよ」と言い続けた母……それが突然掌を返したように、父のことなど忘れたように、普通になってしまった。そして、あんな風に、片桐さんに結婚をせがんだ……浅ましく……みっともなく……安っぽく……よせよ、涙が出てきそうだ。どうして、こう、厭な考えばかり浮かんでくるんだろう……最低だ……この家も、この状況も最低だ。

二時半……おなかが空き、リヴィングキッチンに行ってコーンフレイクを食べる。あんな後で二人とも呑気に寝ているのか、しんとしている。

どんな大事件の後だって、ひとって眠れるんだ。泣いて眠り、笑って眠り、騒いで眠り、誰が死のうと、何が起きようと、ひとまず寝る。眠るたびに、どんなショックも和らいでゆき、父の死すら……張り裂けそうだった心も癒え……癒えるものか！　空洞ができ、鈍くなるだけだ。鈍化するだけだ。眠るたびにひとは穴だらけになり、鈍化していくんだ。――キマもおなかが空いたのか、どたどたと二階に駆け上がっていった。夜はキマの天下……お構いなしに一階、二階を駆けめぐる。階段の途中まで上がり、キマの食事とトイレのあるリヴィングルームの戸が開いているかどうかを確かめる。終夜燈の仄かな明かりに、片桐さんの寝室の把手がぼんやりと浮いてみえた。白い鸚鵡《おうむ》貝《がい》の把手……そこは鸚鵡貝のダンジョンの最奥の部屋……マクフェイト……魔王サタンの部屋……そうだ……マクフェイトも父だと偽っていたじゃないか。父と偽り、ムーンたちを育て……

知らぬ間に階段を昇り、把手を握っていた。鸚鵡貝の把手……サタンの部屋……鍵が掛かっている。

★

翌日、家に居たくないので登校した。

母は昨夜のことなどおくびにも出さず、単純に僕の登校を喜んで、送りだしてくれた。これは大人の問題なの。あなたには関係ないわ……というところか。

ろくに寝てなかったが、頭は冴えていた。

授業中、バードにも父親がいないと思う。父の葬儀以降、バードたちとも会っていない。バード……父が倒れたあの夜……父の逝ったあの夜……助けてもらった……とても……でも今は会いたくない。会ったら……甘えて……辛うじて保っている心が砕けてしまいそうだ。まして昨夜の……あんな話を聞いてしまってからはなおさら……バード……今まで父親のことなんか聞いたこともなかったけれど、小母さんと二人だ。二人で暮らしているじゃないか。僕だって中学を出れば働ける。あと一年半……母とあそこを出たって、一年半くらいは何とかなるだろう。二人だから一間だっていい。卒業すれば僕も働けるし、母の負担も少なくなる。だが、それは母の望む生活だろうか？　違う。「学生の頃から愛していた」と言い、「結婚して」と言ったのは母の方だ。母は片桐さんとの結婚を望んでいるんだ。父が失業するまで、あの家で、母は今までで一番幸せそうだった。何もかもが楽しく、嬉しいというように、いつも上機嫌で、笑顔だった。片桐さんと結婚出来れば、多分、もっと幸せになれるのだろう。

昼休み、職員室の担任の所に行き、三年に進級できるかどうか聞いてみた。「気になってきたんだ」と、担任は笑い、引き出しからファイルを出した。机上に広げられたのは、担任の作った僕個人の出欠表だった。

「凄い記録だなあ」と驚く。四月から毎日、授業毎の全記録だ。

「なに、人ごとみたいに言ってるの」と担任はまた笑い、「私も気になってきたところよ。グッド・タイミングね。さてっと、平均週二日、来てるのよね。つまり三分の二、不登校よ。今は十二月半ば……二年の残り期間は十二、一、二、三と四ヵ月、冬休み、春休みとあるから正味三ヵ月弱ね。厳しいなあ……ふふ、脅かしただけよ。残り、絶対休まないと誓える？」

「はい」

「休まなければね、全体で出席日数がぎりぎり半分は越すの、滑り込みセーフね。君は成績はいいけど、やはり来ないというのは問題なのよ。これからきちんと出席すれば、私も進級運動、頑張るわ。できる？」

「はい」

「良かったあ」と、担任はファイルを無造作に閉じた。「じゃあ、二人で頑張ろう」

差し出された手に戸惑う。「頑張る」というのは好きじゃない。それに、別に頑張らなくても来れる、と思いつつ、握手をした。

「その眼鏡、伊達？」と担任は聞いた。

「ええ」と言って、職員室を出る。

出しなに美術の山崎に「よお！」と肩を叩かれた。「会いたいと思ってたんだ。先週、片桐画伯が我が美術部に来てくれたよ。二時間近くもいろいろと話してくれてね、木原君の通っている学校だから……って、デッサンまで貰ってしまった。いや、ありがとう」――山崎は上機嫌だった。「デッサンは額に入れて美術部に飾ったよ。いや、改めて……」――ありがたいことに始業のチャイムが鳴った。

「授業が始まりますから」と会釈をして去る。後ろから「画伯によろしく」と声が追ってきた。画伯……母が結婚でもしたら、山崎はなんと言うだろう……

いずれにしろ、三年に進級することだ。そして卒業。出来ることをするしかない。万が一、母が結婚しても、僕は一年半後にあの家を出よう。

下校し、着替えて街に出た。

バードはそろそろ店に出る時間だ。いずれにしろ知り合いには会いたくなかった。前のアパートに行ってみると既に取り壊されており、仮囲いが出来ている。——もう戻るところはないんだよ——と言われているみたいだった。闇雲に街を歩く。街は早くもクリスマス一色だ。ショーウィンドーにはイルミネーションが瞬き、そこいら中からクリスマス・ソングが聞こえてくる。

あのときも流れていた。炎の中で「真っ赤なお鼻のトナカイさんが……」——炎と煙と、物の崩れる凄い音の中で、呑気に流れていた。

★

翌日も登校しようと、リヴィングキッチンに行くと、母が居ない。

寝坊したのかな、と、コーンフレイクの箱を手にしたとたん、胸が騒いだ。この時間、母がここに居ないことなんてない……

寝室のドアをノックし、呼んでみる。返事がない。もう一度ノックをし、ドアを開けてみた。母が頭を抱え、床にうずくまっていた。寝巻のままだ。「おかあさん」と、駆け寄ってみても、ただ顔を顰《しか》めてうずくまったまま、呻いている。この前と同じ……いや、この前より酷い。絨毯が汚れていた。嘔吐している。背筋に悪寒が走り、皮膚が粟立った。部屋を飛び出し、二階に行きかけて立ち止まった。救急車だ！

部屋に戻ると、母は前と同じ状態だった。濡れタオルで顔を拭きながら、背中を撫で、「おかあさん」と繰り返した。

「どうしました」と声が掛かり、顔を上げるとガウン姿の片桐さんがドアの外に立っていた。目が合うと、すぐに「救急車は？」と聞く。

「呼びました」

とたんに「嫌よ」と、母が呻くように叫んだ。「救急車なんて断ってちょうだい。もう、治るわ」

「まあまあ」と片桐さんはあやすように言い、僕を見て首を振った。「ガウンはありますか？」

ベッドの端に掛けられていたガウンを持ってきて、母に掛けた。母は「聖、断ってちょうだい」と、激しく言い続けた。早朝の寒気の中で、額には玉の汗が見る間に浮かんでくる。

「保険証を出しておきなさい」と片桐さん。「看《み》ていてください。着替えてきます」

保険証……どこにあるのか知らなかった。母に聞いても「断って」としか言わないので、そこいら中の引き出しを掻き回して、ようやく見つけた。お金も必要なのだろうと思ったけど、判らない。自室に戻って小遣いを見てみると一万ちょっとしかない。とりあえずポケットに入れ、出ると、階段を下りてきた片桐さんと会った。着替え、タオルを入れた紙袋を下げていた。

救急車が来た。

母はまだ「嫌よ」と言い続けて動こうとしない。皆で引きずるようにして乗せ、僕たちも同乗する。車が動きだしてからも、母はベッドの上で頭を抱えたまま「嫌よ」と繰り返した。「戻ってちょうだい」と。声を出すのだってやっとのようなのに。

★

汚い病院だった。

母は「厭よ」と叫び続けながら、入ってすぐの部屋へと運ばれ、僕らはドアを睨んだまま、ベンチに坐って待つ。

「大丈夫」と、片桐さんはときどき僕の膝に手を置いた。それは自分に言い聞かせているようにも聞こえたが、その声を聞くと僅かに救われた。

母の運ばれた部屋のドアには「救急」とあった。母が入って二十分は経っている。立とうとすると、膝に手が置かれ、「大丈夫」と声が掛かった。だんだんその気休めにも苛立ってきた。

片桐さんが何度目かの「大丈夫」を口にしたとき、ようやく、看護婦さんに付き添われた母が出てきた。蒼褪めてはいたけれど、ちゃんと立って歩いている。痛みも薄らいだのか、顔つきは元に戻っていた。でも、僕たちを見ても、怒ったように無表情だ。

取り付く島もなく二人が通りすぎて、声を掛けようとしたとき、またドアが開き、

「木原さん？」と年配の看護婦さんに声を掛けられた。二人で同時に立つ。

「四階の『脳外科1』のドアの前にいらしてください」

「脳に何か？」と片桐さん。

「それを検査するんですよ」と、看護婦さんは微笑んだ。


一階と同じようなドア、同じような小窓、そして廊下だった。ただ一階より綺麗で、静かだった。片桐さんは、また「大丈夫」を繰り返す。

四十分も経った頃、ドアが開き、呼ばれた。片桐さんがすぐに立ち、「ここにいなさい」と入ってしまう。ドアが閉まったとたん、一緒に行かなかったことを悔やんだ。廊下には誰も居ない。ひとりになったとたん、恐怖を覚えた。いや、ずっと怖かったんだ

と思う。だから、すぐに立てなかったんだ。

十分くらいで、片桐さんは出てきてくれた。「また一階ですよ」と、微笑む。

「おかあさんは？」

「さあ」

「中に居なかったの？」

「見える範囲にはね」

「呼んだのは何だったの？」

「きちんと検査をした方がいいそうですよ、入院してね」

「入院！」――エレベーターのドアが開く。

「検査は時間が掛かるんですよ」

「でも……」

「ちゃんと検査して貰った方がいいでしょう？」

応えられなかった。ただ怖かった。母はもっと怖いだろう。

一階ロビーに行く。ここも綺麗で、入ってきたのは救急用の裏口だったと判る。カウンターで入院申込書と入院案内のパンフレットを渡された。片桐さんが「個室はありますか？」と聞く。

看護婦さんはパソコンを操作し、モニター画面を見ていたが、やがてパンフレットを開いて、空いている個室を教えてくれた。すぐに片桐さんの指が、一番いい個室の上に置かれた。「こちらをお願いします」——一日三万円もする特別室だ……

「301号室になります。申込書に記入されたら、こちらに出してください。後は病室でお待ちください」——看護婦さんはここまで機械的に言うと、突然笑顔になって「お家《うち》は近いですか?」と、聞いてきた。

「ええ、まあ」と片桐さん。

「患者さんが戻られるまでに、入院に必要な物を揃えておかれた方がよろしいですよ」

——申込書には、身元引受確約書というのも付いていた。片桐さんが「私にしておいていいですか?」と僕に聞く。

捺印する所もある。僕は印鑑も持ってきてはいなかった。母の生年月日、本籍地などを僕に問いながら、片桐さんはさっさと記入し、驚いたことに印鑑も用意していた。

記入し終ると、入院案内に目を通し始めた。「用意する物」という一覧表もある。

「家に行って、取ってきましょうか?」と聞いてみる。

「いや、病院の売店で揃うでしょう。保険証は?」

——カウンターに申込書と保険証を出す。「先に病室に行っていなさい。売店に寄って、私も行きますから」と紙袋を渡され、別れた。入院……そうだよ。ちゃんと検査をしてもらうんだから、入院しなきゃならないくらい、予測できたことじゃないか。でも、僕ひとりだったら、途方に暮れていただろう。今だってうろたえたまま、301号室を見つけられないでいる……

301号室……一日で三万円もする部屋とはとうてい思われない、殺風景な病室だった。二人の看護婦さんがベッドを整えている間に、廊下にあった折り畳みの椅子を二つ運んできて、ベッドの横に置く。ベッドの右側には電話台のようなサイド・テーブル、足元の方には安っぽいクローゼットとテレヴィ。窓際に置かれたソファーとティー・テーブル、浴室と台所が付いているのが「特別」なのだろうか？

検査をするだけだよ、と思いなおす。すぐに退院できるよ、と。

学校の時計のように、味気ない丸い掛け時計がクローゼットの横に掛かっていた。

十時三十分……もう三限の授業が始まっている。担任は苦笑していることだろう。進級なんか、どうでもよくなってきた。一年半後に家を出ようなんて、よくも思ったものだ。ひとりじゃ何もできないじゃないか。父もこのように思っていたのだろうか？　片桐さんの前で、いつもこのような無力感を……僕はまだ子供だからって言い訳ができる。今だって真っ先にそう思った。言い訳だと承知しながら……でも、父は同い年で、常に自分より優れた能力や財力を見せつけられていたんだ。母が片桐さんを愛しているということも感じていたのかもしれない。そして僕まで書斎に入り浸り……死にたくなるだろうな……そう思いつつ「弱虫」と、つぶやいていた。

——片桐さんが両手に大荷物を持って、入ってきた。「酷い部屋ですね」と笑う。片桐さんが居なかったら、もっと酷い部屋になっていただろう。でも、それが分相応なんだ。少なくとも、今みたいな負い目は感じなくて済む。でも、大部屋で、他にもベッドが並び、人が居たら、僕はもっとうろたえ、どうしたらよいのか、もっと判らなくなっていただろう。

椅子に坐ったままの僕の前で、片桐さんは買ってきたものを手際よく並べ、仕舞い、後は母の来るのを待つだけとなった。「こんな物しかなくて」と、僕に缶珈琲を差し出すと、隣の椅子に坐って、自分の分のプルトップを開け、飲み始めた。「ここまできたら、俎の上の鯉ですからね。病院に任せるしかないんですよ」と言う。「お飲みなさい。起きてから何も口にしてないでしょう?」

お礼を言わなければ、と思いつつ、何も言えなかった。ただ、腕が触れ合うくらいに坐っている片桐さんから、誰からも感じたことのない力強さをひしひしと感じ、それに頼っている現実と、「ひとりで対処できます」とクールに言っている夢想の自分が浮かぶばかりだ。そして夢想は決して現実にはならないと判っている自分が、ここに坐っている。

「大丈夫ですよ」と、片桐さんは、また繰り返した。

「ええ」と言いながら、プルトップを引く。

母が看護婦さんに伴われて入ってきた。むっつりとしている。

母がベッドに入ると、看護婦さんは「お疲れさまでした」と布団を整えた。「きょうはもう、検査はありませんからね。ゆっくりと休んでください」——とても優しい声だった。

母はそっぽを向いたままだ。

看護婦さんが出ていっても、そっぽを向いていた。

「もう痛くないの？」と聞いてみる。「治ったの？」

「痛くもなんともないわ」と、吐き捨てるように母は応えた。「いつだって痛みさえ消えれば、いつもと同じよ。聖、家に行って服を持ってきてちょうだい。勤めに出なくちゃ。また無断で遅れてるわ」

「電話しておきましたよ」と片桐さん。「『当分、休みます』と言っておきました」

「そんな勝手なことを！」

「観念なさい。誰も服なんて持ってきませんよ。しばらく囚人になることですね。さあ、疲れたでしょう」と、お茶のパックを差し出す。凄い手際だ。

母は受け取ろうとしなかった。

仕方ないという風に苦笑して、片桐さんがお茶をサイド・テーブルに戻したとき「お仕舞だわ」と、母がつぶやく。「もう、お仕舞」——繰り返した母の言葉の意味が判らなかった。それよりも、言葉と同時に頬をつたった涙に息を呑む。

「単なる検査ですよ」と、片桐さんは頓着せず、お茶のパックを開けはじめた。「診てもらえば安心だし、この際……」

「判ってるんです!」と、母は遮り、片桐さんを見つめた。「検査結果なんて判っています」

「K病院でですか?」と平然と片桐さん。「何と言われたんです?」

「脳腫瘍」と、母は笑った。「癌よ。『すぐ手術をした方がいい』って。私、脳腫瘍なんです。癌。断層写真も見ましたわ。こんな……こんな病気持ちが結婚を……あなたみたいな方にせがむなんて、呆れ果てたでしょう?」

ぽろぽろと堰を切ったように母の眸《ひとみ》から涙が零《こぼ》れた。片桐さんが僕を見た。視線を感じながら、目を逸らす。ベッド下の染みの付いた汚い絨毯を見つめながら、「脳腫瘍」「癌」という言葉が、頭の中で躍り狂っていた。嘘だよ、嘘だ……『偏頭痛だ』って、言ってたじゃないか……『すぐ治る』って、いつも、いつも……嘘だ……

「本当はね」と、母の声が耳に飛び込んでくる。「本当は引っ越す前に、もう知っていたの。M病院で診てもらって、そう言われたわ。そのときも『すぐに手術を』って。引っ越して行方を眩ましたけど。でも、ひょっとしたら、誤診じゃないかって……それでK病院に行ったのよ。結果はね、前より酷くなっていただけ」

母は笑っていた。泣きながら笑い「『三度目の正直』ね。もう逃げられない」と泣いた。

「なぜ、逃げるんです」

「入院、手術！　そんなお金、どこにあるの？　それに……あなたと会い、引っ越しも決まって、夢のような気分でいるときに……ああ、全部、嘘。夏にM病院で断層写真を見たとき、もう手遅れだと判ったのよ。同じ過ごすなら、病院に閉じ込められるより、少しでも楽しい時を過ごしたかったわ」

「馬鹿な……手遅れなどと……そう言われた訳じゃないでしょう？」

「判ります。伯父も脳腫瘍だったもの」

「そんな勝手な思い込みで……いいですか。私もさっき、あなたの断層写真なるものを見ましたよ。ただ、もう一度、造影撮影をしてみないと、悪性か良性か判らないと聞きました。良性なら安心だし、悪性であっても、手遅れとは断言できないでしょう」

「いいえ、もうお仕舞」

「お昼ですよ」と、朗らかな声が割って入った。

「ああ、ありがとう」と片桐さんも明るく応えている。どうしたら、こんな器用に切り換えられるのだろう。食事を受け取ったようだ。片桐さんの顔も、母の顔も、見ることができない。

　沈黙が流れた。

「結婚したかったの。あなたと」と、母の声。

　知らぬ間に立ち、そして肩を抑えられていた。振りほどこうとしてもびくともしない。とにかく、ここから離れたかった。ひとりになりたかった。

「逃げちゃいけない」と声。そして抱きしめられた。逃れようなく、強い力で。「ショックだったでしょう。突然、驚くようなことばかり聞かされて。でも逃げてはいけない。考えて。混乱しているだろうけど、考えるんだ。翔君はどう思います。おかあさんと私との結婚を」

——冗談じゃないよ——と叫びたかった。抱えられていなかったら倒れそうだ。「考える」なんて、こんなときに、どうしてそんなことが出来る……冗談じゃない、脳腫瘍……癌……手遅れ……冗談じゃない。

「大丈夫、治りますよ」——ほんとうに？——顔を上げると、間近に片桐さんの眸があった。ふがいなくも、そのとたん涙が溢れてきた。すぐに顔を逸らす。「さあ、食事！」と、頭上で明るい声。「私たちも食事をしてきます。もう逃げようもないんだから、観念してしっかり食べなさい」——声は、あろうことか笑っていた。抱えられたまま、歩きだす。なんて強い力だろう。そして、僕はなんと無力なのだろう。もう振り払う力もない。

立ち止まったのは、病院の中庭のようだった。

色褪せた芝生に立つと、ようやく肩に掛けられた手が離れ、「座ろう」と声。

絶対に泣かないぞ、と思いながら、膝に顔を埋めた。口も利きたくない。脳腫瘍、癌、手遅れ……馬鹿な……頭が麻痺し、破裂しそうだ。

「大丈夫」と、また声。

「『大丈夫』なんて、どうして言えるんです！」と、僕は食ってかかった。目が合ったとたんに、また泣きそうになってしまい、すぐに顔を臥せる。

「駄目だとも言えないでしょう。おかあさんは、今混乱していて、君も混乱している。無理はないし、辛いだろうけど、とにかく病気は事実らしい。前の病院と同じように言われるでしょう。脳腫瘍、そして手術と。でも、おかあさんのように、私たちまで混乱してしまったら、どうしようもないでしょう。まして悪性か良性かも判らないのに。とにかく逃げるよりは増しだ。おかあさんも、もう逃げられない。病院に入ったし、私たちも事実を知ったのだからね。翔君、辛いだろうけど、おかあさんを支えるのは君なんですよ」

「僕には、なんの力もありません。何もかもあなたに頼っている。何もかもです！」

「おかあさんを支えているのは君の存在ですよ」

風が立ち、芝生の上を枯れ葉が転がっていく。

「寒くなってきた。中に入りましょうか。私たちも何か食べましょう。しっかり、おかあさんを支えるには、体力もつけないとね」

「結婚は？」

「行きましょう。病院の近くで、何か……温かくて美味しいものを……そういう店があるといいけど」

歩きはじめた片桐さんの背に向かって、「母と結婚してください」と言っていた。片桐さんの足が止まった。何ということを言ってしまったのだろうと思う。——エメラルド国の王を殺した後、サタンは妃を攫う。妻にするために……葬儀の食卓が結婚の宴にと変わる……父が逝って、まだ……駄目だ。また混乱してきた……父が逝って……母を守らなければ……どんなことをしても母を守らなければ……「母はあなたを愛しています。あなたが母を迎えてくれれば、母も治ろうとするでしょう。癌だって、何だって、治ろうとするでしょう」

「それが……君の望み？」

僕はうなずいた。サタンに。マクフェイトに。大いなる力を持った大人に。「図々しい望みでしょうか？」と卑屈に。

片桐さんが戻ってきて、僕の肩を抱き、僕たちは一緒に歩いた。

「まず、食事をして……」と片桐さんはつぶやいた。「それから、花屋でピンクの薔薇でも買って、結婚を申し込みましょうか」

それは、とても静かな声だった。喜びも悲しみも感じられない、ただ静かな声……僕も嬉しいのか、悲しいのか判らない……

「断層写真って、どんな風だったんですか？」と聞く。

二十九

英子好みの、思いっきり安っぽいピンクの薔薇を、両手に溢れるばかりに買った。

英子にとっても、私にとっても、喜びの花束だ。とにかく、一番の難題だと思っていた翔が、自ら「母と結婚を」と言ったのだから……それに入院……人の不幸を喜ぶような趣味はない。だが結婚を申し込んだ後の日常を思うと、いささか憂鬱になっていたことも事実だ。英子の誤解をそのままに婚約者となった以上、私はそれらしく振る舞わねばならないだろう。だが、今までまったく関心もなかった女性に、愛する男の演技をスムーズに出来るとは思えない。英子の求愛は余りにも急で、戸惑いの方が強かった。しかし、入院となれば会いにいく時間も私の自由。控えめに、慇懃に接したところで、不自然ではなかろう。傷心の婚約者の役なら、喜んで演じられる。少なくとも、英子を受け入れる心の準備期間が出来ただけでも、ありがたい。

大いなる解放感を裡《うち》に、私は出来るかぎり真面目な顔で、そして簡単にプロポーズした。

「結婚しましょう」――思い悩んでいた、白々しい甘い言葉も、愛の囁きも言わずに済んで幸いだ。事実、そんな雰囲気は皆無だった。殺風景な午後の病室……翔は私たちから僅かに離れて窓から外を眺め……申し訳にカーテンを下げただけの開け放したドアの向こうは人が行き交う廊下である。そして私の求愛の対象は、起き抜けでここに運ばれたため、化粧気のない顔、引っ詰めただけの髪、マニキュアも塗られていない爪、それに病院の売店で買った綿の寝間着と……普段の溢れるばかりの色気も影を潜め、ベッドに寝ていた。

信じられない……と、いう風に、しばし彼女は唖然と私を見つめ、それから薔薇を抱きしめて「ありがとう」と言った。それで終りだった。私たちは指一本、触れ合わすでもなく、呆気なく婚約した。

それから仕事のスケジュールでも決めるように淡々と、私たちは結婚の日取りを話し合った。英子は翔も部屋に居るのに「女は夫の死から半年の期間を置かないと再婚できないのよ」と悔しそうに言い、私を驚かせた。そして「三月末にしましょう」と言う。期間があけしだいというつもりらしい。「三月二十九日」に。

私はただうなずいた。それが春休み中だという理由だけで。英子が式だ、旅行だと、騒いだところで、春休みなら大学に知られることもない。

「聖、どう思う？」と、そのときになって初めて英子は翔に声を掛けた。変哲もない風景を眺め続けていた翔は、振り返ると無表情に「いいね」と応え、また背を向けた。

「聖、来てちょうだい」と英子が呼ぶ。

おとなしく枕元に来た翔の手を、英子は握りしめて「あなたも喜んでくれる？　私たちの結婚」と聞く。翔はただうなずいた。「そう、良かった。おかあさん、絶対に治るからね。元気になって、素敵なウエディング・ドレスを着るの」

翔の顔にようやく笑みが広がる。「そうだよ、すぐ治るよ」と、弾んだ声は、そのまま「治るよ、治るよ」と繰り返された。

今の翔にとっては母親が全てであり、私が父親になることなど、関心もないようだ。それはいささか気落ちする光景だった。私はまだまったくの他人という訳だ。奇妙なことに、英子の私を見る眸《ひとみ》も、愛する女の眸と言うより、むしろ、待ち望んでいたプレゼントを手にした少女の眸……無邪気な喜びしか見いだせなかった。

「私はそろそろ失礼しますが、大丈夫ですね」と、親子の間に口を挟む。

「ありがとうございました」と婚約者は他人行儀に言った。「何から何までお世話になって」

「いや〳〵、後で渡辺さんを寄越しますよ。欲しい物があったらメモをしておいてください」――翔を残し、足早に病室を出た。

家に電話を掛け、英子の入院を告げると、渡辺さんは驚いたが、すぐに女らしい機転をきかせ「この間で、お部屋の勝手は判っておりますから、下着や化粧品など見繕ってから参ります」と言ってくれた。

午前は入院騒ぎ、午後はプロポーズ、そして、これから雑誌の対談だ。なんともハードな一日だ。そう思いつつ、胸が高鳴る。私の腕の中で涙を堪えていた翔……初めて胸に抱き、肩を抱いて歩いた。間近に見た華奢なうなじ、抱いた肩の清潔な硬さ……三月末……

三ヵ月半後、翔は私の息子となる。

★

翌日、起きると翔は居なかった。部屋のドアを何回かノックし、思い切って開け、クローゼットの気配も探ってみたが、明らかに居ない。病院の面会時間は午後二時以降のはず……首を傾げながら、庭まで一巡し、書斎に行く。

十一時に渡辺さんが来ると、私は改めて英子の付き添いを頼んだ。

「そのつもりでおりましたよ」と、渡辺さんは昼食を並べながら、無造作に請け負った。

「家と病院の二箇所に通うのは大変でしょうから、しばらくは病院だけ通ってください」

と、私は沈鬱な面持ちで、しかし内心はわくわくしながら言った。翔と二人だけの暮らしになる！「食事も毎日という訳ではないし、外食で済ませればいいことだから」

「いいえ」と、思いがけなく渡辺さんは反発した。「面会は二時からですし、五時からは聖君が来ることになってますから……」

「聖が五時から？」――意味が判らなかった。

「きょうから、ちゃんと学校に行くことになったんですよ。いらっしゃらないでしょう？　昨日、英子さんと約束されたんです」

「ほう、それは……」

「英子さんも、嬉しそうに笑ってましたよ。『病人の願いって絶大なのね、今までどう言っても馬耳東風だったのに』って。それでもう、昨日勝手に取り決めましたの。二時から五時まで私、五時から八時……と、言っても個室ですから、消灯まで居ても大丈夫らしいですけどね、とにかく後は聖君と。ですからお昼と夜はこちらに参ります」

「いや、それは大変ですよ」

「とんでもない。英子さんも頭痛のないときはお元気ですし、付添いといっても大してすることもございません。それにこちらもお掃除は書斎とリヴィングだけ。あとは洗濯とたまのお食事くらいでしょう。時間を持て余しておりましたよ」

「だが……」

「いいえ、そのようにさせていただきます」と、渡辺さんは厳然と断言した。「あの頭痛はおかしいと思っていましたわ。ご主人を亡くされたあとの奇矯な言動も、ご病気のせいだったんでしょうね。本当に不運続きでお可哀相」

「重なるときには重なるものですよ」――声が弾みそうになるのを辛うじて抑え、私は食事を済ませた。「今日はもう結構ですから、済みませんが買い物をしていっていただけますか？　前開きのパジャマを二、三枚。きのう間に合わせに病院で買いましたが、多分気に入っていないでしょう。それに持ってもいなさそうだし」

「ネグリジェしかございませんからね」と渡辺さんは心得たように言った。「私が選んでもお気に召すかどうか。でも、この際我慢していただきますわ」

「面倒を掛けて済みませんが宜しくお願いしますよ。それ以外にも何か気がつかれたら、適当に」と、テーブルに紙幣を置いた。

　立ち上がったとき、真面目な顔で「ご婚約されたそうで」と言われる。

「互いに今年……」と、私は笑った。「妻と夫を亡くしたばかりで、不謹慎ですね」

「病人には目標が必要ですわ」と、渡辺さんは目を逸らした。「でも、正直に申し上げれば意外でした。それも『病人の願い』だったんですか？」

「私自身、意外な成り行きですよ」と、辛辣な問いを受け流して、書斎に向かった。

　――おそらく今後も、同じような問答をあちこちで繰り返すことになるだろうと思った。祝福されざる結婚、不謹慎な二人……木原が逝ってまだ二ヵ月半だ。

花蟷螂《はなかまきり》の標本は、以前に見た脳のスライス標本を想い起こさせた。プラスティネーションと呼ばれる技法で作られた、実際の脳の標本である。

脳腫瘍……きのう見せられた断層写真の英子の腫瘍は、素人目にも驚くほどの大きさだった。もやもやとした黒雲のような脳の後方、四分の一くらいが消しゴムで掻き消されたように白い空白となっていた。あんな状態で、よく暮らしていたものだ。「造影撮影をしてみないと、なんとも言えませんが、良性にしろ、悪性にしろ、手術はしなければならないと……」と、医者は口を濁したが、顔色はすぐれなかった。三ヵ月半……なんとしても、結婚までは無事でいてもらわないと……生きてさえいてくれれば……結婚届けに名前を書き入れられる状態でいてさえくれれば……翔は私の息子……段々と思い詰めながら、まさか……とおかしくなる。頭痛さえ治まれば、英子はいたって元気ではないか。翔や私より元気なくらいだ。

夕方、翔が帰宅し、部屋に駆け込んだ。大急ぎで着替えているのだろう。下りていって声を掛ける。ハイヤーを呼んで、二人で病院に行った。

翔は母親が気掛かりで堪らないというように寡黙だった。それでも病院近くになると「個室を取ってくださってありがとうございました」と神妙に言った。「母も気兼ねなく過ごせるし、僕も長く居られます。でも、凄くお金を遣わせてますよね。父が逝ってから、ずっと」

「子供が、そんなことに気を使うものではありませんよ」と受け流し、傷つけたかな、と顔を見る。

翔は憂いに満ちた横顔のまま、深い吐息をついた。瞬時、身が震えた。シメールよ。君の為なら、どんなことでもしよう。

「僕、片桐さんのこと、誤解していたようです」と、憂い顔の天使はつぶやいた。「母を誘惑し、弄《もてあそ》ぼうとしているだけなんだ、と思っていました。でも、母がこんな病気になった後でも、ご好意は変わらず、結婚を申し込んでくださった……本当に母を愛していたんですね」

愛しいシメール、「違う」などと言えはしない。それに、君自身はこの結婚を喜んでいるのだろうか？　だが、幸い病院に着いた。答えを待つでもなく、翔は足早に病室に向かう。

英子は元気そうだったが、今朝も頭痛があったと言う。

「いろんな検査をされて疲れたわ。でも午前中だけ。午後になったら何もすることがないし、頭痛も治って……時間を持て余していますわ」と、渡辺さんと同じようなことを言った。「今までは、時間がないのが悩みの種だったのに」

「明日、スケッチブックと鉛筆をお持ちしますよ」と、渡辺さん。「寝室の箪笥の上にございましたよね。大きなスケッチブックと大きな色鉛筆のセットが」

「アトリエのある住まいになって、また絵を描けるって喜んでいたのに」と英子は苦笑した。「それが、病室で描き始めることになるなんてね」

渡辺さんが引き上げると、翔はすぐに「頭痛って、きのうと同じような？」と、おそるおそる尋ねた。

「ううん、そんなに酷くはないわ。大丈夫よ。学校、行ったの？」

「行ったよ」

「良かった」

私は「造影撮影については何か聞きましたか？」と聞く。

「明日とおっしゃってました」

――明日……金曜日……教授会の日だったが、登校前に寄って、写真を見せてもらおうと思う。

翔はしきりに英子の体調を聞いていた。頭痛はすっかり治まったのか、他に痛いところはないのか、気持ちが悪くないか、熱はないか……声は甘く優しい私の知らない声で、気を遣いながらも、同時に母親に甘えていた。

『僕、片桐さんのこと、誤解していたようです』……翔の誤解、英子の誤解……そして私も英子を誤解していたのでは……と思い始める。翔のことなど無関心で、自分の欲望にしか関心のない女だと思っていた。入院したとたん、母親に返ったようだ。

個室でも、病院は落ちつかない。翔を残し、三十分ほどで帰る。帰り際、「当座の出費に」と、用意してきた封筒を差し出すと、「渡辺さんにお願いして、預金を少しおろしてもらいましたから」と、英子は受け取らなかった。

★

金曜――頭痛さえなければ、普段と変わらぬ英子の様子に楽観していたが、医者の話を聞くと、そんな呑気な状態ではなさそうだった。

腫瘍は「神経膠腫」という悪性のもので、大脳の側頭葉から後頭葉にかけて巣くっているらしい。「悪性星細胞腫です」と、医者は不気味に広がる血管の写真を提示しながら言った。「出来るだけ早く手術をしましょう。多分側頭葉は腫瘍と共に切除することになるでしょう」

「切除……脳を取ってしまうということですか?」と私は驚いた。

「開けてみないと、なんとも言えませんが……」と医者の言葉は消えた。

「危険な手術ですか?」

「脳ですからね。百パーセント大丈夫とまでは言えませんが……」と再び写真を示し、切り取る部分を話した。「うまく取れると思いますよ。それに後遺症も出にくい場所です。とにかく血圧も高いし、腫瘍も大きい。日が経てば脳内ヘルニアの危険性もあります。早急に手術をした方がいいですね」

「脳内ヘルニアとは……」

「癌細胞が増殖すれば、頭蓋骨内の容量も増える訳です。仕舞には納まりきれなくなって、小脳に陥没する。これを脳内ヘルニアと言いますが、こうなると、もうお手上げですよ。血圧が高いのが気になりますね。安静にして……」――一時間ほど話しただろうか。手術後、起こりえる後遺症としては、右目が見えなくなること（医者は、今も右側の視野が狭くなっていると言った）、右の手足の麻痺、言語障害等……「最悪の場合です」と医者は言ったが、とにかく手術はしなければならなかった。明日中に検査を済ませ、手術の日取りを決めたいと言う。「遅くとも今年中に」と医者は念を押すように繰り返した。「来週中に手術をしましょう」

右手の麻痺……結婚証明書のサインくらいは左手でも書けるだろうと思いながら、病室に向かう。元気潑剌の英子と結婚するより、私は良き夫となれるだろうと思った。良き夫、良き父親に！

★

土曜、手術の日が決まる。二十五日、来週の金曜、クリスマス……

英子は手術日を聞くと、蒼褪めて「厭だわ！」と、激しく口走った。

後は医者が何を言おうと押し黙ったまま、頑なに顔を伏せている。「話し合って、後ほど伺います」と、医者に言い、渡辺さんにも席を外してもらった。

二人きりになっても、英子は俯いたままだった。

「クリスマスに厭な思い出があるのは判るけど」と業を煮やして口を切る。「『今年、出来るのはその日だけ、来年になると十日以降になってしまう』と、お医者様も言っていたでしょう。それだけで二十日も後になるんですよ。一日も早い方がいいと言われているのに……治りたくないいんですか？」——返事はなかった。「翔君のことを考えたら……」

「翔は死んだのよ！　イヴに」

「生きていますよ」と、素っ気なく否定してやる。とりあえず婚約者なのだ。これくらい言う権利はあるだろう。「あなたは頑なに『聖』だと言い張るけど、その態度が彼を『聖』と『翔』という二人の人間に分裂させている要因だと、気がつかないいんですか？　あなたのその頑なさが翔君を苦しめ、今また『クリスマスに手術は厭だ』などと勝手なことを言っている」

「でも、あの子は聖よ。そしてイヴに翔と義母が死んだのよ。そんなときに手術だなんて……耐えられないわ」

「いいですか」と、枕元に坐り、英子の手を握った。豊満な身体に比べ、小さく華奢な手だった。英子の身体に触れたのは初めてだ。可笑しくなったが、顔を引き締め、大学で愚かな生徒に話すときのように、ゆっくりと話した。「何度も言ったでしょう。一日でも早い方がいいんです。早く手術をすれば、早く回復するんですよ。クリスマスに何があったからって、過ぎたことだ。今、生きている子供の為に、早く治って、生きようとは思わないのですか？　翔君だって学校に通い始めた。頑張っているんですよ。あなただって……」——言いながらうんざりしてくる。私の本心は手術がクリスマスだろうが、正月明けだろうが、どちらでも良かったからだ。考えるのはただ一つ、結婚届けのサイン……だが、婚約者としての立場もあった。恋人の身を気遣い、説得しなければならなかった。翔が居てくれれば、彼が必死で説得するのだろうが……三文小説のような台詞しか浮かんでこない……

「でも、恐い……クリスマスになんて」

「何があったんです？　クリスマスに」

英子は顔をあげ、ぼんやりと「翔と義母が死んだのよ。火事で」と、訴えた。

「なぜ、火事に？」

「翔が二階の手すりを越えて落ちたの」

「落ちたのは確かに翔君なんですか？」

「そうよ、翔！　いつものようにクローゼットに入っていたんですもの。それも私のクローゼットに。——食事の用意も出来たから、着替えに寝室に行ったのよ。大学時代の……覚えてる？　今井君とご家族を招いてたの。木原が連れてくることになってたわ。その夜のドレスをベッドの上に広げておいたの。おやつに二人にあげたチェリーパイがべったり付いていたわ。洗面所で水に浸し、今夜着るのは無理だと思ってクローゼットを開けたの。あの子は中に隠れていたわ。『翔、あなたが汚したの』って言ったら『ごめんなさい』って、縮こまった。いつも、そう。怒ると縮こまるの。他の衣装もぐちゃぐちゃになってあの子の下にあったわ。引きずり出したら逃げたの。『お兄ちゃん、助けて』って……笑いながら……階段のところに走って、手すりに乗ろうとした。『翔！』って叫んだときには、もう向こう側に消えていた……すぐ横にあったクリスマス・ツリーが倒れたわ。樅《もみ》じゃなく、木原の作った紙製の偽物だったけど、三メートル以上もある大きなツリーだった。あの子の声と、義母の声が同時に聞こえて……義母は下で蠟燭に火を点けていたの。二人の声は異様だった。私、動けなくなったわ。どうしてすぐに駆けつけなかったのか……足が竦んで……突っ立ったまま、足が前に出ないの。ようやく手すりまで走って、見下ろしたときには、もうツリーが燃え上がっていたわ。翔も義母も倒れてた。置いておいたプレゼントやテーブルやカーテン……どんどん燃えだして……階段を下りたときには、もう居間の半分が火の海だったわ」

憑かれたように話していた言葉がふいにやみ、蒼褪めていた顔が歪み、より白くなる。私は英子を抱きしめた。「もういい、判りました。辛いことを思い出させてしまって……話はやめましょう。休んだ方がいい。血圧が上がりますよ」――そして声には出さず、笑ってしまった。婚約中の男が恋人に囁く言葉だろうか？

英子は子供のようにしがみついてきた。「離さないで。このままでいて。温かいわ。あなたなら安心できる。あなたは聖を愛してくださっているわね？　聖をみてくださるわね？　私がどうなっても」

「何を言うんです」

——英子は離れなかった。「聖はあなたに愛されている。あの子はまだ子供よ。難しい子だし、あなたみたいな人の保護が必要なのよ」

「その為にも早く治しましょう」

「そうね、治さないと、いけないわよね……あのときも……聖が救ってくれたの……聖がどこに居るか判らなかったわ。翔にも義母にも、もう近づけなかった。ツリーが塞ぐように倒れてめらめら燃え上がってて……水のある台所にも浴室にも行けなかった。それに火がどんどん燃えているのに、聖が見えないの」

「話はお仕舞にしましょう。休んだ方がいい」

「いいえ、抱かれていると安心。聞いて。聖が私を助けてくれたってこと。聖のことは伝えておきたいのよ。聖はいい子なの。本当に……家《うち》の居間はあなたのお家《うち》の玄関ホールみたいに吹き抜けだったの。カーテンも燃えて、火は二階の天井にまで達してた。二階に走って子供部屋や義母の部屋を見たわ。聖はいなかった。義母の部屋を出ると、もう廊下は煙が充満していて、階段のところまできたら動けなくなってしまったの。それでも手すりを辿って何段か下りたかしら……そうしたらあの子が階段を駆け上がってきたのよ。煙で一杯なのに。私を抱えて『聖だよ、聖だよ。おかあさん。ここに居るよ』って、まだ小さいのに、私を引きずって階段を下ろしてくれたの。煙の中を……気がついたときは二人で庭に居て、近所の人が燃えている家から離してくれた……何がなんだか判らなかったわ。あの子、そのまま気を失って……私……翔も義母も置き去りにしたの。家にそのまま」

「事故だったんですよ」

「でも、もっと冷静に……」

「過ぎたことを考えて、どうなるんです？　今、生きているあなた自身と、聖君のことを考えなさい」

「聖のこと……聖のこと……いつも考えてるわ」

「では、早く治しましょう。聖君だって学校とここの往復で疲れている。毎日夕方から消灯時間まで、付き添っているんですからね。早く手術をすれば、早く退院できるんですよ。それとも、ずっとここに居たいんですか？　ここは温かいが、外は真冬だ。寒風の中、聖君を通わせ続けたいんですか？」――しがみついていた英子の手の力が抜けたので、私は身を離した。少し言いすぎただろうか？　「さあ」と、笑顔を作り、子供にするように彼女の頭を撫でた。「こんなところに荷物を持ったまま、年を越してもしょうがない。さっさと済ませて、来年はこれからのこと……結婚のことだけを考える。クリスマスだからって、同じ日ではないんですよ」

「そうね……」と英子は心許ない返事をしたが、それでもぎこちなく私を見て微笑んだ。

「いいですね？」と、念を押す。

またも眸が陰ったが、腕を摑んでいる手に力を入れると、彼女は微かにうなずいた。

「良かった」と決めてしまう。私たちの間で、英子の小さな手が、落ちつかなげに上掛けを弄《いじ》っていた。「そうだ」と私はサイド・テーブルにあった菓子折のリボンを見つけた。

「婚約指輪をプレゼントしなければね」と、英子の指に巻き付けた。手術の話は片づけた。話題を変えてしまいたい。

「右手よ、それは」と英子が微笑む。

★

その夜、翔が書斎に顔を出すと、私はリヴィングルームに翔を伴った。

彼の頭は今や母親のことだけ、それ以外の会話を楽しむゆとりもなく、肉体的にも疲れていた。渡辺さんに彼の夕食を持たせてはいたが、朝はコーンフレイク、昼は学校でパンを買っていると聞いた。今に倒れるのではないかと心配になる。

普段は帰宅の挨拶の後、ほんの数分、英子の容態や、病院からの伝言等、つまらない話を交わす程度で休ませていたが、ときには離し難くなって、リヴィングルームに伴ってしまう。英子の話でも何でもいい。彼との時間を過ごしたかった。

——キマの寝ているソファーに坐らせると、温かい飲み物を作った。

「手術の日が決まったそうですね」と、硬い声。

「年内に決まって良かった」と言いながら、彼の紅茶にブランデーを数滴落とす。身体が冷えきっていたからだ。何度言っても、彼はタクシーで帰らない……「来週の金曜日、九時からだけど、病室に帰って来るのは夕方でしょう。学校を休む必要はありませんよ」

「二十三日から冬休みです」

「そうか……うっかりしていた」——笑いながら飲み物を運んだ。笑うための予定の会話だ。こんな画策に私が走るとは……

彼は笑わなかった。「クリスマスですね、金曜日って」

「そうですね。お腹は？」

彼は首を振って「いただきます」と、紅茶茶碗を手にした。「大丈夫ですよね、手術」

「もちろん。『九十九パーセント、大丈夫』と医者も言っていた。無事、終りますよ」

——聞いたのは九十パーセントだったが、大した違いはない。出来れば百パーセントと言ってやりたかった。

すぐに翔は「百パーセントじゃないんだ」と言った。

「同じようなものですよ。どんな場合でも不慮の事態はあり得る。そういう意味のマイナス一パーセントでしょう」

「『死ぬことは、きっとすごい冒険だぞ』」

驚いて翔を見る。

翔はにこりともしないで「ピーター・パンの台詞」と言った。「この間まで、恰好いい台詞だと思っていたけど、ちっともよくないですね。冒険なんかじゃない。『死ぬ』なんて、ただ居なくなること、ただ消えてしまうことだ」

「そんなこと、考える必要はない」と、私は叱責するように言ってしまった。

「でも頭蓋骨を開けて、脳の中にある腫瘍を取る訳でしょう。大手術じゃありませんか」

「確かに盲腸の手術とは違うでしょう。だが、しなければならないし、するとすれば早い方がいい。判っているでしょう?」

「判ってます」と、翔はようやく微かに笑った。「ごめんなさい。絡む相手がいなかったから、片桐さんに絡んだだけ。よりにもよってクリスマスだなんて聞いたから」

またしてもクリスマス！「私も君に絡もうかな」――ブランデーを一口含み「君は翔なの？　それとも聖？」と聞いた。

いともあっさりと彼は「翔です」と、答えた。

「きょう、おかあさんから火事の日のことを聞きましたよ。君はおかあさんを助けるときに『聖だよ』と言ったそうですね。だから亡くなったのは翔君ということになってしまった。それに……これは前に伺ったことだけど、その後の病院でも、君は『聖だ』と主張したと言う。なぜです？」

「母がそんなことを？　今まで火事のことなんか口にしたことないのに……随分あなたに気を許して……ううん、気が弱ってるんだ……それ」と、私のブランデーのグラスを指さした。「僕にもいただけます？」――中身が何かくらい香りで判っているはずだ。こんな問いの後に、酒など与えてよいものだろうか？「僕、もうすぐ十五です」と、彼は続けて言った。「構わないでしょう？　それくらい」

私は立ち上がり、彼の為にもう一杯、用意した。驚いたことに、彼は飲み方も心得ていた。私の視線に気付き、悪びれもせず「バードの所で……母親がスナックをしているんです。そこで二度……でも味見程度ですけどね」と言う。ふてぶてしく聞こえるほど、大人びた、醒めた口調だった。「僕が『聖』になったのは、母が兄しか求めてなかったから……単純でしょう？　炎の中で、母が呼んでいたのは『聖、聖、聖、聖』……ずっとそうだった。兄の名しか呼ばなかった。ずっと。だから兄になったんです」

「それは違う……」

「『翔も捜した』とか言ったんですか？　嘘ですよ。『聖、聖』……ずっと『聖』だった。炎の中で、凄い音がしていたけど、はっきり聞こえました。『聖！　どこに居るの。聖！応えてちょうだい！　聖！　お願いよ。聖！　聖！　聖！』……僕ね、あのとき物置に居たんです。イヴの準備で、母も祖母も相手にしてくれなかったし、書斎に居たら兄がうるさく絡むので、庭にある物置に行ったんです。寒かったけど、そこなら絶対、兄が来ないから。物置の二階です。三畳くらいのスペースで梯子で昇るんです。僕らの赤ん坊の頃の衣類や、古い雑誌、季節外れのレースのカーテンや藺草《いぐさ》のマットなんかがありました。小さな窓があって、そこから家の居間もよく見えました。マットに座って、カーテンを被り、雑誌を見ながら、ときどき居間を覗きました。父が友だちを連れて帰ってきたらイヴの始まり。ときどき居間を覗きました。そうしたら戻るつもりだったんです。何度目かに覗いたとき、母が階段を上がって行きました。父も帰ったのだろうかと見ていたら、兄が二階の廊下を走ってきて、階段の手すりに飛び乗り……僕は出来なかったけど、ときどき兄は手すりを滑ってました。でも、あんな風に飛び乗ったことはなかった。それで、そのまま……飛び乗り損ねて落ちてしまったんです。階段脇に大きなツリーがあって、それも倒れました。それから……下の方は見えなかったけど、火が燃え上がって、居間が燃えはじめたんです。僕、すぐに戻りました。いえ、カーテンなんか振りほどくのに、少し時間は掛かったけど、でもすぐに戻りました。家に入ると階段の向こうは火の海で……そのとき、母の声が聞こえたんです。上から。『聖！　聖！』って。兄が二階から落ちたのは見たけど、炎と煙で、どこに居るのか判らなかった。でも、僕も家の中に居るはずだった。もうすぐ父が帰るから、外に行ってはいけないと言われていたし、物置にもこっそり行きました。だから、僕も家の中に居るはずだったんです。でも、母は兄しか捜してなかった。炎の中で、兄の名前しか口にしなかった……」――翔はブランデーグラスに手を伸ばすと、水のように飲み、私に微笑みかけた。

「僕、すごく饒舌ですね。話すの嫌いなのに、片桐さんが相手だと、いつも話してしまう。なぜかな?」

翔の顔が染まり、酔芙蓉《すいふよう》だと思う……どうあろうと君は花だ……「辛い話だが、話してもらえて嬉しいですよ。ただ、君は誤解している。お兄さんはね……」——そこまで言って息を呑んだ。はっきりと判った。なぜ、聖はクローゼットに入り……なぜ、翔の振りをし……『お兄ちゃん』などと駆けだしたのか……

「兄がなんなんです?」

「お兄さんはね、君の振りをしたんですよ。寝室のクローゼットに隠れ、おかあさんに君の振りをしてみせた。翔だと思わせたんです。お菓子でおかあさんのドレスを汚してしまったからですよ。君の振りをして、君のせいにしようとした。そして逃げ出し、手すりを越えて落ちたんです」——冷笑を浮かべていた唇がぽっかりと開き、眸が呆然と見開かれた。「おかあさんは聖君が落ちるのを見た。いや、おかあさんにとっては翔君です。そしてツリーが倒れ、火が燃え上がり、翔君を助けることも出来なかった。そして家の中には聖君も居るはずだと気がついた。当然、聖君の名前を呼び、聖君を捜すでしょう」

「あの日……書斎に居たとき……兄はしきりに『上に行こう』って誘ってた。『今夜のおかあさんのドレスは凄いんだ』って……」——翔は私から目を逸らしてつぶやいた。

「病院で僕が死んだと聞かされたとき、『違う』と言えなかった。そのまま兄に成ろうと思いました。母を燃えている家から連れ出した時のまま……兄になっていようと……兄のままでいようと……本当は兄が死んだんだと母が知ったら、悲しむと思ったから。僕が死んだと知るより、兄が死んだと知る方が悲しむと思ったから、とっさに……でも、成りきれなかった。兄は何から何まで僕より優れていたから」……そして翔は微かに笑った。「優れた者を真似するって、無理ですよね」

キマが目覚め、翔に甘える。彼の笑みが広がり、手はゆっくりとキマの背を撫ではじめた。

「何を『優れた』というのか知らないが、私はおかあさんの前で『聖』に成っていた君より、『翔』でいる君の方が好きでしたよ。今も……たぶん、これからも」

ふっと、子供らしいはにかんだような笑顔が翔の顔に浮かぶ。「僕、僕自身が大人から好かれたのって初めてだ」

私の心は弾み、そして……増長した。「おかあさんは君を『聖』と呼び、私は『翔』と呼んでいる。結婚したら、どうしたらいいんでしょうね?」

キマに注がれていた柔らかな眼差しが豹変した。刺すような視線が私を貫く。「『聖』です！　母が生きている限り、僕は『聖』です。母の夫になるからといって、母を混乱させないでください」――そして立ち上がり、氷のような声で「おやすみなさい」と言い、彼は出ていった。――キマが後を追う。一階のドアが音高く閉まり、ドアの前で啼くキマの声が続いた。

「馬鹿め」と、テーブルを叩いてしまう。――翔の飲み残した琥珀の液がグラスと共に揺れた。花の残り香……一気に呷《あお》る……おまえが父になるのを、喜ばれているとでも思っていたのか……

★

翌日、私は病院にも行かず、一日書斎で過ごした。ただでさえ病室は苦手で、長居することが出来なかったし、昨夜の翔の視線を思い出すと、良き婚約者の役を演じることなど出来そうになかった。

日曜だから、翔は朝から病院に行っているはずだ。

何も手がつかず、翔の腰かけていた椅子に坐り、コンピューターのスウィッチを入れ、翔が入力したデーターを眺める。一文字、一文字、翔の入れたものだ。

シメール＝キマイラ、分類――幻獣、ギリシア神話、獅子の頭、山羊の身体、竜の尾、あるいはライオン、鷲、山羊の三重身。アンドレ・ブルトン著『ナジャ』――156頁

「霊的な存在」と、私は書き足した。「転じて妄想、空想、幻想などの意ともなる」

――シメールよ。君は私の幻だ。実際の君がどうあろうと、君は私に確固たる幻影を与えてくれた。君を初めて見たとき、あたかも顔を蘇らせた『サモトラケのニケ』が翼を広げ、目の前に舞い降り立ったかのようだった。君の吐息に魅せられ、君の憂い顔に魅せられ、君の笑顔に魅せられ、君の涙に魅せられ、今は侮蔑に満ちた刺すような視線にすら……魅せられている……

十時過ぎ、書斎のドアが開き、「ただいま」と声が聞こえる。

「お帰りなさい」と応えた私の声は掠れていた。振り返ると、翔はいつもの……そう、いつものような……はにかむような微笑を湛え、私を見ていた。

「きょうは頭痛も全くなかったそうで……」と、彼は嬉しそうに報告した。「急に『ケーキが食べたい』なんて言いだして、一緒に食堂に下りたんです。かなり大きいケーキなのに、二つも食べました」――翔ではなく、聖だった。

「食欲があるのは元気な証拠ですよ」と、うろたえながら私も言った。「明日、渡辺さんに美味しい店のを持って行かせましょう。いや……二日続けてだと、身体に障るかな？」

「どうでしょう？　明後日くらいの方がいいかもしれませんね。じゃ、おやすみなさい」

　私は思わず呼び止めた。強張った声、氷のような視線を浴びるよりはいい……だが、きょう一日の私の焦燥、焦慮はなんだったのだ……翔にとって私など眼中にない。あるのは母親だけ……昨夜、私に向けた憤懣も、心に留めるほどでもない……忘れ去ってよい出来事……相手なのだ……だが、振り向いた翔に、一瞬、言葉に詰まる。

　翔の方が近寄ってきて、口を切った。「昨夜は、僕、ちょっと失礼をしました。お酒なんか飲んで、酔っちゃったみたいで……お気を悪くされてたら、ごめんなさい」――そして、陶然となるほどのえも言われぬ笑顔を浮かべ、毅然と言った。「僕は聖であり、翔でもあるから、これからはお好きなように呼んでください」

　いつから、こんな大人になったのだ……私は阿呆のような薄ら笑いを浮かべて、ただうなずいた。

「おやすみなさい」と繰り返した翔を、またしても呼び止めてしまう。小箱から琉球《りゆうきゆう》葵《あおい》の貝殻を出し、差し出した。

　怪訝そうに受け取った翔は、掌に乗った小さな貝に歓声をあげた。「これ、貝なんですか⁉　本当に？」

「琉球葵という貝ですよ」

「驚いた。ハート型……ハートの形の貝なんて……真っ白なハート、信じられないな」

「自然の驚異ですね。ハート型に沿って分かれるのではなく、ハートを真二つにして合わさる形状も面白いでしょう？　君みたいだ」

翔は胡桃ほどの大きさの貝に、眼を釘付けにしたままつぶやいた。「片方が兄、片方が僕……ですか？」

「そして一つのハートになる。『もうすぐ十五』と言ってましたね？　誕生日はいつです？　プレゼントしましょう」

「ありがとうございます。他のプレゼントなら『要らない』って、申し上げるところだけど……誕生日は……すぐだけど、あれから、クリスマスも誕生日も、何もしないんです。でも、このプレゼントはいただきます。すごく嬉しい」

——ふと、翔の視線が外れ、書見台の下に向かった。私は思わず息を呑む。薄闇に上げ蓋の真鍮の把手が微かに光っている。さっきずらした机上のスタンドのせいだ。だが彼はそのまま顔を私に向けると、聖とも翔とも判らぬ笑顔で会釈をし、今度こそ出ていった。

——ドアが閉まったとたんに、力が抜ける。覗き孔だと気付いただろうか？　まさか……とにかく和解成立……としていいだろう。彼は大人のように受け流す知恵を身につけ、私は子供のように物でごまかした。

十四歳の翔は、風に舞う花のように漂って見えた。頼り無く、この世の外に居るような少年だった。だが、英子が入院してから、彼は確かに変わった。今、ここに居た翔は、私より大人びて見えた。もう十四の少年ではない……

十分後、浴室から自室に入ったのを確かめて、覗いてみる。

タオルで髪を拭きながら囚われた動物のように短い距離を行きつ戻りつ、歩いている。バスローブから伸びたしなやかな脚、艶やかな脹ら脛《ふくはぎ》、清潔な踵《かかと》の線は、まだ少年のものだ。机上から何かを摑み、明かりに翳す。贈った琉球葵貝だ。そして翔は私を見た！

蓋を閉め、鍵を掛けた後も、しばらく胸の鼓動が治まらなかった。こちらは暗闇、気付くはずはない。それでも、今にも階段を駆け上がり、ここに入ってくるような幻影が浮かんでは消えた。足音は聞こえない。嘘のように静かだ。だが、私を見た以上、天井の穴に気づいたのだ。そして、真上のこの蓋と結びつけるだろう。いや、この蓋に気付いたからこそ、穴を見たのかもしれない。気をつけなければ……ダ・ヴィンチも書いている。『ささやかなことから重大な破滅が生まれる』と。

数分後、翔が来ないことを確信し、私は上げ蓋の鍵を花蟷螂《はなかまきり》の額の上に置いた。花蟷螂には、翔も渡辺さんも決して近づかない……

★

手術の日が近づくにつれ、皆が陽気に、そして神経質になった。

深呼吸の練習、うがいの練習、ベッド上での排泄の練習……病室に入れば、否応なく手術が間近になったことを思い知らされる。英子の気分は猫の目のように変わった。私は英子の勤め先に退職願いを出した。独断だったが、英子に伝えると彼女も喜んだ。もう生活のために働かなくてもよいのだ。好きなだけ、絵を描いて暮らせると。

それから、英子は気分が良いと、しきりに結婚後の夢の生活を話すようになった。

――もう一階と二階に分ける必要もないわよね。上のリヴィングルームは要らないわ。それに下の寝室も……寝室と客間を繋げて、もっと大きな客間にしましょうよ。今までお客様を呼ぶゆとりもなかったわ。客間を大きくして、皆を招くの。大学時代の友だち、二人の共通の友だちを。アトリエも、もっと使いやすくして、今度こそ絵を描くわ。それから個展を開いて……夫婦の画家よ。二人展も出来るわ。『片桐哲哉、英子展』……ねえ、聖、素敵でしょう？――そして突然ふさぎ込む。

――翔は微笑み、うなずくだけ。私も同様だった。英子一人が夢を描き、夢を話し続けた。

私の夢に英子はいない。二人展だって……冗談じゃない。寝室と客間を繋げるだと……では上の寝室に押しかけてくるつもりか……とんでもない。何も変えさせない。寝室も別だ。あの寝室は私だけのものだ。

私は誠実な婚約者を装い、ほぼ毎日行っていたが、なんのことはない。翔と共に居たかっただけだ。土日を除き、翔が下校するのを待って共に車で病院に行くというのが日課になりつつあった。それでも三十分とは居られなかった。病室の雰囲気にはいつまでたっても馴染めない。これが個室でなかったら、おそらく五分ももつまい。この有能な片桐哲哉、大学一の切れ者と呼ばれている片桐哲哉は、病室ではまったくの役立たずだった。

毎日のことなのに、翔は病室に着くやいなや枕元に走り、機関銃のように問いかける。きょうは頭痛はどうか？　体調は？　具合の悪い所はないか？　昨夜はよく眠れたか？　食事は摂れたか？……親子の間で毎日が百年の逢瀬のようだった。そして、ついこの間まで甘え、まとわりつくだけの子供だったのに、頼りになる甲斐〳〵しい看護士として、寝具を整え、数日後には剃らなければならない髪を梳かし、食事の世話をする。正に良い子の聖、明るく屈託のない聖、優等生の聖だった。

出る幕もなくベッドから離れ、窓際のソファーに坐り、美しい母子像を眺めながら、私は決まって煙草が吸いたくなった。英子の夢物語が始まると、なおのこと吸いたくなった。

★

月曜、英子から翔の誕生日が明日だと聞く。明日は冬至……夜の最も長い日だ。

火曜、翔は昼過ぎに帰宅した。渡辺さんの声に書斎から出ると、ホールに翔が居た。終業式だったという。

「きょうからちゃんと病院に行かれるし、僕ひとりで看《み》られます」と、渡辺さんに話していた。

「でも、午後から消灯まで居るんじゃ大変でしょう」と渡辺さん。「あなたの方が倒れてしまうわ」

すっかり失念していたが、大学も終業式だった。階段を下りて昼食を提案してみる。

「とりあえず、きょうは三人で病院に行きましょう。その前に三人で外で昼食を摂る……きょうは誕生日でしょう？　何か買い物もしましょう」

さも呆れたように翔は私を見た。「誕生日なんて関係ありません。それに今から病院に行ったたって一時過ぎですよ。食事なんて……僕は病院で何か食べますから。渡辺さんといらしてください」

さっさと自室に消えた翔に、渡辺さんが「お昼の用意はもう出来てますよ。上で召しあがってください」と、取りなすように言った。「明々後日《しあさって》、手術ですからね。聖君も頭が一杯なんですよ」

「気持ちは判るが、まるで苦行僧だな」と二人で二階に戻った。「私の提案は、さぞや呑気に聞こえたのでしょうね」

「いいえ」と渡辺さんは穏やかに微笑んだ。「手術が終れば、先生がどれほど気を遣われ、良くしてくださったか、判りますよ」

「何もしていませんよ」と食卓につく。

ドアの開閉する音が聞こえ、寒々とした庭を早くも勝手にひとりで病院に向かう翔の姿が見えた。カシミアのコートを買ってやろう。暖かなブーツとフランネルのスラックスも。

「でも先生がいらっしゃらなかったら大変だったと思いますよ」と言いながら、渡辺さんはふつふつと湯気を立てるグラタンと、色鮮やかなサラダを出してくれた。「個室に入るのは勿論のこと、生活も何も、大変だったでしょう」

「それは単にお金の効用で、私自身は何もしていない。画家など、こういうときにはなんの役にもたちません」

「お金の効用も、とても大事ですよ」と渡辺さんは笑い、掃除機を手に出ていった。

――『三人で昼食を』などという思いつきを実行していたら、口には出さないだろうが、渡辺さんもがっかりしていただろうと、丁寧に作られたグラタンを味わう。私が気を遣っているのは翔ひとりだった。彼の目の色、声音……それだけを気にして暮らしている。そして彼はつれない。『愛する者はいつも寛大で、愛される者はいつも残酷』と三島由紀夫は『禁色』で書いていた。真理だ。

その日、私はうんざりしていた病室には行かず、翔の衣類を求めて師走の街を歩いた。

居るはずもないのに、雑踏の中に翔の姿を追いながら。

★

翌日は祭日で渡辺さんも休みだった。

きょうこそ翔と昼食をと思い、部屋のドアをノックしてみたが、返事はなかった。まだ朝の十時である。そっとドアを開けてみると、昨夜私が贈った衣類の紙袋が封もそのままに置かれ、部屋は寒々としていた。

ドアを閉めながら思い出す。日曜、祭日は検査もなく、面会は朝から可能だった。所在なく、私も病院に行くことにする。私の美神は、見舞いにも来ずに買い物をしていた私に、腹を立てているのかもしれない。昨夜の素っ気ない受け取り方、そそくさと書斎を出ていった姿が蘇る。そういえば『おやすみなさい』とも言わなかったではないか……。

病室には英子一人だった。

長野の兄夫婦が見舞いに来るので、新宿駅まで翔を迎えにやったと言う。

「『来なくていい』と言ったんですけどね」と、実際、来て欲しくないような顔で、英子は言った。「知らせてもいなかったんですけど、家に電話が入って、渡辺さんが教えてしまったんですよ」

「まあ、わざわざ長野から見えるんだし、そう嫌そうな顔をするものでもありませんよ」

「回復しているときならともかく、手術前になんか会いたくないわ」と英子は不貞腐れたように言った。「疲れるだけの人たちですもの。向こうだって義理で来るだけよ。逃げだしたいわ」

英子は明らかに苛立っていた。手術の日が近づくにつれ、苛立ち、神経質になっていたが、これほどあからさまに感情を見せられると、私も逃げだしたくなった。「見舞いだし、そう長居もしないでしょう。具合は？」

英子は「顳顬《こめかみ》がずきずきするの」と、指で押えながら大きく吐息をついた。

「看護婦を呼びましょうか？」

「いいえ、きょうは手薄だし、来てもらってもどうしようもないわ。お薬も飲んだし、そのうち治まる……ごめんなさい、こんなで」

「いや、とんでもない」――居心地悪く、私は浮かした腰を再び下ろした。兄夫婦が来る前に帰りたかったが、少し治まるまででも居なければならぬだろう。

言葉も見つからず、黙していると、「手術……した方がいいのかしら」と英子が言いだした。

「何を言うんです、今更」

「だって……手術が失敗したら……結婚してから手術をしたいわ、私」

訴えるような眸から目を逸らし、「馬鹿なことを」と言う。愛憐を覚えるどころか、私の方まで苛立ってきた。またしても愛してもいない女を優しくなだめ、あやさなければならないのかと思うとうんざりした。来たくもない病室で、肝心の翔はおらず、こんな女のわがままになぜ私が付き合わねばならない……

「あなたと結婚したいのよ」と、英子は振り絞るような声をあげた。「恐いの。明後日……手術が失敗したらと思うと。いいえ、だめよ、三月まで……私、生きたいわ！」

「大丈夫ですよ」と、いささか無愛想に言い、私は頑なに目を逸らし、坐ったままでいた。抱いて欲しいのか……夫が死んだばかりだというのに、もう温もりが欲しいのか……三月までお預けだ。賜物を授けてくれたら抱いてやってもいい。だが、それまでは……せいぜいプラトニックな婚約期間を過ごそうではないか……サロメよ。私は意地悪く「木原も見守ってくれるでしょう」と言ってやった。

とたんに弾けるような笑いが炸裂し、驚いて英子を見る。

「木原が？　木原が見守るですって……冗談じゃないわ。木原は私を呼んでるの。毎晩、毎晩、寝ると必ずやってきて、私を誘うわ。翔も、お義母様も、みんなで私を呼んでいるのよ！　おまえのせいだ。おまえのせいだって」

狂ったのかと思った。顔を紅潮させ、目を見開き、英子は私を……私を徹《とお》して……何かを見ていた。

「そうよ、当たり前よね、みんな私を恨んでる。罰が当たったんだわ。いえ、これからよ、こんな痛みなんて生ぬるい……これから罰が当たって、私、死ぬんだわ、明後日……クリスマスに。聖は……ねえ、お願い……聖を……」

「いいかげんにしなさい！」と冷やかに英子を見た。

　声を呑んだ英子は、私に焦点を合わせた。まるで初めて私を見たような眸だった。そして堰を切ったように言葉を迸らせた。

「判る？　みんな私が殺したのよ。あんなに翔を怒らなかったら翔は逃げなかったわ。イヴですぐにお客が来るって、私も焦ってたのよ。翔がドレスを汚して……それに、あの子、謝りながら笑ってた。だから思わず怒鳴ったの。クローゼットから引きずりだして……私、本当に怒ってたわ。だからあの子は逃げた。逃げて、落ちて、死んで……お義母様まで……」

「やめなさい」と、私は英子を抱いた。普通じゃない。だが、英子の言葉は止まらなかった。

「木原だってそうよ。あの素晴らしい家、夢のような生活、あなたと結婚出来たら、この不安から済《すく》われると思った。私が死んでも……あなたさえ居てくれたら……と。あなたは聖を愛してくれた。私が死んで、木原と聖だけになったらお仕舞よ。あの人は弱かった。聖も。二人で駄目になるわ。あなただったら、聖をしっかり守ってくれる。聖をしっかり育てられる。聖にはあなたが必要なの。絶対に必要なの。だから木原を殺そうとした」――今、なんと言った？　考える間もなく、英子の言葉が耳を射る。「二度も。でも、死ななかった。死ななかったけど、私が殺そうとしていることを知ったわ」――なんてことを……英子から離れようとした。だが、英子は私の背に爪を立て、人とは思えぬ力でしがみついていた。「だから死んだの。自分で……判ったのよ。あの人にも。あなたの方が聖の父に相応しいって。私の夫にも……いえ、私の夫になんてとんでもないわ。でも、私、木原にそう思わせた。そう思わせて、あの人を追い詰めた。追い詰めて、追い詰めて、追い詰めて……」

動物のような呻きが耳元でし、爪が食い込み、そして解放された。

「英子！」――赤黒くなった顔が紫に見えてくる。眸は空を見つめ、唇から涎が糸を引いた。「ナース・コール」のボタンを押す。押し続けた。馬鹿な……何が起きたんだ……馬鹿な……

★

英子は集中治療室に運ばれた。

英子の兄夫婦は「何かあったら連絡を」と言い置き、着くと同時にそそくさと帰ってしまった。

「母に何を言ったんです?」と、翔は言った。

「何も」と私は応えた。

「マクフェイト」と、翔はつぶやいた。何なのか判らない。聞く気力も失せていた。

私たちは押し黙ったまま、控室で夜を明かし、朝を迎え、昼を過ごし、そして再び夜、英子の死を知らされた。集中治療室に運ばれてから三十時間後、手術前日のイヴの夜だ。脳内ヘルニアだという……

何も言ってはいない。英子が一人で話しただけだ。私は何も言わなかった。何も言わずに英子を追いやった。『追い詰めて』という声が、耳から離れなかった。何も言わずに、私は英子を追い詰めたのだろうか? だが考える気も起きない。翔との絆……私と翔とを結ぶ糸が断ち切られたのだ。


クリスマス一色に彩られた街中を、柩と共に帰宅する。

終始一貫、面倒を見てくれた渡辺さんの采配で、柩は一階の客間に運ばれた。大勢の友だちを招くはずだった客間は、一人の客を迎えることなく、英子の最後の部屋となった。

葬儀社の人たちが帰っても、翔は柩の横に坐ったままだ。柩に寄り添い、片手を柩に乗せたまま、身じろぎもしない。きのうから、泣くことも、話すことも、食べることも、飲むことも、私たちも……何もかもを拒否していた。そして渡辺さんが紅茶を持って近寄ると、初めて「来るな！」と、押し殺したような声をあげた。渡辺さんは無視して紅茶を傍らのテーブルに置くと、私の方にきて、横の椅子に盆をそのまま置き、暖房を点けると部屋を出ていった。盆にはブランデーのボトルとグラスが乗っていた。私はひとり離れ、ドア近くの壁際に並べた椅子の一つに坐っている。途方に暮れていた。

ブランデーに口を湿したとき、ドアが開いて渡辺さんが会釈をする。

ホールに出ると、英子の知人たちに知らせないでよいかと尋ねてきた。「長野の御実家には、今、知らせました。明日の葬儀には、お二人とも、お身体の具合が悪くていらっしゃれないそうです」

――きのうは夫婦揃って健康にはち切れそうな顔色をしていた――だが、私も彼らには会いたくない。誰にも会いたくなかった。翔もそうだろう。英子とて、誰を呼ぼうと喜びそうもない。「私たち三人で送りましょう」と言う。

「そうですね」と、渡辺さんもすぐに賛成し、「何か摘《つま》める物を用意します」と、二階に上がっていった。

私は再び客間に戻る。死者の部屋……翔の絶望に充たされた部屋……翔はこちらに背を向け、両手を柩の上に乗せていた。紅茶はそのまま、肩が震えている。泣いているのではない。滾《たぎ》る感情を身体全体で抑えているのだ。

元の椅子に坐り、翔の震える美しい背中に目を向ける。気安く「泣きなさい」などと言うことすら出来ない。ひりひりと痛みだけが伝わってきた。慰め……励ます……どんな言葉も浮かばなかった。翔とて、私の言葉など欲してはいない。今は英子の死と向き合うだけで、精一杯だろう。

翔と痛みを共有することは出来なかった。翔と私の絶望は違う。私はただ翔を失った落胆に打ちのめされていた。

三ヵ月後には私の子供となるはずだった翔……彼は十五になったばかりで孤児となり、私の手元から離れてしまった。三ヵ月……あと三ヵ月、英子が生きていてくれたら……ブランデーを飲む。いや、そうだろうか？　と、私は思った。

英子の唯一の身寄り、兄夫婦が葬儀にも来ないということは、当然無視出来ぬ翔の存在から、一時的にも逃れるためではなかろうか？　――翔を養子に出来るかもしれない！　そう、出来る！　なんとしても、どんな手段を使っても養子にする。木原も英子もいない今、それはいとも容易《たやす》いことではないか？

思わず「翔君」と、声が出かかり、息を呑む。

こちらが言いださない限り、兄夫婦の方からは言ってきそうもないではないか。翔は当分わが家に置けそうだ。翔が落ちついてから、ゆっくりと切り出そう。不謹慎にも胸が躍った。終りではない。始まりだ。翔との生活……付属物も何もない。翔と私だけの生活……血が体内を巡り、脳が動きはじめる。なんのことはない。運命は私に微笑みかけていたのだ！　（英子、ありがとう。素晴らしいプレゼントを）と、私は柩に向かって感謝した。素晴らしいクリスマスプレゼントだ！

　今は翔の痛みも絶望も私には届かなかった。柩の前で身体を震わせている翔は、輝く未来を持っている。おまえのためならどんなことでもしよう。至福と喜びに充たされた黄金の笑みを、その美しい顔に取り戻してやろう。私ならできる。英子も言っていたではないか……あなたなら安心なの……あなたみたいな人の保護が必要なのよ……聖をしっかり守ってくれる……聖をしっかり育てられる……聖にはあなたが必要なの……絶対に必要なの……だから木原を殺そうとした！……だから木原を……

　英子が私との結婚を望んだのは、翔を私の子供にするためだったのだろうか……私が翔のために英子との結婚を承諾したように、英子も翔のために……私を翔の父親とするために……甘い言葉一つ交わさず、口づけすらもしなかった私たち……そう……英子はなんと言った？　私が死んで木原と翔だけになったらお仕舞よ……引っ越し前に英子は二度も病院に行っていた……脳腫瘍であることも知っていた。おそらく悪性であることも、そして死期が近いということも……

　グラスが空になっていた。ボトルを開ける。グラスに注ぐ音が、空気を切り裂くように部屋に響いた。翔は振り返りもしない。英子も木原もおまえのことしか考えていなかったんだよ。愛しい翔……皆がおまえを愛していた。おまえだけを……引っ越して……英子は私の生活を知り、私の翔への愛情を知り、自分の死後の翔を思い、天秤に掛けたのだ。木原との暮らしと、私との暮らし……基本的には、自分が愛されているのだと誤解していたことだろう。木原を殺せば、私と結婚できると。そして木原はそれを察し……たぶん英子の病気は知らなかったろう。単純に私たちが相思相愛だと思い込んだのだ。妻が殺意を持つほどの……そして……身を引いた。馬鹿で……どうしようもなく優しい木原……

「もう真夜中ですよ」と渡辺さんが盆を抱えて入ってきた。テーブルに海苔巻きと惣菜が並び、茶が置かれた。「二人とも昨日から一睡もしていないし、召し上がって少しお休みなさい」とソファーに坐る。「お通夜は私がさせていただきますから。聖君もこっちにいらっしゃい」

翔がようやく振り向き、ゆっくりと腰を上げ、素直にソファーに来た。私もほっとしてテーブルにつく。渡辺さんの存在をこんなにありがたく感じたことはない。張り詰め、今にも張り裂けそうだった空気が和らぎ、風が通った。

「一口でも食べないとね、倒れますよ」と渡辺さんは静かに翔に言った。「先生も、さあ」

昨日から渡辺さんに勧められるままに食べ、そして飲んでいたが、何を食していたかも覚えていない。寿司の味をようやく感じながら、重くのしかかるような疲労も感じた。それでも、翔と離れるわけではないという思いに安らぐ。このうえない安堵と喜び……英子と木原の思いなどどうでもいい。二人は死に、私に翔が残されたのだ。私に託されたのだ！　喜びが身体に染み入るように湧き起こり、歓喜に充たされながら私は簡素な通夜の食事をした。

　翔は再三勧める渡辺さんの言葉にも黙したまま、ただ茶だけは飲んだ。

　渡辺さんの言葉に、形だけとはいえ、うなずくようになっただけでもいい。うなずき、俯き、黙し、ただ静かに茶を口に運んだ。そして私たちが食べ終ると「お二人とも、もう休んでください」と言った。

　硬く、ぎこちのない声だったが、声を聞いて、私はまた安堵した。とにかく話した。ゆっくりでいい。ゆっくりでいいから、回復するんだ。

　目の前で俯いている翔のか細い身体はたまらなく愛おしかった。

「明日の葬儀だが」と、私は英子の柩に目をやりながら、彼に話しかけた。「君の友だちも呼びましょうか？　それとも、私たちだけの方が良ければ……」

「うるさいよ」

　――私は驚いて翔を見た。翔の声、翔の言葉とは思われない。俯いた顔の下で肩が震えていた。膝の上で両手で支えられている茶碗も揺れていた。押し殺し、ぞっとするほど陰鬱な声……。だが、「翔君」ともらした私に向かって、今度ははっきりと翔は言った。

「うるさいって言ってるんだ」――伏せられた顔が上がり、ゆっくりと私に向けられ、私を見た……いや……眸《ひとみ》は私に向けられていたが、私を見てはいなかった。無表情な仮面のような顔……為す術もなく声を呑んだ私に、仮面は壊れそうな笑みを見せた。

「あなたにこんなことを言うなんて……でも人になんか会いたくない。誰にも……あなたたちにも……ひとりにしてくれませんか。休んでください」

「だめですよ」と渡辺さんが言う。「私はきのうちゃんと寝ていますからね。一時間でも二時間でも、聖君こそ寝なさい。横になるだけでもいいから」

「あとで……」と、翔は再び俯き応えた。「今はひとりにしてください。この部屋で」

さすがの渡辺さんも息を呑むほど、硬く重い声だった。

「じゃあ……交代しましょう」と、ようやく渡辺さん。「二時になったら私と交代。判ったわね？」

翔がうなずく。渡辺さんが私に目配せをし、二人で部屋を出た。

「ひとりにしておいて大丈夫でしょうか」と私は聞いた。

「少し、ひとりにしてあげましょう。泣けるでしょうし」

そう……泣いた方がいい。泣くことすら忘れた翔……疲労感はあったが、眠くはなかった。ブランデーを持って寝室に行く。

十二時だった。窓の外は闇に沈み、中学の校舎も闇に消えていた。深く静かな聖夜だ。

最初の写真は渋谷の街中……僅か半年前なのに、ずっと幼く見えた。

頬の線がふっくらとしていて、少し開いた唇の形もあどけない。太い黒縁の眼鏡は滑稽だったが、眼鏡の奥の眸は涼しく、下瞼の膨らみは愛らしく、垣間見える眉はうっとりするほど美しい弧を描いている。

ノックの音に立ち上がり、ドアを少し開いた。

廊下に立っていたのは驚いたことに翔だった。

「どうしました？」――瞬間、何が起きたのか判らなかった。何かがきらめき、とっさに振り払ったように思う。セーターが引っ張られ、突き飛ばされ、倒れた。翔が突進してきたのだ。胸の微かな痛みに、見るとセーターが切れ、ぱっくりと口を開いた下に赤く線の走った皮膚が見えた。だが、次の攻撃はない。

顔を上げると翔は部屋の中に居て、その顔は呆然と壁に吸い寄せられていた。手にナイフを持っていた。木原の死んだ後、部屋でかちゃかちゃと踊らせていたナイフだ。

「翔……」

「なんなんだ……」と翔はつぶやき、私を見下ろして「なんなんだ！」と叫んだ。

「写真ですよ」と私は応え、ベッドに縋って立ち上がる。掠り傷だ。どうということもない掠り傷……だが、信じられなかった。

「庭や、街の中まである。ずっと前から……」と翔は見回しながらつぶやき、後ろ手でドアを閉めた。鍵を掛ける音がする。そして「どういうことだよ！」と怒鳴った。凄い声だ。

「ただ……君の写真を撮りたかったから……いけませんか」

「こんな……何百枚も……」

寝室の壁は翔の写真で埋まっている。街中の翔、庭の翔、海での翔、眼鏡を掛けた翔、眼鏡を外した翔、化粧した顔、笑っている顔、むっつりとした顔、澄ました顔、凛々しい顔、涼しく麗しい顔、花そのものの顔……三百枚か四百枚……

「君が好きだったから、美しいと思ったから撮ったんですよ。いつも君を見ていたいと思ったから」

「目的は母じゃなくて、僕だったの?」

ドアの向こうから渡辺さんの「どうしたんです?」と言う声が聞こえ、ドアが叩かれた。

「うるさい!」と翔が怒鳴る。そして「言えよ!」と、私にも怒鳴った。「僕が目的だったのか?」

「そう……君に魅せられた」

「僕が目的でこの家に呼び……母と結婚し、女のように僕を囲う気でいたの?」

「君が考えているような、そんな関係を持とうとは思わない。ただ君を愛しただけですよ。君を……心配するようなことはない」

「『心配するようなことはない』だって⁉　こんな……こんな部屋で寝ていたくせに……マクフェイト……やっぱり魔王の部屋だ」

「なんです？　それは」

「ここは地獄だってことだよ！」

ドアが叩かれ、渡辺さんの声が聞こえた。「開けてください！　どうしたんです？」

私には翔の言うことが判らなかった。「落ちつきなさい。無断で君の写真を撮ったことは謝る。だが、なぜ、君を愛して悪いんです？　ナイフなど持って、私を殺すつもりで来た。どうしてです？　なぜ、私を殺そうと……」

「あなたが現れて家は崩壊したんだ！　あなたさえ居なければ、父も死ななかった。母だって、もっと早く病院に行ってた。何もかもおまえのせいだ。おまえさえいなけりゃ……」

「私はただ……君を愛しただけだ。皆、君を愛しただけだ。おとうさんも、おかあさんも、君を愛して……」

「うるさい！」――翔はナイフを構えた。

「翔君、ナイフを捨てなさい！」――私は前に進んだ。

翔はナイフを構えたまま、左にずれた。じりじりと睨み合ったまま、私たちは数歩ずつ歩いた。間隔は狭まらない。「おかあさんの葬儀も済んでないいんだよ。翔」

「聖君！　聖君！」と渡辺さんの声が高まった。

「聖は死んだんだ！」と翔は荒々しくドアに向かって叫んだ。「母が死んだから聖も死んだ！」――そして顔は再びこちらに向けられ、声も低くなった。「ここに居るのは駄目な子の翔だけだよ。葬儀なんて、なんだっていうんだよ。死んだんだ。母は死んだんだ。死んだ後なんて、何をしたって生き返る訳じゃなし……死骸を都合よく片付けるだけじゃないか！」――すっと涙が頬を伝った。

「ナイフを捨てなさい」

「怖いの⁉　あなたが？　魔王のように強いあなたが？　マクフェイトのあなたが？『死ぬことはきっと凄い冒険だぞ』」――震える声で囁くと、翔は静かに笑った。「安心しろよ。殺さないよ。殺せないんだ。でも、あなたを殺さないためには……僕が死ぬしかないよ」

馬鹿な……私は後ろに飛びすさり、ドアを開けた。

渡辺さんが勢い込んで私の横に転げたとき、翔も私の目の前で頽《くずお》れた。一瞬捕らえた眸に私は存在せず、見開かれた眸は宙を泳ぎ、花が閉じるように伏せられ……そして堕ちていった……

渡辺さんが「聖君」と駆け寄る。

退いた自分の足の、妙に突っ張った感覚と、そこに押し寄せてきた絨毯の染みだけを覚えている。

私は退いた……
前に進み、止められたかもしれないのに……
なぜ……恐怖ではない……
私は翔を葬ったのだ。おそらくは私の意思で葬ったのだ……
シメール……幻を幻たらしめるために……

解説

北村浩子

本編を読み終え、続けてこの文章を読んでいる方、今あなたの肌は粟立っているのではないでしょうか。

なんと完璧な悲劇であろうか、と。

解説を先に読む方もいらっしゃると思いますので、結末や詳細については言及しません。読了した方はいったんこのページを閉じ、再度冒頭の一文に戻ってみてください。必ずやこう思われるはずです。ああ、なんと完璧な小説であろうか、と。

服部さんの伝説的な代表作『この闇と光』を読んだときの衝撃は、今も忘れることができません。

三歳で視力を失った少女の一人称で語られる、どこか恐ろしい寓話のような物語世界が一六六ページで突然壊され、後半はその世界の全容が明かされる展開になる、と思いきや……。角川文庫により復刊された二〇一四年、当時わたしは本を紹介するちいさなラジオ番組を持っていたのですが、読後すぐにナレーション原稿を書き、この残酷で蠱惑的な名作をひとりでも多くの方に手に取ってもらえたら、と願いながらオンエアしたことを覚えています。

ページが進むごとに深まっていく不安が哀しみの色合いを濃くし、その哀しみの正体を見届けたくて、本を閉じることができない。『この闇と光』を読んでいたときに感じた、そんな「昏い興奮」とでも言いたいものは、やはり復刊された『罪深き緑の夏』からも存分に感じられました。熱海の古い洋館に住む少女に魅入られた少年がやがて画家になり、彼女のためにフレスコ画を描くことになる、というストーリーを肉付けする登場人物たちの得体の知れなさ、誰もが秘密を隠し持っているかのような、粘度と湿度をたっぷり含んだ空気感——。服部作品にしばしば出てくる茨《いばら》のモチーフさながらに、愛憎相半ばする人間関係に絡め取られる苦い快感を味わわせてくれるこの初期の傑作に続いて、長らく入手困難だった本作『シメール』も復刊となり、いち小説ファンとして本当に嬉しく思っています。

三章で構成された『シメール』には、語り手が二人います。ひとりは「僕」、ひとりは「私」。

「僕」は、中学二年の少年です。六年前のクリスマスイブに火事で祖母と家をうしない、渋谷に近い古いアパートで両親と暮らしていること、学校へはほとんど行かず、年上のストリートミュージシャンの友人とつるんでいること、テレヴィゲームに熱中していることなどが語られる中でひとつ、不明瞭な点があることに読者は気付きます。彼の、名前です。

「僕」は双子の弟で、兄の名は聖《せい》。火事で亡くなったらしきその兄の名前で、父母は「僕」を呼ぶのです。その呼びかけに対し「僕」はたびたび「僕は翔だよ」と返します。彼は聖なのか、翔なのか。「兄」が話す場面もあり、死亡したのはどちらなのだろう、もしかしたら生きているのか？　と、読者は疑問を持ちながら物語を追っていくことになります。

一方の「私」。優雅な暮らしをしている風情のこの男性は、「僕」の語りに登場する片桐哲哉という人物だと次第に分かってきます。片桐は画家にして美大教授、翻訳家、著述家でもあり、メディアにもしばしば登場する人気文化人。妻を交通事故で亡くした彼は、大学時代の同級生である「僕」の両親との交流が再開して間もなく、二人に手を差し伸べます。自宅の一階を格安で貸すから、越してこないかと提案するのです。

かくして「僕」と両親、片桐は同じ屋根の下で暮らすことになります。片桐の「施し」は、純粋な親切心、友情からのものなのか。それとも――。

肝心なことは伏せます。なぜなら服部さんは、読み手がこの小説を胸騒ぎとともに楽しめるよう、非常に注意深く言葉を選んで、物語を構築しているからです。

全編通して圧倒されるのは、たとえば「僕」がノートに記すロールプレイングゲームの筋立て、たとえば片桐が所蔵する書物についての「僕」と片桐とのやりとり、そういった場面をはじめ、あらゆる個所に古今東西の芸術作品のタイトルが盛り込まれていること。シュルレアリスムの創始者として知られる、アンドレ・ブルトンの実験的小説『ナジャ』、名作の挿画を数多く手がけたカルロス・シュヴァーベの絵画『詩人とミューズの結婚』、紀元前のギリシア彫刻『サモトラケのニケ』、三島由紀夫をして「デカダンスの聖書」と言わしめたJ・K・ユイスマンスの『さかしま』、谷崎潤一郎の『瘋癲老人日記』――それらはただ飾りのように網羅されているのではありません。すべて物語に有機的に作用しているのです。これだけの教養が、惜しげもなく詰め込まれている娯楽小説はそうはないでしょう。読者はこの一冊から、驚くほどたくさんの、香しく豊かなものを受け取ることができるのです。

服部さんは、癌と、その転移が原因で、二〇〇七年に五十八歳の若さでお亡くなりになりました。二〇〇〇年に刊行されたこの『シメール』の登場人物のひとりが罹る病が、それにとても似ているという悲しい偶然に胸を衝かれます。

服部さんが、生涯で遺した著書は長編、短編集合わせて十冊。近年の復刊の流れが今後も続き、さらに多くのファンを獲得することを願ってやみません。

（きたむら・ひろこ＝フリーライター）

本書は、二〇〇〇年五月に文藝春秋より刊行された
単行本『シメール』を文庫化したものです。

シメール

二〇一九年 一 月一〇日 初版印刷
二〇一九年 一 月二〇日 初版発行

著　者 服部《はっとり》まゆみ
発行者 小野寺優
発行所 株式会社河出書房新社
〒一五一-〇〇五一
東京都渋谷区千駄ヶ谷二-三二-二
電話〇三-三四〇四-八六一一（編集）
〇三-三四〇四-一二〇一（営業）
http://www.kawade.co.jp/

ロゴ・表紙デザイン 粟津潔
本文フォーマット 佐々木暁
本文組版 株式会社創都
印刷・製本 凸版印刷株式会社

Printed in Japan ISBN978-4-309-41659-5

神州纐纈城

国枝史郎　40875-0

信玄の寵臣・土屋庄三郎は、深紅の布が発する妖気に導かれ、奇面の城主が君臨する富士山麓の纐纈城の方へ誘われる。〈業〉が蠢く魔境を秀麗妖美な名文で描く、伝奇ロマンの最高峰。

黒死館殺人事件

小栗虫太郎　40905-4

黒死館を襲った血腥い連続殺人事件の謎に、刑事弁護士法水麟太郎がエンサイクロペディックな学識を駆使して挑む。本邦三大ミステリの一つ、悪魔学と神秘科学の一大ペダントリー。

白骨の処女

森下雨村　41456-0

乱歩世代の最後の大物の、気宇壮大な代表作。謎が謎を呼び、クロフツ風のアリバイ吟味が楽しめる、戦前に発表されたまま埋もれていた、雨村探偵小説の最高傑作の初文庫化。

消えたダイヤ

森下雨村　41492-8

北陸・鶴賀湾の海難事故でダイヤモンドが忽然と消えた。その消えたダイヤをめぐって、若い男女が災難に巻き込まれる。最期にダイヤにたどり着く者は、意外な犯人とは？　傑作本格ミステリ。

戸隠伝説

半村良　40846-0

謎の美女ユミと出会ってから井上のまわりでは奇妙なことが起こりだした。彼が助手をする水戸宗衛の小説「戸隠伝説」が現実化し、やがて古代の神々が目覚めはじめた。虚実の境に遊ぶ巨匠の伝奇ロマン！

わがふるさとは黄泉の国

半村良　40881-1

密かに心を寄せていた知り合いの女性が「自殺村」出身と知った商社マン室谷は、古事記由来の地名を持つ村の秘密に導かれ、黄泉の国へと足を踏み入れていった。表題作他、全六篇の傑作短篇集！

闇の中の系図

半村良 40889-7

古代から日本を陰で支えてきた謎の一族〈嘘部〉。〈黒虹会〉と名を変えた彼らは現代の国際社会を舞台に暗躍し、壮大な「嘘」を武器に政治や経済を動かし始めた。半村良を代表する〈嘘部〉三部作遂に登場！

闇の中の黄金

半村良 40948-1

邪馬台国の取材中に津野田は、親友の自殺を知らされる。マルコ・ポーロ・クラブなる国際金商人の怪しげな動き。親友の死への疑問。古代の卑弥呼と現代の陰謀が絡み合う。巨匠の傑作長篇サスペンス！

日影丈吉傑作館

日影丈吉 41411-9

幻想、ミステリ、都市小説、台湾植民地もの…と、類い稀なユニークな作風で異彩を放った独自な作家の傑作決定版。「吉備津の釜」「東天紅」「ひこばえ」「泥汽車」など全13篇。

日影丈吉　幻影の城館

日影丈吉 41452-2

異色の幻想・ミステリ作家の傑作短編集。「変身」「匂う女」「異邦の人」「歩く木」「ふかい穴」「崩壊」「蟻の道」「冥府の犬」など、多様な読み味の全十一篇。

完本 酔郷譚

倉橋由美子 41148-4

孤高の文学者・倉橋由美子が遺した最後の連作短編集『よもつひらさか往還』と『酔郷譚』が完本になって初登場。主人公の慧君があの世とこの世を往還し、夢幻の世界で歓を尽くす。

最後のトリック

深水黎一郎 41318-1

ラストに驚愕！　犯人はこの本の《読者全員》！　アイディア料は２億円。スランプ中の作家に、謎の男が「命と引き換えにしても惜しくない」と切実に訴えた、ミステリー界究極のトリックとは⁉

花《はな》窗《まど》玻璃《はり》　天使たちの殺意

深水黎一郎　41405-8

仏・ランス大聖堂から男が転落、地上80mの塔は密室で警察は自殺と断定。だが半年後、再び死体が！　鍵は教会内の有名なステンドグラス…。これぞミステリー！　『最後のトリック』著者の文庫最新作。

スイッチを押すとき 他一篇

山田悠介　41434-8

政府が立ち上げた青少年自殺抑制プロジェクト。実験と称し自殺に追い込まれる子供たちを監視員の洋平は救えるのか。逃亡の果てに意外な真実が明らかになる。その他ホラー短篇「魔子」も文庫初収録。

怪異な話

志村有弘〔編〕　41342-6

「宿直草」「奇談雑史」「桃山人夜話」など、江戸期の珍しい文献から、怪談、奇談、不思議譚を収集、現代語に訳してお届けする。掛け値なしの、こわいはなし集。

江戸の都市伝説　怪談奇談集

志村有弘〔編〕　41015-9

あ、あのこわい話はこれだったのか、という発見に満ちた、江戸の不思議な都市伝説を収集した決定版。ハーンの題材になった「茶碗の中の顔」、各地に分布する飴買い女の幽霊、「池袋の女」など。

見た人の怪談集

岡本綺堂 他　41450-8

もっとも怖い話を収集。綺堂「停車場の少女」、八雲「日本海に沿うて」、橘外男「蒲団」、池田彌三郎「異説田中河内介」など全十五話。

河童・天狗・妖怪

武田静澄　41401-0

伝説民俗研究の第一人者がやさしく綴った、日本の妖怪たちの物語。日本人のどういう精神風土からそれぞれの妖怪が想像されたかを、わかりやすく解く、愉しく怖いお話と分析です。

思い出を切りぬくとき

萩尾望都　40987-0

萩尾望都、漫画家生活四十周年記念。二十代の頃に書いた幻の作品、唯一のエッセイ集。貴重なイラストも多数掲載。姉への想い・作品の裏話など、萩尾望都の思想の源泉を感じ取れます。

銀の船と青い海

萩尾望都　41347-1

萩尾望都が奏でる麗しい童話二十七編。一九七〇～八〇年代の貴重なカラーイラストを八〇ページにわたり五十点掲載。七十年代に執筆した幻の二作品「少女ろまん」「さなぎ」も初収録。

美しの神の伝え

萩尾望都　41553-6

一九七七～八〇年「奇想天外」に発表したＳＦ小説十一編に加え、単行本未収録の二作「クリシュナの季節」＆マンガ「いたずららくがき」も特別収録。異世界へ導かれる全十六編。

蟇屋敷の殺人

甲賀三郎　41533-8

車から首なしの遺体が発見されるや、次々に殺人事件が。謎の美女、怪人物、化け物が配される中、探偵作家と警部が犯人を追う。秀逸なプロットが連続する傑作。

花嫁のさけび

泡坂妻夫　41577-2

映画スター・北岡早馬と再婚し幸福の絶頂にいた伊都子だが、北岡家の面々は謎の死を遂げた先妻・貴緒のことが忘れられない。そんな中殺人が起こり、さらに新たな死体が……傑作ミステリ復刊。

妖盗S79号

泡坂妻夫　41585-7

奇想天外な手口で華麗にお宝を盗む、神出鬼没の怪盗S79号。その正体、そして真の目的とは⁉　ユーモラスすぎる見事なトリックが光る傑作ミステリ、ようやく復刊！　北村薫氏、法月綸太郎氏推薦！

戦力外捜査官　姫デカ・海月千波

似鳥鶏　41248-1

警視庁捜査一課、配属たった２日で戦力外通告⁉　連続放火、女子大学院生殺人、消えた大量の毒ガス兵器……推理だけは超一流のドジっ娘メガネ美少女警部とお守役の設楽刑事の凸凹コンビが難事件に挑む！

神様の値段　戦力外捜査官

似鳥鶏　41353-2

捜査一課の凸凹コンビがふたたび登場！　新興宗教団体がたくらむ“ハルマゲドン”。妹を人質にとられた設楽と海月は、仕組まれ最悪のテロを防ぐことができるか⁉　連ドラ化された人気シリーズ第二弾！

推理小説

秦建日子　40776-0

出版社に届いた「推理小説・上巻」という原稿。そこには殺人事件の詳細と予告、そして「事件を防ぎたければ、続きを入札せよ」という前代未聞の要求が……ＦＮＳ系連続ドラマ「アンフェア」原作！

アンフェアな月

秦建日子　40904-7

赤ん坊が誘拐された。錯乱状態の母親、奇妙な誘拐犯、迷走する捜査。そんな中、山から掘り出されたものは？　ベストセラー『推理小説』（ドラマ「アンフェア」原作）に続く刑事・雪平夏見シリーズ第二弾！

殺してもいい命

秦建日子　41095-1

胸にアイスピックを突き立てられた男の口には、「殺人ビジネス、始めます」というチラシが突っ込まれていた。殺された男の名は……刑事・雪平夏見シリーズ第三弾、最も哀切な事件が幕を開ける！

愛娘にさよならを

秦建日子　41197-2

「ひとごろし、がんばって」——幼い字の手紙を読むと男は温厚な夫婦を惨殺した。二ヶ月前の事件で負傷し、捜査一課から外された雪平は引き離された娘への思いに揺れながら再び捜査へ。シリーズ最新作！